ちくま文庫

ゴジラ

香山 滋

筑摩書房

目次

本書は三一書房版「香山滋全集」を底本としました。ただし、漢字の表記などについて、若干の校訂をほどこしました。

本文中に、今日の人道的見地から不適切な語句や表現がありますが、作品執筆の時代的背景や作品の価値、また著者が故人であることなどから、原文の通りとしました。

第Ⅰ部　ゴジラ

ノヴェライズ

作者のことば

読者のみなさんも、すでに御承知のように、この物語の主人公「ゴジラ」は、想像上の大怪獣であって、じっさいには地球上のどこにもおりません。

しかし「ゴジラ」に姿をかりている原・水爆は、じっさいに作られていて、いつなんどき戦争目的に使われるかしれません。

そうなったら、東京、大阪どころではなく、地球全体が破滅してしまうでしょう。

そのような恐ろしい、悲惨なことにならないように、世界各国は、いっしょうけんめい、原・水爆使用反対の、もうれつな運動をおこしております。

私も、その運動のひとつとして、小説の形式で参加したのが、この物語です。

どうぞ、そのつもりで読んでいただけたら、いっそう為にもなり、興味もふかいことと信じております。

一九五五年七月

ゴジラ――ゴジラ　東京編

海底の怪熱光

「沖縄でシケをくったときは、おっかなかったなア、ググッ……と山のてっぺんまで持上げられたかと思うと、ズズ……っと谷底へひっぱりこまれるような気がして、フッと見るってえと屏風《びょうぶ》のような大波が今にもおっかぶさるようにつっ立ってるだろう、俺《おら》アもうだめだと思ったよ」

「ハハ……だらしがねえなあ、お前はあのとき階段の手すりの所にへばりついてブルブル震えていたぞ、なんでえ、あれっぱかりのシケ。荒海で育った俺なんざア、これっぱかりも恐かねえや」

親指でチョンと食指の先を示すようにした武《たけ》は、口をへの字に曲げて胸を張った。

「なーにを言ってやがんだい、武だって真青な面《つら》アして、俺の足を手すりとまちがえて引っぱってたじゃあねえか」

「ワッハッハ……そうじゃあねえや、サブがあんまりかわいそうだから助けてやろうとしていたんじゃあねえか」

「まあなんとでも言え、もうそろそろ本土が見えるんだ」

二人は笑いながら茫々《ぼうぼう》と果しなく拡がる海原《うなばら》に視線を向けた。

武雄も三郎も、今年高校を卒業したばかりで、この近海航路の貨物船栄光丸に乗込んだ少年水夫である。

沖縄へ向けて、横浜を出帆《しゅっぱん》したのが六月のなかば頃だったので、もうかれこれ一カ月余りの航海である。赤銅色《しゃくどういろ》に日焼けした大人達にまじって、クリクリと働く青白い最年少の二人は、無二の親友であった。

幸に帰路はなにごともなく、静かな海を栄光丸はすべるように横浜を目ざして進んでいる。

ロップにもたれて、二人が海原をみつめている甲板には、あっちに二人、こっちに三人と、横縞《よこじま》の丸首シャツを着た水夫たちが、デッキにもたれてのんびりと煙草をふかしている。青黒い太平洋の海面に、真白な航跡を残して進む甲板に、ギラギラと輝いていた陽《ひ》も沈んで、水平線にモクモクと出ている積乱雲の頭を茜色《あかねいろ》に映し出している。

「いいなあ」

と武が空をあおいで汐風《しおかぜ》を胸一ぱいにすってそれっきり二人はじっと水平線を見つめたまま動こうともしない。まだ高校を卒業したばかりで親元を離れ、しかも板子一枚の下は地獄といわれる荒海で、今この二少年は一体何を考え、何を想っているのだろうか。

暮れるに早い初夏の海原にグングンと夕闇が迫って、あの辺が本土だと思える水平線のあたりだけがほの白く浮んでいる。

　幾年《いくとせ》ふるさと来て見れば
　咲く花　鳴く鳥　そよぐ風
　かどべの小川のささやきも
　なれにし昔にかわらねど
　荒れたる我家に
　住む人たえてなく——

潮風に油気のない髪をなぶられながら、霧のように迫ってくる夕闇の中から湧き出るような三郎の静かな歌声。すると、いつのまにポケットにしのばせていたのか、武雄がハーモニカを取出して、これに合せて静かに吹く。ピッタリと呼吸の合った調べが、黒々としたうねりを渡って闇の中に消えて行った。

「いよー、うまいぞー」

船首にいた鉄という水夫がひやかせば、

「ハハ……まだボンボンだなあ」

と笑う声がする。

重大な任務をおえて帰る、安らぎの航海にふさわしいのんびりとした一時《ひととき》である。

その時である。パーッと突然異様な光が船全体を照し出した。

「ワーッ！」

ダダダ……と船室にとびこむ者。パタッと甲板にひれふすもの……一瞬、船内に無気味な沈黙が流れた。

「へんだなア」

甲板にへばりついていた武雄が、おそるおそる顔を上げながらつぶやくと、隣にぴったりくっついていた三郎もむっくり顔を上げて、首をひねりながら、

「雷にしちゃあ雲もなし……」

この声に、あちら、こちらで大人の水夫たちがムクリ、ムクリと首をもち上げた。

「あっ、海の中だ」

水夫長の竹田さんの声に、ドヤドヤと船室の中にかくれた者も走り出て、手すりから身をのり出した。

「おお！　あれは……？……」

ちょうどそのときである。ゴオ……っと耳をつんざく雪崩《なだれ》のような響が起って、グルングルンと海の水が直径十メートルもあるかと思われる巨大な渦を巻き始めた。するとその渦巻が見る見るうちに目の前に盛上り、パ――ッ！　と強烈な白熱光が海面に輝いた。

「ワーッ！」

船員たちが絶叫しながら両眼をおさえてぶったおれるのと、ガクーンと何かに突当ったように船が大きく傾くのと、ほとんど同時だった。

バリバリバリ……、忽《たちま》ち甲板の積荷に火の手があがると、めらめらと真赤な炎が機関室の方へ這《は》って行く。

「ツツーツーツー……ツツーツーツー……」

すっかり炎に包まれてしまった無電室では、松原通信士が、本土に向けて悲痛なSOSを叩《たた》きつづけた。

SOS、SOS……救けをもとめる栄光丸の悲しい叫び……。

額に油汗を浮べて、必死に無電を叩きつづける松原通信士。窓わくからは、モウモウと煙がはいって来る。ＳＯＳ、ＳＯＳ……

誰かに知ってもらいたい、日本のどこかで、この無電を一刻も早く誰かがキャッチして、救援の手をさしのべてくれるように、切ない祈りをこめた栄光丸の電波は、海原を越え、夜空をかけめぐって、必死にうち続けられた。

そのころ、やっとネオンが輝きはじめた銀座通りは、お勤め帰りを楽しむ男女でごったがえすようなにぎやかさであった。

日本一の古生物学者として知られる、山根博士の娘恵美子は、信州へ疎開していた当時、これも大戸島《おおとじま》から疎開してきていて仲よしになった、同い年の新吉少年と、今日は久しぶりに日比谷公会堂へ二人で音楽を聞きに行く約束がしてあったので、この春高校を卒業したばかりの新吉が勤めている、東京湾水難救済会《サルベージ》へと足をむけた。

潮風の強い浜辺の建物は、さすがにどれを見てもがんじょうそうだ。ノックするとコンコンと音がして、厚い板で作られたドアがあいた、室《へや》の中はガランとして、真黒に日焼けした小使さんらしいお爺《じい》さんだけが、飲捨てられたお茶碗を大きなお盆に集めている。

「どなたですか？」

東北なまりが多分に残っているシワガれた声で、

「今日は土曜日だからもうみんな帰りましたよ、用があれば月曜に……」

「いえ、そうじゃないんです。森田新吉さんとお約束がしてあるんです」

「ああ、新吉さんか、それならまだいますよ、今呼んで来てあげましょう」

「お願いします」

パステル調のワンピースのひだをつまんで、恵美子がにっこりあいさつする。持っていたお盆をすぐ前の机の上に置くと、小使さんはペタン、ペタンと草履《ぞうり》をひきずりながら奥へ入っていく。どこか奥の方の硝子《ガラス》戸をガランと明けたかと思うと、

「新吉ッさーん」

と、びっくりするような声をはりあげた。あんなお爺さんのくせに、こんなに大きな声が出るなんて――クスンと恵美子の顔に笑いがこみあげて来た。

「はーい。今すぐいきまァす」

よほど遠くにいるらしい新吉の声が、これも力一杯答えている。だがその声は、仲良しだった小学生時代の聞きなれた声ではなく、潮風にもまれた、力強い大人の声である。

「アラ、新吉さんは新吉さんでも、私が会いに来た新吉さんではないんじゃあないかしら」

恵美子は心配になって来て、もう一度お爺さんを呼んで聞いてみようかしら、と思

った。

だが、もうその時は、ドンドンと駆足で近寄って来る音が聞え、どうやら恵美子が今立っている正面のドアの方へ廻ったらしい。

「いよー、いらっしゃい」

スッ、とドアが開いて、入口に立ったのは、まぎれもない森田新吉である。機関室で手入れでもしていたのだろうか、両手が油で真黒に光っている。

「まあ、新吉さん」

「久しぶりですね、恵美子さんもすっかりきれいになっちゃって、だれかと思いましたよ」

「あーら、新吉さんこそ、私いまあなたの声を聞いてね、ウフフ……心配してたの」

「どうしてですか」

「ウフフ……」

「へんだなあー。まあとにかく、ちょっと手を洗って仕度をして来ますからね、ここへかけて待ってて下さい」

手近な机から椅子を抜き出して来て恵美子にすすめると、お爺さんがひっこんだ入口の方へ、机の間を縫って歩いて行った。

ちょうどその時である。ジジジ……所長の机の上にある卓上電話がけたたましく鳴り響いた。

「はいはい、サルベージです。な、なに？　なんだって‼」

黒光りのする親指に食指の二本指で支えた受話器が、ブルブルッと震えて、リンゴのようなほっぺたからスーッと血の気がひいた。

腰をおろしたばかりの恵美子は、このただごとでないようすに、そっと立ち上ると心配そうに新吉の方へにじりよった。

「よし、わかった！　すぐ行く！」

ガチャンと電話をきると、キッとふりかえった新吉は、蒼白い額に、大きな油汗がボゴボゴと滲《にじ》み出ている。

「恵美子さん、せっかく来てくれたのに、すまないけど一人で行ってくれない……」

「――なにか事故でもありましたの？」

「うん、本社の船からＳＯＳが入ったんだ」

「まア――、ほんと？」

そのころ、闇黒の太平洋に火だるまとなった栄光丸は、右舷《うげん》の方にガックリと傾いて、大波が甲板の半ば位までうち上げ、そのたびごとにグラグラと揺れ、消火器を手にした水夫たちは海面に投げ出され、すっかり火の手が廻ってしまった無電室に、松原通信士だけが、左手でふりかかる火の粉と煙を払いのけながら、苦悶にゆがんだ顔で必死になってキイを叩き続けている。

「ツツツ、ツー、ツー……」

しかし、どこも応答してくれる処《ところ》は一つもない。ああ！　遂《つい》に最後を告げる汽笛がはらわたをえぐるようにボー、ボー、ボー……、と矢つぎばやに鳴り響いた。

と、それを待構えていたように、

「グワッ――」

という耳をつんざくような第二の響が起ると、船首の方が、グラーッと夜空に舞上り、船尾の方から、ザザザ……と突込むような勢で海中深く沈んで行った。

ものすごいいきおいで吹き出していた泡も、いまはまったく途絶えて、恨みを海上に吹上げるかのように、時たまブクリ、ブクリと、大きな泡が浮んでは消えていく。

さっきまでは、母を想い、故郷をしのんで、元気に話合っていた、多くの人をのせていた栄光丸はこの世からまったく姿を消してしまった。

そして、いつのまにか静かな闇のとばりが垂れこめて、やわらかい月の光が、キラキラと何事もなかったように海面をてらしている。

一方栄光丸から発信されたＳＯＳをキャッチした海上保安庁では、ただちに海図をかこんで緊急協議がひらかれていた。

正面の壁いっぱいに、大きな地図が貼《は》られ、遭難現場と思われるあたりに、赤い標識がいたいたしくピンでとめられている。

「……南海汽船所属、貨物船栄光丸七千五百トンは、本日十九時五分、北緯二十四度、東経百四十一度二分ふきんにおいて遭難、ＳＯＳを発したまま連絡中絶、原因不明、第三監区及び、第四監区所属の救助艇は、直に出動準備を完了待機せよ……」

入口のつきあたりにある機械の前に、耳にレシーバーをあてた係官が、かんだかい声で四方に連絡している。

「誠にどうも――、おさわがせして申し訳ありません」

南海船舶の社長と、付添いの重役らしいデップリした紳士と、やせ型の背の高い紳士とがドヤドヤと入って来た。一番うしろに、きちんと立っているのは、筋肉隆々とした新吉少年だ。保安庁からの連絡を、すばやく社長、重役などに知らせて、ここへ駆けつけたのである。

「原因は一体なんでしょう」

心配そうにたずねる、蒼白な顔の社長。

「全然けんとうがつきません」

係官はレシーバーを耳からはずしながら、

「――まるで明神礁の爆発当時とそっくりです。いきなりＳＯＳを発信して、消息を絶ったんですから……」

「しかし、あのあたりでは、まさか……」

「ごもっともです。海図から見ても、まだ今までにも一度もこんなことなんか無かった場所ですからな……」

「今ここへ来るまえに、この新吉くんが……」

と、社長はうしろをふりかえって、新吉をさし示すようにして、

「中央気象台へ電話して、なにか変ったことでもあったかどうか、調べてくれたんです。ところが先方では、この天候で突風などが起るわけもない……、という返事なのです。とすると機関の故障でも、と、一応は考えてみましたが……」

ゆっくりと、自分の言葉をかみしめるように、社長は係官に訴えている。

「しかし、あの船に限ってそんなことのあるはずはありません。去年新造したばかりの優秀船ではあるし、それに我社きっての優秀な乗組員ばかりなのですから……」

終りの言葉に、特に力をこめながらうつむいてしまった。

ふだん、水夫たちからオヤジ、オヤジと親しまれている温情な社長の胸には、自分の子のようにかわいがっていた、船員たちの顔がつぎつぎに浮んでいた。

「ム、ムムム」

今までじーっとこらえていた感情が、大きく揺れたかと思うと、ボタボタと、大き

なしずくが足元を濡らした。

　気の毒そうに、そっと目をそらした係官が、

「ただいま備後丸《びんごまる》が現場へ急行中ですから、きっと、なにか手掛りがあると思います」

　と、かべの地図を指さした。

　一同がうるんだ瞳で、それを見上げると、係官は、遭難船標識のそばに、もう一隻の船の型をした標識をピンでとめた。

「ボー、ボー、ボー……」

　深夜の洋上を、警笛をならしながら、ものすごい勢で備後丸は現場に近づいていた。

　マストのサーチライトが、暗闇をつき破って、何千メートルの先まであかあかと照し出し、デッキには、帽子の顎《あご》ひもをキリリとしめた海上自衛隊員は、波間にただよう木のきれっぱし一つ見逃がすまいと、目をむいて前方をにらんでいる。

　キン、キン、キン……警笛のあいまに、快適な機械の音を響かせ、白波をかき分けて備後丸は一路目的地に向った。

　ボー、ボー……と鳴る警笛は、

「待っていろよ――、生きているんだぞー、がんばれよ――」

　と、どこかに生きている遭難者にささやきかけているように聞えて、乗組員の胸を

キリキリとしめつける。

マストに高々とかかげられた、なつかしい、かつての軍艦旗が、潮風にバタバタとゆれている。

雲間から顔を出した中天の月が、パーッと一面を照し出して、うねりに乗ったさざ波が、キラキラと輝いている。

「フーン、こんな静かな晩に——」

「信じられないなアー」

船全体が無気味な緊張を続けている中で、船橋にいた二人の若い隊員が、たまらなくなったように、ボソボソとささやき出した。

「お前どう思う？　この船が、今急にボゴーンと沈没する、としたらどんな原因があると思う？」

「へんなこと言うなよ。陸の上ならともかく、ここは海の上だぜ。エンギでもねえ……」

「そうじゃない、例えばの話だよ。我々はこの事件を究明する義務をおって港を出て来た者じゃあないか、我々の考えが、この事件を解決する糸口になるかもわからないぜ」

「フーム、それもそうだなア、機関が故障しても船は浮いていられるし、燃料タンクがそう簡単に爆発するわけもないし、これは何か外からの力だなア」

「ウーム、実は俺もそれを考えていたんだ。機雷とか、或はS国あたりの飛行機か、潜水艦が、急に襲いかかって来て……」

「だけどお前、栄光丸がやられたときは、まだそう暗くはなかったんだぜ、機雷がわからん程、モサッとしている奴もいないし、飛行機か潜水艦の攻撃なら、沈むまでに、もっと時間がかかるはずだ。大挙して来るんなら別だがね……」

「フーム、わからん、俺はなんだか気味が悪くなって来た」

開襟シャツの襟元をかき合せるようにして、海上を見ると、今までキラキラと輝いていた波も月が雲にかくれてしまって、真黒な闇になっている。グーッともり上って来る波が、ザーッと無気味な音をたてて後へ流れて行く。

サーチライトの光だけが、暗黒の海上を白々と、せわしげに駆けめぐって、無気味さを一層つのらせている。

ボー、ボーッ、ボー……。あたりの闇をつんざいて、又警笛が鳴った。

と、三つめの警笛が鳴りやんだ時である。突然、パーッ!! と、ものすごい白熱光が、海面いっぱいに光り輝いたかと思うと、

「グワーッ!!」

と、海水が巨大な渦をまきはじめ、アッ!! と見るまに、メラメラッと船全体が怪

しい火に包まれ、グラッと備後丸の巨体が傾いて、

「ワーッ!!」

と船室に駆け込もうとする隊員たちを、甲板からふり落すようにして、みるみるうちに、海底深く沈んで行った。

大戸島の怪獣

「モシモシ、新日本新聞? 社会部の萩原《はぎわら》だ。大至急部長につないでくれ」

海上保安庁の新聞記者室では、萩原以下、各社の記者数人が、電話にかじりついて、本社に連絡している。

「ああ、部長ですか、捜査に向った、保安庁の備後丸が、またやられました。そうです、同一地点です。栄光丸は南海船舶所属の貨物船です。原因? 原因は二隻とも全く不明です。昨晩二時三十五六分ごろ、それまではなんでもなかったらしいんですが、突然SOSをうち始めて、二分とたたないうちに音信不通になってしまいました。ことによると……ええ、ええ、じゃあ……」

入口の受付けには、もう船員の家族たちが四五十人も集まって、おいおい泣きながら係官に、我が子、我が夫の消息をたずねようとしている。

「とにかく明朝までお待ち下さい。ヘリコプターも出動していますし……」

汗だくで声をはりあげる係官の声も、家族のざわめきに消されて、はっきりと聞きとれない。

「こうずとしきねも現場へ急行中ですから、その報告を受けてからでないと、なんとも申上げられません」

「せめて、生存者があるとか、ないとかぐらいのみとおしもつかないんですか!!」

かん高い、おかみさんの涙声に、

「今のところ、なんとも申上げられません」

係官の気の毒そうな声。

「保安隊はなにをまごまごしているんだ」

「あのねー!!　もっと捜査の船を増したらどうですか。二隻じゃあ問題にならんじゃないですか。我々家族の気持にもなってくださいよ」

「いや、決して二隻だけにまかしておくという訳ではありません。全力をあげて捜査を進めております」

「うちのおとうちゃんは、うちのおとうちゃんをかえせ。うちのおとうちゃんを返してよ!!」

二つ三つの男の子を抱いて狂気のように、髪をふり乱して泣き叫ぶ、四十ぐらいの

母親。手の中で、子供も母の声に驚いてか、

「ウエーン、ウエーン」

と、火がついたように悲しい泣声をあげている。

「あんちゃーん、武あんちゃーん――」

係官の後にしがみついていた、十二、三の女の子が、顔をぐじゃぐじゃにしてとび出して来たかと思うと、バターンとドアをしめて浜辺の方に駆けだした。夜空に向って兄の名を呼んでいる。栄光丸に乗っていた、武雄の妹だ。

片隅のソファーに腰を下して、このありさまを見ていた南海船舶の社長は、

「――申し訳ない、誠に申し訳ないことをしてしまった――ゆるして、ゆるしてくれ……」

と、白髪を両手でかきむしるように、うずくまってしまった。

「社長さん」

沈痛なおももちで新吉少年が歩み寄って、うしろから社長の肩を抱きかかえるように、

「しっかりして下さい。とにかく、まだ原因がはっきりしないのですから、考えるのも、悲しむのも、それからの事です」

力強く、だきしめるようにはげました。

「ありがとう、新吉くん。……だけど、私は……」

「仕方がありません、社長。天災です、天災ですよ社長」

「……同じ地点で、二隻もやられるとは……全く想像もつかん」

社長は苦痛にゆがんだ顔を、ソファーにすりつけるようにつぶやいた。

隣りの無電室では、シャツを脱ぎ捨ててはだかになった隊員が、むこう鉢巻《はちまき》で無電機にとりくんでいる。

カタカタ……、戦場のようなテレタイプの音。

と、突然受信していた隊員が、耳からレシーバーをかなぐり捨てて、家族たちの応待をしていた係官の前に小さな紙きれを片手に駆け寄った。

「なに？　うん、うん、よしわかった！」

紙きれをむしりとるようにして、

「皆さん、ただいまヘリコプターからの無電で、三人の生存者が漁船に助けられたことが確認されました。くわしいことは、じき判明すると思いますから、もうしばらくお待ち下さい」

先き程とはうって変った、はっきりした語調だ。

殺気だっていた家族の顔には、誰とも知れないまでも、一度に喜びの色が浮んだ。

そのころ、三人の船員を救助した漁船は、まだ明けやらぬ洋上を、矢のように走っていた。

「しっかりしなせえよ、もうすぐ港ですからな」

どす黒く、重油によごれた衣類を脱がして、きれいに体をふいてやり、自分のシャツを脱いで着せてやったりして、漁夫たちはそれぞれに介抱してやる。

だが、三人の中の一人はすでに目が見えなくなっており、もう一人は、

「ウウ……ウ……」

と苦しそうな呼吸を続けている。もう一人は顔の半面に火傷をしているが、案外元気な三郎少年だった。

「いってえどうしたんだい」

沖にいて、昨日からのさわぎを知らない漁夫たちの問いに、

「……どうもこうもないよ、いきなり海が爆発しやがったんだ……」

「ばくはつ!!」

漁夫たちはギョッとして顔を見合せる。

保安庁の一室では、しばらくシーンと、無気味な沈黙が続いていた。

しかし、親兄弟を失おうとしている家族たちに、そう長い沈黙が続くわけがない。

「どちらの乗組員でしょう、栄光丸か、備後丸か？　まだわかりませんか？」

「漁船に救助された三名は、とりあえず大戸島に入港しますので、さっそくこちらか

らはつしまを派遣しましたから、もうすぐわかります」

　ソファーの近くの椅子に腰かけていた、新聞記者の萩原が、

「大戸島ってどこですか？」

　すぐそばに立っていた新吉が、海図を示しながら、

「ここです」

　と言葉短かに答える。

「三名でも生存者がいてくれてなによりだ、これで事故の原因もつかめるだろう……」

　社長がほっとした面持で、

「よかったですねえ、これで今後、このようなギセイ者を出さなくて済みそうです」

　そのとき、あたふたと入って来た他の係員が、いままで家族たちの中にいた係員に、なにごとか耳うちした。

　二人はあわてて室を出て行った。

　思わず萩原、社長、新吉、家族たちがそのあとを追う。

「ちょっとここで待ってて下さい!!」

　両手をひろげて入口に立ちふさがり、係官はけんめいになって、一同をさえぎる。

　社長と新吉と萩原の三人は、すばやく係官の手をかいくぐって、係長のところへ近

付いて、

「どうしたんです」

萩原がかぶっていたハンチングをとって、二、三度クリックリッとハンケチで顔の汗を拭きながら声をかけた。

「信じられん、全く信じられん！」

係長は二、三度首を大きく右左に動かしながら、

「大戸島の漁船も同じ運命です……」

「えっ!!」

係長のつぶやくような言葉に、三人は愕然とした。

『浮流機雷か？

海底火山脈の噴出か？

太平洋上原因不明の沈没事件続出』

『生存者絶望視さる』

翌日の新聞、ラジオは、朝からこの事件でもちきっていた。

大戸島出身の新吉は、漁船も同じ運命……という昨夜の報告を聞いて、モシヤ？という不安な気持から、所長の許しを得て、急遽島へ帰った。

なつかしい砂浜には、クリーム色の月見草が、一面に咲きこぼれていた。しかし、気がはやる新吉には、この美しい草花も目に入らなかった。

新調の靴に、ザクザクと白砂が入りこむのもかまわず、むちゅうで母のいる我家へ走り続けた。

「おっかさーん」

入口の木戸を開けるなり、

「兄《あん》ちゃんいるか!!」

とどなった。

「コッココ……」

不意をつかれた鶏が、はげしい鳴声を上げにげまどう。

「なーんだい、新吉か、どうしたっていうの、こんなに急に」

裏の井戸端で洗い物でもしていたらしい母親が、しずくの滴る両手を前にちぢめるようにして驚いたような顔で現れた。

「ア、おっかさん、兄ちゃんは？」

「だから、どうしたっていうの？」

「なんだっていい、兄ちゃんは？」

「わかんねえ子だよ、政次《まさじ》は昨晩《ゆんべ》漁に出たよ」

「えっ、やっぱり！　ウーン」

「それがどうかしたって言うのかい？」

新吉はさもじれったげに、

「おっかさんだって知ってるんだろ、昨晩からの事？」

「そりゃあ知っているよ、島の船もやられたってこと……」

「おっかさんは、あいかわらずのんきなんだなア……」

「だってそうじゃアないか、まさか政次が……」

新吉はものも言わず、バターンと木戸をならして、今来た路を、一さんに浜辺へ駆け下りて行った。ハッハッ……と荒い息をはきながら走り続ける新吉の頭に、肉親を求めて泣き叫んでいた家族の人々の悲しい姿がチラついていた。

夕闇のせまった渚には、焚火《たきび》を燃しながら、不安そうに沖を見つめている、村の人々の暗い顔があった。

真黒なうねりが、スーッとおしよせて来ては、ザーッと、ほの白いシブキをあげて砂浜に砕け、暗黒の海にひっぱりこまれて行く。

村人たちがジッと見つめている、暗い沖合の空に、巨大なホーキ星が無気味にまたたいている。

足下の闇の中には、ポッカリ月見草が浮んで、波の音のほか、なにも聞えない。

「……昔っから、ホーキ星の出た時は、ろくなことはねえ……」

沖の方を見つめたまま、としとった漁師がボソリと言う。

まわりをとりかこんだ若者たちが、静かに老人の顔を見たが、そのまま暗い視線を足下に落した。

「アレッ？」

なにに目がとまったか、新吉が腰を落して暗くなった海上をすかして見る。

「なんじゃい、新吉」

老人が、不安そうな目を新吉に向ける。

「ホラ、おじさん、あそこに筏《いかだ》が……」

そのままの姿勢で、新吉が百メートルほども先の海上を指さす。

「どれ、どれ」

老人も腰を落して指さす方を見る。

「アア！」

気がついたか、急に立上って、

「筏が流れて来たぞ!!」

と、みんなの顔を見廻す。若者たちはギョッとして、いっせいに沖を見た。目の前の焚火が急にパチパチと音をたてて燃え出した。新吉はパッと走り出した。

「おおいまってろ、俺も行くから……」

一同はゾロゾロと後を追った。

ザザ、ザー……と筏にぶつかるかすかな波の音がして、暗い海面を、大きく揺れながら流れてくるのが見える。

新吉はすばやく洋服を脱ぎすてると、ザブザブ……と水しぶきを蹴立《けた》てて駆けよった。

「アッ、兄ちゃん‼　兄ちゃん……」

こわれた船体を組んだ、急ごしらえの筏の上に、新吉少年の兄、政次が、失神したように、うつぶせになって倒れている。新吉はむちゅうで筏を渚にひきつけた。

「まさ！　しっかりしろ‼」

手荒く老人がなぐりつけた。

「ウーム……」

一声うめいて、政次はポッカリ目を開き、不思議そうに人々を見廻したが、どうやら気がついたか、

「やられただ、舟ぐるみ……」

苦しそうにそれだけ言うと、また目をとじた。

「兄ちゃん！　しっかりしろ‼」

新吉が鋭く叫ぶ。

「何にやられただ‼　政次！　何にやられただ‼」

老人が政次の腕を握って、はげしくゆすった。政次は気がゆるんだか、そのままピクリとも動かない。

無気味な大戸島

大戸島の海は白々とあけて、渚に帰り船を待つ女子供が、あっちに一かたまり、こっちに一かたまりして、昨晩のできごとを気味悪げに話合っている。

「でっけえ船が二隻やられたっていう話が昨日の新聞にでてたんべえ、政がやられたのも、あれと同じだっちゅう話だど」

「おらいの兄《あん》ちゃんは、どこかの潜水艦だっぺえって言ってただど」

「そうかも知んねえな、飛行機ならアメリカの船だって途中にいぐらもいるこったしよォ……」

「また戦争でも始るのかしら」

「だけどよー、戦争なら、何も日本の船なんかやんねえで、アメリカの軍艦をやりそうなもんじゃあねえか……」

「そうだあなア、おっらあみでえな漁夫《ふなかた》にはわかんねえや——」

「なんにしても気味が悪いこった」

つつっぽのはんてんの襟をかき合せるように、漁夫のおかみさんが沖をふりかえりながら溜息をつく。

そのまに粟粒《あわつぶ》ぐらいに見えかくれしていた漁船が、ザーッと砂浜に乗上げて来た。

子供らがバラバラと駆け出した後から、おかみさん連中もゾロゾロと船へ寄って行く。

「ほれ見ろ！　雑魚《ざこ》一匹かかりゃあしねえ」

赤銅色に日焼けした、ネジリ鉢巻の漁夫が、ドサリと、ほうり出した網には、ちぎれた海藻や汚い芥《あくた》ばかりが巻きついて、

「しようがねえなア——」

と女房たちも、溜息をつく。

「こんなシケは、ここ何十年にもありゃあしねえ」

やけっぱちな口調で、漁夫はザブンと船尾から水の中へとびおりて、

「ウン、ウン」

と船をおしあげた。

「でもよお父ちゃん、生きて帰りゃあ上等だ」

「なーに？」

「沖へ出てて、父ちゃんらあ知んなかっぺえけっと、昨夜、孫兵衛《まごべえ》の船がやられただよ」

「孫兵衛の？」

漁夫は船から手を離して、唖然と女の顔を見つめた。

「こないだのでっけえ船と同じだっていう話だあど」

「フーム、そいで孫兵衛は？」

「政だけ昨夜、筏で流れて来たけど、あとはみんなやられちゃったらしいよ」

「ウーン……」

「だからよ、命さえあれば、これにこしたことはねえだよ」

「全くだあよ、進造さん」

陸《おか》にいるよそのおかみさんがうなずいた。そのときしずかに船に歩み寄って来た昨夜の老人が、

「どうだア、漁は？」

と声をかけた。

「離魚一匹かかんねえよ、こんなこっちゃあどうなるかわかんねえのう」

「ウム……、やっぱり……」

老人は歩みをとめて、道具を下す進造の手を見ていたが、

「……やっぱりゴジラかも知んねえ……」

うつむいてボソリと言った。そばにいた若い娘が、顔をしかめながら、

「また爺《じい》様のゴジラが始った。いまどき……そんなもん、いるもんかよ」

はき出すようにプイッとそっぽを向く。

「バカいうでねえ。……昔の云い伝えをバカにしたら、今におめえらあまっこを、ゴジラのいけにえにしなきゃなんねえ事になんぞ」

老人は目をむいて娘をにらんだ。娘らは、小さいころから、なにかいたずらをすると、母親から、

「ゴジラにやっちゃうぞ！」

と、どなられて育ったもので、この年になっても、それがピーンと来るのだ。みんな口をつぐんで、顔を見合すと、仕事にとりかかる。

その時、一台のヘリコプターがエンジンの音をひびかせて、岬の梢《こずえ》をかすめておりて来た。尾翼に新日本新聞のマークが描かれている。

ポケットからハンチングを取り出して、両手でかぶりながら降り立ったのは萩原であった。めずらしそうに、ヘリコプターの廻りに駆け集った子供らに、なにか聞いていたが、座席から大きな紙封筒を持って、砂浜をとぼとぼと民家のある方へ歩いて行

った。

「モーッ、モーッ」

とのどかな牛の声。大戸島の草原には、牛がはなし飼になっている。

しばらくの後。新吉を先頭に政次、萩原の三人は、野草を踏んでこの岡にのぼった。

政次は、母と弟の手厚い看護で、奇蹟的に元気をとりもどすことができた。しかし、頭には痛々しく繃帯《ほうたい》が光って、時たまふり返っては新吉がいたわっている。

「嘘じゃあねえ、たしかに生物《いきもの》だ。やつは今でも海の中で暴れ廻っているだ。だから小魚一匹とれやしねえ……」

やわらかそうな小草に腰をおろして、頭の繃帯にそっと手をふれながら、政次は恐ろしかったあの瞬間を思い出しているのか、おびえたようなまなざしで萩原にいう。

「だがね……そんな大きな生物が……」

萩原はうすら笑いを浮べながら、君はあの時の怪我《けが》で頭が変になっているんだ、といわぬばかりに、

「……この世界に生存しているなんて、そんなばかな……」

政次は急にムカッとしたらしく、顔からサッと血の気がひいた。

「だからおらあ、話すのはいやだといったんだ」

新吉がハッとして兄の顔を見ようとしたとき、自分の方を見てニヤッと笑った萩原

の顔に気がついた。東京以来の知人ではあるが、なんと憎たらしいやつだろうと、ムラムラッといかりがこみ上げて来た。

「どうせ正直に話したって、誰も信用してくれねえんだ。新吉――いこう」

政次は吐き出すように、新吉をうながしてサッと立上った。

「きみ、きみ！」

萩原は、あきれたように、右手を上げておしとどめようとしたが、目の前に立った新吉の、ギラギラ輝いた瞳ににらまれて、シュンとなってしまった。

二人はふりかえりもせず、もと来た路を並んで帰って行く。

「ちぇッ！　三題噺《さんだいばなし》にもならねえや」

萩原は鉛筆でゴシゴシ頭をかきながら、ちょッ、と舌を出した。

昼は仕事のために、なにもかにも忘れることが出来るが、気をまぎらしてくれるすべてのものが、闇につつまれてしまう夜になるとそうは行かない、近所の若い者が集まると、

「俺アこないだ灘《なだ》で漁してたところがなあ、沖の方をスーッと、白い波をひいて走って行くものを見ただよ。アレアレッと思っていくら良く見ても姿が見えねえじゃねえか……おったまげちゃったなア……」

「ウーン、きみい悪いなあ」

「家さ帰って来て、良く考えてみたんだが、どこかの潜水艦じゃあねえかと思うんだ。そういえば、波の先にポチッと黒い潜望鏡のようなものが、見えたような気もすったよ……」

「へえー、もう沖へ出らんねえなア、いつボゴッと出てくっかわかんねえかんな」

と話し合っていたことや、煙草やの前で文助爺さんが、

「――きっとゴジラだど、雑魚一匹とれねえなんて、おらがちっちぇえころ、爺さまが話していたこととピッタリだ。ゴジラってのはなあおどっさん、体中が鰐《わに》の皮を鉄で作ったような、ゴリゴリなやつで、ヌーッと立ち上ると……」

ぐるっと四方見廻しながら、鎮守の森の、三十メートルもある檜《ひのき》の大木を指差して、

「あの檜よりも、ずっとでっけえ怪物だそうじゃ……」

と話していたことなどを思い出して、家の中などに、じっとしていられない恐ろしさにかられて誰いうとなく鎮守の森に集って、がんがん焚火をたきながら、厄払いの神楽《かぐら》を舞った。

社殿の前には村長さんがいる、役場の助役さんがいる、誰一人として、来ていない者はないというほどひしめいている。

檜の梢をザワザワと風が吹き渡り、焚火がメラメラと燃え上って、恐怖におびえきっている、村人たちの蒼白い顔を映し出した。

ピーピッ、ピーピッ、ピピーッ、ピピリ……、闇の森をぬう横笛の音が早まるにつれて、黒髪を鬱蒼となびかせた獅子の足並みが、発車する機関車のようにトントン……と駆け出すように踏み鳴らされたかと思うと、ピッ!! と闇をつんざくような一段と高い笛の音と共にダッと止り、黒髪がパッと空におどって、うつむいていた顔がウワッと上り、耳まで裂け上った真赤な口、ランランと輝く瞳が人々をハッタと睨《にら》んで、村人たちは思わずブルブルッと震え上った。

「ウフフ……」

突然、人々の後ろに不気味な笑い声。村人たちはハッとして、うしろをふりかえった。

「フフ……」

こぼれる笑いをおさえきれなくなって、あわてて後ろ向きになったのは新聞記者の萩原だった。

人々は、こんななんでもない笑い声にさえギョッとなる程おびえきっているのだ。スッと血の気のひいた村人たちの顔に、ホッとした色が浮んだがすぐそれがムッとした表情に変った。そのとき、

ピーテンテン、ピピ……物の化《け》につかれたような、激しい笛と鼓の音に、またお神楽が続けられた。人々の視線はもとに返り、なにものかにすがりつこうとする、あの

真剣な姿に返った。

　これを見て萩原は安心したらしく、すぐ前にいる年とった漁夫にささやきかけた。

「ゴジラってなんだい？」

「うん？　恐しくでっけえ怪物で、海の魚喰いつくすと、今度は陸へ上って来て人間まで喰うってこった。昔は不漁《しけ》の続くときにゃあ、若い娘をゴジラの犠牲《いけにえ》にして沖へ流しただが……いまじゃあ、そのときの神楽だけが、厄払いにこうやって残ってるんだよ」

「ウーン、ゴジラねえ――」

　不精ったらしく、ポケットに手をつっこんで、靴の先でポンと砂利を蹴った、萩原は、この不可思議な神楽と、祈るような漁夫たちの真剣な姿が、西部劇のインディアンに見えて、ばかばかしくてたまらないのだ。

「――天なる神よ、大戸島を守り給え――」

　どこからか、かすかにジュモンをとなえる老婆の声が聞える。

　神楽は狂ったように舞い続けられて、村人たちは手を前に合せ、祈るように弱々しい瞳で、これを見つめている。

　また老婆の声が聞える。

「――天なる神よ……」

だが、ふりかえる者もない。ふりかえる必要もないほど、みんなが心の中で同じように祈り続けているのだ。

村人たちの頭の中は、今はもう、あの恐るべき怪物、何物をも踏みつぶしてくるゴジラの恐怖でいっぱいなのだ。額《ひたい》を土にすりつけて祈る者もある。

一方萩原は、村人たちが真剣になればなるほど、おかしさが胸にこみ上げて来た。

「ウフフ……」

すばやく手でおさえようとしたとき、

「ばかやろう!!」

ギックリと胸にしみる、鋭い叫び!! ひれふした老人たちの中から、パッと立ち上ったのは新吉であった。隣からまた一人、これは頭に繃帯をした政次である。それにつれて、むこうから二人こっちから三人、若者たちが同じように腕をまくって立ち上った。

と、そのときである。フッと頭を上げて、若者たちを見上げた老人の口から、はらわたをえぐるような悲痛な叫びが上った。

「あっ、ほうき星が消えたぞッ!!」

ハッとして、一同が空を見上げると、一陣の風がザーッと梢を吹きすぎて、焚火の炎がバチバチと音をたてて飛び散った。

「こりゃあいけねえ？　てえへんなことになるぞ!!」

昼時分、煙草やの前で話していた文助爺さんが、ガバッと飛び上ってさわぎたてた。

「てえへんだ、てえへんだ!!」

もうこうなると大変なさわぎだ、一犬虚に吠ゆれば、万犬これに応う。鎮守さまの境内は、ひっくりかえるような騒ぎとなった。

「健やア――、どこだよ――」

「おっ母ア――、おっ母さんよ――」

「姉ちゃーん、こわいよ――」

親をよぶ子の泣き声。子を求める悲痛な親の叫び。尾《しっぽ》に火でもつけられた犬のような、さし迫った恐怖が、一ぺんに人々の胸に爆発した。

ザーッ、ザザ……ッ、風はしだいに吹きつのるばかり。ひと抱えもあるような檜の大木も、忽ちのうちグラグランと大きな頭をふり始めて、ミシミシッ……と、今にも折れそうなおそろしい音をたてる。

闇の中で姿が見えないのを幸いに、真黒なツムジ風が、森の中を思う存分にあばれ廻っているように――ヒューン、ヒューン……という震え上るような無気味なうなりごえ。

ボキーン、ザザ……

村人たちが逃げて行く目の前に、ふた抱えもあるような大木が、幹《みき》の半ばから見ごとにへし折られてダーンと倒れた。

新吉たちは、どこをどう通って家に辿《たど》りついたのか、さっぱり見当もつかなかった。

ハー、ハー……

荒い呼吸《いき》がいつまでたっても静まりそうもない。

「兄ちゃん、なにかおこるんじゃあねえだろうか？　俺《おら》ア胸がドキンドキンしてたまらねえよ」

「——新吉、ひょっとすると!?」

「——ひょっとする、と、どうなるというんだい!?」

「——あいつが上って来んのかもしんねえな……」

「あいつ？」

「そうよ、どうもあの晩の風とおんなじような気がするんだ。ピューッと吹ッとばされるようなものすごい風なんだが、妙に肌がベトつくような、生ぬるい風だった……」

「……だがよー、まさかこんな島へ……」

「わかんねえ、そんなこと、わかるもんか、あいつにア食い物がねえんだ、とにかく、もしも上って来たとなったら、それこそ手あたり次第だぞオ!!」

母を真中に、右に新吉、左に政次の三人。膝小僧《ひざこぞう》を抱いた政次の瞳は、幾分かふるえをおびて悲しそうだ。

「ちくしょう!! せっかく我々が一生懸命神さまにお願いしているのに、萩原のやつがヒヤカシ半分にへんな笑い声なんかたてやがるから……」

二人の顔を不安そうに見比べていた母は、スーッと立ち上って仏壇に灯明をつけ、

「なむあみだぶつ、なむあみ……」

なにものにも替えがたい、かわいい我が子を、災難から守って下さいますようにと、一心に祈る母の声はうわずっていた。

「くそッ!! こんなものにまけて、たまるものか!! 東京湾水難救済会《サルベージ》の面目にかけても!!」

新吉の若い血潮は燃え立った。

「——なあに兄ちゃん大丈夫だ。国と国との争いで、むやみに手出しのできねえ相手ならともかく、生物だとなったら、たとえ山のようにでっけえやつでも、大砲でもぶっぱなしゃア一ぺんだ!!」

「新吉、それができるぐれえの相手なら簡単だよ、やつがちょっと動き出すと、このくらいの風が——」

と、雨戸の方に目をやって、耳をすました。

「――ビュー、ビューうなり出すぐらいの……」

と言いかけて、キッとなって新吉を見た。

「なんだ⁉」

「シーッ‼」

「………」

「新吉‼　へんな音が聞えないか⁉」

「オッ‼　なんだろう？　ズシーン、ズシーンて……アッ、来る‼　こっちへ来る‼」

ドキンとして、二人は顔を見合せた。

「政！　新吉‼」

お経をやめて、二人の前に駆け寄った母のお峰は、胸をかき抱いて、ただオロオロしているだけである。

その間にも、音はどんどん近づいて来るらしい。そのたびごとにビリビリッ、ビリビリッと家が震動する。

ビューーッ、とうなりをたてて、風が吹き抜けた。メリメリ……ドスーン‼　どこかの木がぶっ倒れたらしい。

地獄で救けを求めるような、悲しい叫びが、闇の中でとぎれとぎれに聞える……

新吉はたまらなくなった。机の抽出《ひきだ》しの短刀《どす》をひっつかむと、目をいからせて土間へ駆け下りた。

「新吉、出ちゃいかん!!」

お峰があわてておさえようとしたが、一足おそく、新吉は荒れ狂う戸外へとび出していた。

「新吉!!」

政次が母をおしのけて、後を追おうとして戸をおし開けたとき、

「アーッ!!」

驚愕とも悲鳴ともいえない新吉の叫びが、荒れ狂う闇をつき破った。

「どうしたッ!!」

政次がむちゅうでとび出した。と、その瞬間、なにを見たのか、

「ワーッ!!」

と悲鳴を上げると、はじかれたように、いきなり身をひるがえして駆け込んで来た。

「おッ母さん！　たいへんだ!!」

と、母親をかばおうとしたとき、バリバリッと物凄い音がして、天井が崩れ落ちて来た……

地上に突き倒され、荒れ狂う嵐にうたれながら、新吉は血だらけの顔を上げて、

「おッ母さん!! 兄ちゃん!!」

と叫び続けながら、無惨におしつぶされた我家に向ってズルッ、ズルッと懸命になって這い寄って行く……。

ゴジラ現る

国会ではおおぜいの証人を呼んで、急遽公聴会が開かれた。

各政党代表の委員たちがズラッと並んでいる中央の証人台で、村長が固くなって説明している。

「——家屋の全壊されたもの三十二戸、半壊されたもの十三戸、死傷者四十名。なにしろ闇夜の上に目も開けられない程の風があったもんでごぜえますから——」

委員たちはシーンとして、語る村長の顔をジット見つめている。

委員長は、書類から静かに目を上げると、

「この家畜類の被害、というのは?」

「あ、申し忘れました。牛が十二頭、豚が八匹であります——」

委員長はうなずいて、鉛筆を動かした。

「はい、けっこうです。では次の方ご登壇ねがいます」

村長がしずかに証人席に帰ると、替って立上ったのは、繃帯すがたも痛々しい新吉少年だった。

会場の雰囲気にのまれて悪びれるようなこともなく、新吉は強い語調で質問に答えて、

「——嘘じゃないんです。暗くてよくわからなかったけど、たしかに生きものです。私の兄は……」

ちょっと言葉がとぎれて、ワーッと、目にいっぱい涙が浮んだ。

「……とうとう、やられてしまったのですが……その前にも一度、海の上で襲われているのです。……死ぬ前に言っていました……たしかに、こないだのやつだ、と……」

後の言葉は、涙にむせて聞きとれなかった。

会場のあちこちから、同情のためいきが流れ、

「ウフ……」

と傍聴席の中ほどからむせび泣く声が流れた。栄光丸で死んだ少年水夫武雄の妹喜代だった。次に登壇したのは、新聞記者の萩原である。

「私は、事件の前日、島へ渡っていろいろ調べていたのですが、勿論《もちろん》、新聞記者として、私は大戸島に伝わるゴジラのいい伝えなど、信用はしませんでした。然《しか》し、とい

って、どうも常識をうたがわれそうで弱るんですが、どう考えてみても、なに物かの足跡にちがいないと思えるんです。第一、家の壊れかた、ヘリコプターのつぶされかたなどから判断してみましても……」

すべての証人が、みんな生きものだと証言する、この不可怪な事件に、委員たちはいつしか蒼白な顔になっていた。

「では最後に、古生物学の山根恭平《きょうへい》博士のご意見を拝聴いたします」

委員長の声に拍手が湧き、白髪の老紳士、山根博士が立上り、

「……さて、実地の調査もせずに、見解を申述べるということは、ちょっとどうかと思いますが、ここで、その生物の存在を否定することも、肯定することも私にはできません。なぜなればご承知のように、ヒマラヤの山中には、いまだに謎のとけない雪男の足跡といわれるものが発見されておりまして、〝閉ざされた地球のポケット〟といわれる深い海の底に、どのような秘密がひそんでいるかは、およそ想像もつかないからであります……」

いったい、そんなに巨大な謎の怪物が、この世の中に現存しているものだろうか？

日本はもちろん、世界中の国々の注目をあびて、調査船かもめ丸が、いよいよ現地に派遣されることになった。

団長には古生物の権威、山根博士がえらばれ、東京湾水難救済会《サルベージ》からも、貴重な体

験者であり、勇敢、機敏な新吉少年が一行にくわわることになった。これを知った恵美子は、ぜひ一緒につれて行ってくれと、父にせがんで、ようやく父の助手ということで承諾をさせた。

一方、団長の山根博士が、恵美子の父であることさえ知らなかった新吉少年は、ましてこんなことなど全然知るはずがなかった。

「恵美子さん！　どうして、こんな危険なところへ？」

甲板で恵美子を見た新吉は不思議そうに叫んだ。

「ウフフ……。新吉さんも行くと聞いたので、父にたのんだのよ」

「父に？　アア、山根博士は恵美ちゃんのお父さんだったの？」

「ウフ……あっ、船が出るわ」

恵美子は、見送りの人々に、右手のハンカチを振った。左手にもった紙テープがぐんぐん伸びてゆく。その片一方の端を握って、多勢の人の中に、芹沢《せりざわ》大助が静かに手を振っている。

そこへコツコツと山根博士がやって来て、恵美子と共に手を振った。

芹沢大助は、殊《こと》のほか山根博士にかわいがられている薬物化学者で、戦争のために片目を失い、顔半面にいたいたしい傷を受けている。そのためか、ヒヤッとするほど冷たい感じを人々にあたえ、自分のそういった暗さを知っている芹沢は、本能的にそれとまるで反対な、ピチピチした性格をあこがれ、明朗で快活な、恩師の令嬢恵美子を、非常にかわいがっていた。

「プツン！」

と音がして、テープが切れた。

「あら！」

しかし、すぐ恵美子は明るく手をふった。

「さようならア、行ってまいりまーす」

元気な声が、海原《うなばら》を渡って行った。だが、芹沢には聞えないのか、じっと見つめる悲痛な顔はほころびさえもしない。

コンコン……。船は快適な航海をつづける。これが大戸島方面の危険水域へ行くのでなければ、どんなに楽しい航海になったか知れない。

「パパ、この人が信州でお友達になった新吉さんよ」

「ああ、この人が、その節は恵美子が、いろいろおせわになりました。私が父です」

「はじめまして、森田新吉です。よろしくおねがいいたします」

「もう傷はいいんですか」

「え、おかげさまで」

「こんどは復讐戦というわけですな、まあ、しっかりやって下さい」

ポンと肩をたたいて、はげました。一同はすぐに救命胴衣をつけた。博士がちらっと恵美子を見て、

「芹沢くんが見送りにくるなんて、よほどのことだなア……めったに実験室から出たこともない人が……」

　思わず、恵美子は父の顔を見た。

「……最後のお別れに来たつもりかも知れない……」

「まあ、どうして？」

「……勿論、危険水域は避けて行くが、万一ということもあるからなア」

　思わず、恵美子は海面を見やった。

　覚悟はして来たものの、大きな波のうねりが、無気味なものとなって、恵美子の目にうつり、やがて、不安そうな目を上げると、

「ほんとうにいるのでしょうか？　そんな大きな動物が……」

「さあ、お父さんにはなんともいえないが……」

　恵美子は、じっと海面を見入った。

　じっと双眼鏡を目にあてていた、新吉の頬がピクピクッと動いた。

　やがて、かもめ丸の行く手に、大戸島がぽっかりと夢のように浮んだ。

　新吉の心は、悲しい想いでいっぱいになった。が、すぐそれが、まだ、はっきりと

姿を見せない巨大な怪物に対するいかりに変った。

「まあ……ひどい!!」

「ウーム……」

静かに大戸島に上陸した一行は、思わず驚きの叫びをあげた。

予想以上に悲惨な被害のあとである。太い柱などが、みごとにへし折られているかと思えば、戸板などはめちゃめちゃにすっとんでいる。

とりあえず、村長の案内で、海に面した共同墓地に登った。紫色の線香の煙が悲しくゆれて、真新しいソトウバが、ところどころに立ち並んでいる。

恵美子たちは、その前へ進みよると、両手を合せて冥福《めいふく》を祈った。

「おやっ、新吉さんが?」

そっと頭を上げた恵美子は、傍に新吉のいないのに気付いて、あたりを見廻した。

「アッ、あんなところに」

と叫ぼうとして、思わず息をのんだ。

「——お母さんと、お兄さんの……」

ハッと胸をうたれ、じっとその姿を見つめたまま、静かに歩み寄った。

新吉は、恵美子が静かに寄りそったのも知らないのか、じっと両手を合せてうつむいたまま動こうともしない。その両手に、とめどなく涙が落ちていた……。

共同墓地を出た一行は二手に別れ、山根博士は萩原と、新吉を案内役にして、つぶされたままの新吉の家や、そのあたりの、異状な被害状況を、真剣な面持で観察したり、キャメラにおさめたりした。

田畑博士と助手たちは、井戸側が半分近く崩れている共同井戸を、ガイガーカウンターを使って、一心に放射能の検定をしていた。

村の老婆や子供らが、遠まきにして、不安そうに見守っている。

「ウーム、相当なもんだなア」

助手は田畑博士と目配せすると、村人たちに向って、

「当分のあいだ、この井戸水も使わないで下さい。たいへん危険ですから……」

と、叫んだ。

「こまったことになったなア……」

悲しみに近い嘆声が、村人たちのあいだに湧き起った。

「へんだなア……」

首をかしげながら、田畑博士が、

「――どうして、この附近の井戸だけに、放射能を感じるのか？……」

傍にいた助手が、

「先生、放射能の雨だとしたら、むこう側の井戸だけが助かるなんてことは、あり得

ないはずですな？」

と、答える。

「そうなんだよ、どうも、ふにおちん」

と、首をひねっている。

新吉の家の附近では、倒れた椰子《やし》の木をまたいで来た萩原が、道の窪《くぼ》みを指さしながら、

「先生！　ここの方がはっきりしてますよ」

と、山根博士をよんだ。

後から来た山根博士は、そこに大きな足跡らしい窪みを発見すると、

「おお!!」

と、目をぎらつかせて、その中へとびこんだ。

「萩原くん、これが、ある生物の足跡だといったら、君は信用するかね？」

「ほんとうですか、先生!!」

萩原は、びっくりして目をギラギラと輝かした。

隣にいた新吉が、ソレ、見たことか、とばかりに萩原をグッと睨んだ。

「見たまえ、単なる崖《がけ》くずれなら、このへんは一番、土砂が積っていなければならんはずだ」

新吉、恵美子、萩原たちは、うなずいて、博士の指さす方を見上げた。

崖は、ところどころ赤はだになっている。

その真中に、おしつぶされたように樹木がたおれ、尾根に続いている。

そこへ、ガイガーカウンターを先頭にして、田畑博士の一行が、その足跡を追ってやって来た。山根博士や新吉たちが、怪訝《けげん》な面持で、崖の赤はだを見ていると、

「先生、危険です!! 穴の中が、いちばん放射能が強いですよ！」

と、助手が蒼い顔をして叫んだ。

「えっ!! この足跡に、放射能が……？」

意外そうな顔で頭をひねる。

助手が、後について来た村人たちに、

「皆さん、近寄らないで下さい。ここは危険ですよ!!」

と、注意した。

「さ、さ、みなの衆、帰ってくんな、近寄るとあぶねえそうだから……」

村長以下、おもだった村の人が、女、子供を追いやると、すぐ、そこへ綱を張りめぐらした。

「おやっ？」

山根博士が、なにやら、たいせつそうに拾いあげたものがある。

エビともカニともつかない、甲殻類の一種である。

みるみる博士の顔がうわずって来た。

「恵美子、ごらん！　トリロバイトだ。今は絶滅したと信じられている『三葉虫』なんだ!!」

「ンまア……」

「ア、先生」

穴の上から、田畑博士が叫んだ。

「直接手をふれると危険です!!」

山根博士はふりむきもしない。助手がとびおりて、ゴム手袋をさし出した。

博士は、しかたなく、三葉虫を一度地にすて、ゴム手袋をはめて、改めて、大切そうに三葉虫をひろいあげてドーランの中に入れる。

「先生、一体それはなんです？」

萩原がのぞきこんだ。

「これはたいへんなもんだよ」

それっきり、博士はなにもいわない。

一同は、おりかさなるようにして、ドーランの中をのぞいた。

調査は予期いじょうの成績をあげて夜になった。

テント張りの調査本部の前には、赤々と焚火が燃えて、二、三人の団員が見張りに立っていて非常に厳重な警戒が続けられた。

恵美子と新吉は、つれだってテントのまわりを散歩している。

「お父さんはなんといわれています?」

「まだ軽々しく口に出す時機じゃあないって、新吉さんはどうお思いになって?」

「軽々しく口にする時機じゃアありませんなア」

「マア……」

「とにかく、今度の事件は、常識では考えられませんな、かりに、ゴジラという、鯨より大きな動物がいるとしても、どうして海底の物凄い水圧にたえて来たか? それだけでも、今までの考え方からすれば不可能なことですからねエ」

恵美子はコックリうなずいた。

相手が萩原だったら、おそらく新吉は、こんな話し方をしなかっただろう。ゴジラはいると、はっきり言い切ったかも知れない。

そのとき、闇の中で、あわただしく半鐘《はんしょう》が鳴り響いた。

「あッ、半鐘だ!!」

新吉が叫ぶのと、恵美子がガバと新吉の背につかまるのと、ほとんど同時だった。

「なんだ、なんだ」

調査団の人々が、天幕から走り出た。

「ジャン、ジャン……」

半鐘は、無気味に夜空になりひびいている。

銃、竹槍《たけやり》、刀、あらゆる武器を持った人々が、坂道を駆けのぼってゆく。

新吉を先頭に、山根博士、萩原、田畑博士、それに助手たちの一団もあとにつづいた。一寸先も見えない闇の中だ。

と、いきなり、ニューッと、想像もできないくらい巨大なゴジラの顔が、尾根の向側から現れた。

闇の中にポッカリ浮ぶ、蛍光塗料でもぬったような、青白い光りをはなつ恐ろしい顔!!

その口には、血のしたたる牛を喰《くわ》えこんでいる。

「あッ!!」

と叫んで、一同はブルブルと震え出した。ガクガク震えながら、博士はここでハッキリと世紀の巨獣を見たのである。

「パチっ」

萩原はすかさずシャッターを切った。

ゴジラがぐっと身をかがめたと見るや、その爪にすくい上げられた娘の姿があった。

「キャーッ!!」

人々は算をみだして駆け下りて行く。

恵美子も夢中で走った。と、木の根に足をとられてタッタッタッ……とつんのめった。

「アッ!!」

そのとき、これを見たゴジラが、クワッと口をひらいた。

絶体絶命!! 恵美子は体がすくんで、動くことができなければ、声さえ立てることができない。

ゴジラの顔がぐーッと近づいた。

「キャーッ!!」

そのときだ、風のように駆けもどった新吉が、サッと恵美子を抱きおこすと、いっさんに駆け下りて、岩かげに転がりこんだ。

「ハッハッ……」

息づかいの荒い恵美子をかばいながら、

「恵美ちゃん、もうだいじょうぶだよ」

と背をなぜてやる。

新吉がそっと岩かげから体をのり出して、あたりを見廻すと、もう、ゴジラの姿は、どこにも見あたらなかった。

「ああ、たすかったんだ」

ほっと緊張がゆるんだ二人は、ぐっと手を握り合って、無事をよろこんだ。

「恵美子！　恵美子！」

ひとり娘をあんずる、父博士の声がこだまする。それを耳にすると、二人は非常になつかしい声でも聞いたように、ニッコリ笑って立上った。

「恵美子！　恵美子！」

息をはずませて、山根博士が駆け上ってくる。

「こっちだ、こっちだ!!」

と、村人たちが叫んでいる。そして、またも駆け上って行く一団があった。

山の頂上から、茫然と海を見つめる村人たち。田畑博士、萩原たちも駆けのぼって行った。

だが、そのときはもう、巨大な足跡を海岸にのこして、ゴジラは海底に立去った後であった。

謎の三葉虫

「芹沢くん、いつものことながら、研究の発表ということは、嫌なもんだね……」

「はあ⁉」

「とくに、今回のように、ゴジラの出現が、水爆実験と関係があると思われるような場合は……関係国との微妙な政治問題になる可能性も、十分にふくまれているんでね」

「よくわかります」

東京へ向って、京浜国道を突ッ走る、一台のキャデラックがあった。

山根博士、恵美子、芹沢と並んで、助手台にいるのは新吉だ。

「だからこそ、公表なさる必要があるんだわ、真実をありのままに発表するのが、学者の使命じゃありませんか……」

恵美子は、頰を紅潮させながら、勢いこんで云った。

助手台から新吉が体をのりだすようにして、

「同感だなあァ、学者が一々政治問題を気にしていたら、研究なんかできませんよ、そうでしょう、芹沢さん！」

芹沢はしばらく新吉の顔をみつめていたが、

「ああ、そうかも知れん!!」

と、力強くうなずいて、

「ハハ……諸君たちのような味方があると思うと、わしも心強い」

山根博士は、体をゆすって笑った。

芹沢は、窓の外をすかして見て、

「では、先生……」

と、腰を浮かした。

自動車は、キッキッと……、ブレーキの音をたてて芹沢の門前にとまった。

「芹沢くん、また実験室か？　毒だぜ、たまには表の空気でも吸えよ！」

博士が心配そうに注意した。

芹沢は笑って、自動車を降りた。

「またいらっしってね、こんどはご馳走をこしらえて待ってますわ」

「ありがとう、恵美ちゃん。では……」

自動車は走り出した。

芹沢は、一人ぽつんと、これを見送っていたが、車がカーブした路を曲って見えなくなると、入口のベルを押した。

「おかえんなさいまし」

婆やが迎えに出る。

ひっそりとして、物音一つしない室《へや》の中には、古びてはいるが、どっしりとした調度品がいくつも並んで、広々とした室だ。

芹沢は、地下への階段を降りて行った。そこには、ズッシリと重い扉があって、実験室になっている。

スイッチをひねると、さまざまな化学実験器具や参考書や、テレビなどが置かれている。

死んだように冷え冷えとしたこの実験室の中に、なにか、微かにうごめく物がある。ガラスの水槽の中で、ひらひらと泳ぎ廻っている、かわいらしい魚だった。

芹沢は、すぐ書きかけの研究にとりかかった。

芹沢を途中で降ろした山根博士の一行は、そのまま国会議事堂に向った。

先日の調査の結果を、各党専門委員に報告するためである。

正面の座席に山根博士が立ち、その背後には田畑博士や、調査団の責任者がひかえ、恵美子も父の助手的な存在で新吉と肩を並べている。

「――今からおよそ二百万年前、恐竜やブロントサウルスなどが全盛をきわめていた時代――学問的には侏羅紀《ジュラき》と云うのですが……」

このとき、スクリーンに幻灯が写り、

「——その頃から次の時代、白亜紀にかけて、きわめて稀れに生息していた海棲爬虫《かいせいはちゆう》類《るい》から、陸上獣類に進化しようとする過程にあった、中間型の生物であったとみて差支えないとおもいます。かりに、これを大戸島の伝説にしたがって、ゴジラ、とよぶことにします」

と、また別の幻灯が映され、

大戸島で撮影したゴジラの頭部が、ガッと口を開いて、とびだすような物凄さを感じさせた。

「ワーッ!!」

あっちこっちから、びっくりしたような聴衆の声が湧き起り、

「これは、我々が大戸島で遭遇したゴジラの頭部でありますが、これから見ても、ほぼ五十メートルぐらいの大きさの動物であることが推定されるのであります。それがどうして今回我が国の近海に現れたかの点でありますが……おそらく海底洞窟にでもひそんでいて、彼らだけの生存を全うして、今日まで生きながらえておった……それが、このたびの水爆実験によって、その生活環境を完全に破壊され、もっと具体的にいえば、あの水爆実験の被害を受けたために、安住の地を退《お》い出された、と見られるのであります……」

その言葉に、各党の専門委員たちの間に、大きなざわめきがもちあがった。

山根博士は、講演しながら、動揺する場内の気配を十分感じながらも、

「それを裏書する証拠はこれです……」

一瞬、場内は水をうったようにシーンとなって、博士の指し示すスクリーンの方を見つめた。

「要点だけ申上げると、第一はゴジラの足跡から発見したトリロバイト……」

幻灯には、カニのような、無気味な虫が、大きく映し出されている。

「一名『三葉虫《さんようちゅう》』ともいい、今は絶滅したと信じられている、前世紀の甲殻類の一種でありまして、このトリロバイトが、ゴジラの体から落ちていました。第二に、そのトリロバイトの殻から発見された岩砕――砂です」

パッと幻灯が変って、

「これは、疑いもなく、侏羅紀の特色をしめすビフロカタス層の赤粘土なのです」

このとき、委員の一人が手を上て、

「博士！　どうしてそれが、水爆に関係があると断言できるのですか!?」

博士は静かにその委員の方を見て、

「その粘土にガイガーカウンターによる放射能検出、定量分析による、ストロンチューム90の発見――後ほど、田畑博士からくわしく説明がありますが、つまり、二百万

年前に絶滅したと思われる、三葉虫の粘土の中に、あの水爆の放射能を多量に発見することができたのであります！」

と、いいきると、場内にはまた、にわかなざわめきが起った。

「ご静粛にねがいます、ご静粛にねがいます」

委員長がテーブルをたたいて注意をした。

博士はふたたび、口をきって、

「それからもう一つ、あの奇怪な白熱光を、全身から発することによっては、これは、おそらく水爆の影響によって、放射性因子をおびたものである、と見ることができましょう」

博士の説明が終ると同時に、今度は前にも増したざわめきが起った。

「ご静粛にねがいます。ご静粛にねがいます」

委員長がふたたびテーブルを叩くと、いきなり××党の議員が立上った。

「委員長、委員長!!」

委員長はその方を見て、

「大山委員――」

と、静かな声で指名した。

「私は、ただいまの山根博士の報告は、まことに重大でありまして、かるがるしく公表すべきではないと思います」

「なにをいうか！　重大だからこそ公表すべきだ!!」

議場は騒然となって、野次が乱れとび、
大山委員はぐるっと、議場を見渡して、

「だまれ!!　と、いうのは、あのゴジラなる代物《しろもの》が、水爆の実験が生んだ落し子であるなどという……」

「そのとおり、その通りじゃないか！」

「そんなことをだ、そんなことを発表したらただでさえうるさい国際問願が、一体どうなると思うんだ!!」

「事実は事実だ！」

「だからこそ重大問題である！　軽率に公表したなれば、国民大衆を恐怖におとしいれ、ひいては政治、経済、外交にまで混乱をひきおこし……」

「ばかもの！　なにをいっとるか!?」

「ばかとは何だ！　ばかとは！　謝罪しろ!!」

「公表反対！　絶対反対!!」

「発表、発表！　堂々と発表しろ!!」

議場は大混乱におちいった。その中で、山根博士はじっと目を閉じたまま動こうともしない。その傍に、恵美子と新吉が、瞳を輝かしてこのありさまを見つめていた。

こうなると、もう日本中どこへ行ってもゴジラの噂で、もちきりである。

「いやあねえ……原子マグロだ、放射能雨だ、そのうえ今度はゴジラと来たわ……もし東京湾へでも上りこんできたら、私たち一体どうなるの？」

上野駅を発車したばかりの、混雑した京浜線大宮行の電車の中で、中学生らしい二人の学生と前髪を柔かくカールした、かわいらしい笑窪《えくぼ》のある一人の女学生とが話している。

「まず真先に、君なんか一口でパクリだな」

「いやなこったわ、せっかく長崎の原爆から命びろいしてきた、たいせつな体なんだもの……」

「そろそろ疎開先でも考えるとするかな……」

「疎開？　疎開って田舎へ行くこと？」

「しょうがないな、今どきの若い者は、僕たちの若いころは……」

「ハハ……。なによ、僕たちの若いころなんて……、私だって経験者よ」

「いやあ、こりゃあ失敬。それでも覚えがあるの？」

「まあ失礼な！」

女学生は右隣の学生の肩をポンと叩いた。

「あァあ、疎開か、また厭《いや》な世の中になりやがった……」

　銀座五丁目の停留所で、白線を二本帽子にまいた高校生が二人、雨傘をさして、都電の来るのを待ちながら話している。

「なんとか退治する方法はないのかなあ……」

　ズングリした方が頭をひねりながら、背の高い方に話しかける。

「どうもだめらしいなア、どっちみち、われわれ日本人は、こうして死の宣告を待っているようなもんさ」

　心細そうに空を見上げる。

　銀座一帯は、霧につつまれたようにボーッとかすんで、しとしとと、とめどもなく小雨が降りそそいでいる。

　と、突然、街頭のマイクロフォンから、

「ビー、ビーッ、ビーッ！」

　と、ついぞ聞いたことのない異様な音がして、興奮したアナウンサーの声が流れた。

「臨時ニュースを中上げます。本日四時、北緯○度、東経○度の海上において、極東商船所属の油送船『栄丸《さかえまる》』五三○トンが沈没いたしました。なお東経○度より○○度、北緯○度より○○度を結ぶ海上は、もっか出動中のフリゲート艦隊によって、ゴジラに対し、爆雷攻撃を実施中につき、ふきん航行の船舶は、充分なる注意を要します……」

電車を待つ人々は、不安な面持で聞いている。

そのご新吉は、しばしば山根家へ遊びに行くようになり、今では家族の一員のように、自由にふるまっていた。

勤め先の東京湾水難救済会《サルベージ》の所長尾形秀人《おがたひでと》と共に、山根家をおとずれた新吉は、博士や恵美子らと、応接間で大戸島の話をニギヤかにしていると、女中のお君さんがバタバタと駆け込んで来て、蒼い顔をしてラジオの臨時ニュースを伝えた。

「えッ！　また？」

一同は顔を見合せ、

「ちくしょう!!」

と叫んだ。山根博士は、じっと目をとじている。血の気のないその頬が、ピクピクとケイレンした。

新吉が立ち上って、ペーチカの上のテレビをひねると、旭日旗《きょくじつき》をなびかせた十隻のフリゲートが、白波を蹴立《けた》てて走り廻っている。

パーッとすさまじい水煙が方々に上った。一斉に爆雷を投下したのだ。

「ウワーやった、やった！」

尾形が手を叩《たた》いてよろこんでいる。

「すごいなア、どうも昔を思い出すわい……」

「そうでしょうね、しかし、これでゴジラがやっつけられるかなア……」

「新吉さんには、親兄弟の仇ですものね」

「ちくしょう！　僕もフリゲートで行きたかったな」

そのとき、目をとじていた山根博士が、スーッと立ち上って研究室に入って行った。

三人は話をやめて顔を見合せる。

「お父さま！……お父さま」

恵美子が父の後を追って席を立つと、新吉は不審そうに尾形の顔を見た。

「どうかしたんでしょうか？」

「うむ？」

尾形は新吉をふりかえって、

「先生は動物学者だから、ゴジラを殺したくないんだなア……」

新吉は、思いも及ばないことを言われてビックリして、

「――しかし尾形さん、いくら動物学者だって？　だまって見ていれば、人類が
……」

「シーッ」

尾形が右手をちょっと上げて新吉の言葉をさえぎった。恵美子が父の研究室をノッ

クしている。

「お父さま、お父さま……」

しかし、静まり返って返事がない。

恵美子は思いきって扉を開けた。真暗だ——

「お父さま」

スイッチをおすと、いろいろの化石類や、たくさんの書物に埋った肘《ひじ》かけ椅子に、深々と腰かけた、父の後姿が浮び上った。

「お父さま？」

後姿がちょっと動いて、

「恵美子、しばらく一人にして置いてくれんか」

「………」

ジーンと滲み込むような静かな声だ。父が大すきな恵美子には、すぐその気持が察せられた。静かに出て行こうとすると、

「恵美子！」

後姿のままの父の声が呼び止めた。

「は？」

「電気を消して行ってくれ」

「はい……」

パチッと音がして、恵美子は静かに扉をしめた。暗闇の中で博士はいぜんとして動かなかった。

地下の実験室

七色にまばゆく輝く銀座のネオンを遠く見て、大島通いの遊覧船「橘丸《たちばなまる》」が、楽しいメロディに包まれて、静かな夜の海を辷《すべ》るように走って行く。

大人というものはかってなものだ。大戸島がゴジラに襲われたというニュースが入れば、その時は震え上るほど驚くが、ときが過ぎ、まして遊ぶこととともなると、そんなことなどすっかり忘れてよろこんでしまう。

甲板では、派手な服装の男女の群が、夢見るようなまなざしで、うっとりと踊り狂っている。

中央の台の上に、真白な揃いの服に真赤な帯をだらっと下げて、南国情緒をたたえた五人のバンドマンが、セントルイスブルースの甘い調べをかなでている。

船首に集った酒豪連は、テーブルの上にビールの大ジョッキを並べ、口のまわりを泡だらけにして、何かわからないことを盛んにしゃべり合っている。

「──あなた、ごらんなさい、夜の海ってきれいねえ──」

「──きれいだなア、ほら、もう東京の灯《ひ》も見えなくなっちゃったよ」

「あら、ほんと、なんだかずい分遠く来た、という気がするわね」

「おっ、夜光虫が光ってる」

「まあすてき!」

若い男女が、船べりの手摺《てす》りに寄りかかって話合っている。

「あら、あっちの方まで。船の後をずっとつけて来るみたいね。あらッ、あれはなんでしょう?」

「どれ? オッ、すごいなア」

「美しいわア──だけどへんね……」

「ウム──、あそこだけ泡立つなんて……」

不安そうに、二人がひしと寄りそったとき、青白く泡立っていた水面が、急にガバガバッと、竜巻のように渦巻き、盛上ったかと思うと、ニューッとゴジラの巨大な首が現われた。

「キャーッ!!」

この声に、踊っていた群もピタリと止って、みんなその方を見た。

「キャーッ!!」

「ゴジラだーッ！」

かん高い恐怖の叫びが船をゆるがした。

東京では、橘丸からの無電で、早速対策本部がもうけられ、夜のあけ始める頃から、陳情団や問合せの人々が廊下にひしめいている。玄関に見なれた黒塗りのキャデラックがとまった。薄い茶のズボンに、白の開襟シャツという軽い服装の山根博士であった。

混雑した廊下をかきわけながら、突き当りの室のドアを開けると、あわただしく本部長が出迎えて、奥にみちびいた。

どっしりとしたソファーに、海上保安庁長官の斎藤さんと、伊藤次官がまちかまえていた。

「……いやア、弱ったことになりました。先生……このままでは、近く外国航路も停止しなければならない状態です。なにかよい方法——ヒントでも結構ですから一つ……」

「そうですなア……」

博士はニコリともせず、長官の顔をじっと見つめた。

横あいから、伊藤次官が煙草を性急《せっかち》にすいながら、

「山根博士！　率直に申します。どうしたらゴジラの生命《いのち》を絶つことができるか、そ

の対策をうかがいたいんです！」

山根博士は、一瞬興奮して顔色を変えた。

「それは無理です！　水爆の洗礼をうけながらも、なお生命をたもっている強靭なゴジラを、なにをもって抹殺しようというのですか？　それよりもまず、あの不思議な生命力を研究することこそ、第一の急務だ……世界中の人類のために、日本人のみにあたえられた唯一のチャンスなのだ……」

今日はお役所勤めをする者にとって、最も楽しい土曜日なので、お昼のサイレンと共に外へとび出した新吉は、その足でまた山根家へ向った。

山根博士が、今朝海上保安庁で言ったことは、これと同じような仕事をしている水難救済会《サルベージ》の新吉たちの耳へ入らないはずはない。

この前も、所長の尾形に「博士は動物学者だから……」ということをチラッと聞いて、不審に思っていたのであるが、今朝また、こんどは公然と博士の考えを知って、益々《ますます》不審がつのって来た。これが他人の言葉なら、無性に腹が立つところなのだろうが、恐るべきゴジラの前で、死の恐怖におびやかされながら、共に苦労をして来た、今では親代りの信頼すべき山根博士の言葉なのである。

新吉は、たまらなく淋しかった。

「僕の母、兄を殺した、憎んでも憎みきれないゴジラ!!」

だが、僕のこの気持を、充分知ってくれているはずの山根先生は、「ゴジラを殺すなんて、もってのほかだ!!」

と言っている。

「先生は……、僕がこれほど尊敬している先生は、親無しっ子になってしまった僕のことなど、てんで眼中にないのだ！」

どこをどう通って来たのか、全然覚えもなく、気がつくと、山根家の門前に来ていた。

勝手口へ廻ると、女中のお君さんが洗いものをしている。

「おや、新吉さん」

女中のお君が蒼白い顔をして静かに入口に立っている新吉を見て叫んだ。

「こんにちは、先生いる？」

「ええ、茶の間に」

新吉は、そのまま茶の間へ行った。

窓をいっぱいに開けはなった涼しそうな茶の間で、老眼鏡をかけた山根博士が、上むきかげんになって新聞を読んでいる。

「先生こんにちは」

「おお、新吉くんか、まあ入り給え、おやッ、君、顔色が悪いけど、どうかしたの？」

いつもながらよく気を使ってくれる先生の言葉が、なぜか今日に限ってジーンと胸にしみた。

新吉は、じっとしていたら溢《あふ》れ出すかも知れない涙をまぎらすために、わざと突っかかるように苦々しく言った。

「先生、今日は先生に聞きたいことがあって来たのです！　もう来ないつもりでいたのですが……」

「……」

先生は、じっと新吉の顔を見つめた。眼鏡をはずした顔は、深いシワが刻まれて、慈愛に満ち満ちている。

「新吉くん、もう来る時分だと思って、待っていたのだよ……」

「なんですって？」

新吉の心の中の一部分である、反抗しようとする心が「なにをいってやがんだい」と頭を持ち上げた。

「今朝、私がああいうことを発表したからには、まず一番先に、君がもんくをいいに来るだろうと思っていたのだ……」

「えッ？」

新吉はビックリした。とび上るほどビックリした。ことによったら、今日こそは先生と絶交しなければならないような羽目になるかも知れないと、悲しく思いつめていた新吉なのだ。

若造のくせに！　と一喝してくれたなら、どんなに楽に話すことができるだろう。だのに……

「ああ……先生は、こんなにまで僕のことを思っていてくれたんだ。それだのにこの僕は、先生を裏切り者だの、僕のことなぞ全然考えてもくれないなどと……。先生！　かんにんして下さい……」

心の中で、声かぎりに叫んだ。

紅味のさした両方の頬に、大きな滴《しずく》がポタリと落ちた。そのとき、

「あら！　新吉さんたら……いじわる！」

明るい声がして、恵美子が入って来た。

新吉はあわてて目をこすると、

「ああ、眠くなっちゃった」

ごまかすために、目をパチパチさせた。

「あら、そんなに、長い間いらしったの？」

「いや、そうでもないんですが、いくら待ってても、恵美子さんのピアノが終んない

もんだから……」

「まあ失礼、エエ、どうせ私はへたくそよ、プンプン……」

「ハハ……そういう意味じゃあないですよ」

「エエ、いいのよ」

「ハハ……」

「ハハ……」

一同が朗らかに笑っている所へ、お君さんが、紅茶を持って来ながら、

「お嬢さん、萩原さんって方が、お目にかかりたいって、玄関に来てますよ」

恵美子は、両手でオレンジの入った紅茶を受けとりながら、

「私に? あら、へんねえ、お父さまか、新吉さんにっていうんならわかるけど……」

首をひねりながら、新吉の方を見ると、新吉はニヤッと笑った。

「新日本新聞の萩原さんでしょう?」

まだ疑っている。

「さあ、そこまでは存じませんが……」

「まあ、とにかくここへお通ししてよ」

お君さんが出て行くと、まもなく入って来たのは、相変らずハンチングを右手で鷲《わし》

づかみにした、新日本新聞の萩原だった。

「ああ、こんにちは、オヤッ、森田さんもこちらに……」

「ええ、しばらくです」

　短かい言葉のやりとりだが、どうも、萩原は大戸島いらい、新吉に頭が上らない。今日の用件は、なかなか複雑な用件らしく、萩原の目の動きが、どうも山根博士と新吉とを敬遠しているらしく、なかなか用件に入らない。恵美子は、すばやくこれを見て、

「萩原さん、むこうの応接へ行きましょう」

　先に立って彼を案内した。

「すみません、実はあんたにお願いがあってやって来たんです」

「まあ、なんでしょう。私にできることなら……」

「実はね、芹沢博士のところへ行ったら、体よく門前払いをくっちゃったんですよ、でね、尾形さんなら学校の同級生だから……紹介の労をとってもらおうと思って行ったら、僕なんかより、恵美子さんの方が絶対だ、というもんですから……勿論くわしくお話しますが、とにかく急を要することなので、すみません、恩に着ます……」

　そのとき、卓上の電話がジリリリッ……と鳴り出した。

「ちょっと失礼」

ガチャンと受話器を取上げると、

「——まあ、先日は……ええ、今ここにいらっしゃいます。なにか知りませんが、そんなに大事なことなんですの？　ええ、父にはいいません。では……ごめんください」

電話を切ると、

「尾形さんよ、ぜひ行ってあげてくれって」

萩原はニコッとして、

「そうですか、屋形さんは好い人だ、ぜひお願いします」

よろこびをおしかくすように、テーブルに額がぶつかるほど深く頭をさげてすばやく荷物をかかえこむ。

恵美子は、茶の間にいる父と新吉にことわって、萩原と共に芹沢の家へ行った。

芹沢は仕方なく、テラスへ導いた。

長い髪がぼさっと傷の半面にたれ下って、陰険な顔に瞳だけがギラギラ輝いて、初めての人なら、おそらくゾッとするにちがいない。

「そりゃア人違いです、なにかの……」

萩原は怪訝《けげん》な顔で、

「へえ……おかしいなア、たしかに芹沢さんだって聞いて来たんですが……」

「それに第一、私の研究とは、全然方向違いな話です」

「そうですか……実はですね、スイスにいる特派員が、直接そのドイツ人に聞いたというのです。芹沢君が、当時考えていたプランを完成していたら、日本のゴジラ対策も、なんらかの打開策が発見されるのではないか、といったそうなんで……」

不審そうに、萩原は芹沢の顔をじっと見つめながらいった。

「私には、ドイツ人の友人は一人もおりません」

「……そうですか、や、こりゃアどうも失礼しました。このところ、ゴジラ熱にとりつかれておりましてね、ハハ……」

頭をかきながら、

「……ところで、今なんのご研究で？」

「いや、くだらんものです」

「じゃどうも、お忙しいところを……」

「いいえ、お役に立たなくて」

「失礼します」

と、恵美子を見る。

「私は久しぶりに来たので、もう少し……」

「そうですか、じゃ、お先に……」

と帰って行くのを、恵美子が送って行く。

芹沢は、一人になると、なぜか急に、フッと暗い顔になって、考えこんでしまった。

室に帰って来た恵美子は、このようすを見てハッと何かを感じた。

芹沢は恵美子に気づくと、

「いやアどうも、せっかくの恵美ちゃんのお客さんを……」

「いいえ、いいのよ、尾形さんが忙がしくって、私に廻してよこしたんだから……」

無邪気に笑いながら、

「ねえ、近頃家へちっとも来ないけど、ほんとうに何を研究していらっしゃるの？」

芹沢は、花のような恵美子の笑顔を見ると、フッと目をそらした。

庭の垣根に雀が二匹、チッチッとさえずっている。

やがて芹沢は、真剣な面持で、

「恵美子さん、見せてあげようか？」

恵美子はドキンとした。

「え？……ええ、見せて……」

「そのかわり、絶対に秘密ですよ」

「ええ」

「……誰にも見せまいとしていた、まだ研究途上の僕の命がけの研究なんだが……恵美ちゃんだけなら信用できるだろう……そうだ、ぜひ見てもらおう！」

芹沢の顔にホッと紅味がさした。

「………」

「念を押すが、絶対に誓ってくれるね!!　僕が命をかけた研究なんだから……」

「ええ、絶対に！」

恵美子がうなずくと、

「よし！　来たまえ!!」

と、地下への階段を下りてゆく。

上から、わずかばかりの光線がさして、階段はうす暗い。先に立った芹沢が、カチッと鍵を開け、重い扉を押し開ける。

恵美子がそっとのぞくと、室の中は真暗で、いろいろな薬品のにおいがして、ヒヤッとする感じだ。

がさごそ音がしていたが、パチッと音がして電気がついた。

いろいろな実験道具が、所狭いばかりに置かれている。

壁に面して、いくつもの水槽が置いてあり、中にヒラヒラ魚が泳いでいる。

「まア！」

思わず恵美子が寄って行った。

そのまに、芹沢は内側からカチッと鍵をかけてしまった。

ギギ……、カーテンをひくと、コツンとも物音しない無気味な室だ。

芹沢は、ケースの奥から大切そうに金属製の小箱をとり出して、水槽の傍へよって来た。

恵美子は、そのようすを静かに見つめている。

芹沢は、なれた手付で配線などをほどこすと、その電線の尖端《せんたん》を、小箱からとり出した軽金属製の器械につなぐ。

恵美子は、ただ息をのんでみつめている。

芹沢は、恵美子に目で合図をすると、その小型の器械を、魚の泳ぐ水槽の中へ、静かに沈ませた。

恵美子が思わずのり出すと、

「だめだ、もっとさがって!!」

芹沢の声は意外に強い。

ギョッとして、恵美子はあとずさりをする。

芹沢がスイッチを入れると、グーンと低い音で、あの小箱が無気味にうなり出した。

芹沢は、水槽の方と、目の前のメーターを交互にみつめている。

と、メーターがかすかに震え出した。

恵美子は、くいいるように水槽を見つめている。——と見るまに、彼女の顔面に驚愕の色が刻まれ、突然、

「キャーッ!!」

と叫ぶと顔をおおってしまった。

殺してはならない

よろよろッ、とよろけるように、恵美子は蒼白な顔で実験室の入口の柱につかまった。後からひどく緊張した面持で芹沢が出て来る。

「恵美子がはげしい動悸《どうき》をおさえて、階段を上りかけると、芹沢は追いすがるように、

「恵美子さん、あなただからお目にかけたんですから……それを忘れないでね！」

「ええ、絶対に秘密は守ります」

驚きがよほどひどかったらしく、恵美子は手すりにもたれながら、よろよろと階段を上って行く。

芹沢は、薄暗い階段の下でじっとこれを見送っていた。然《しか》しその顔は、重大な秘密をうち開けたものの、良心のかしゃくと、後悔の色がありありと、深く刻まれていた。

恵美子が芹沢の家へ出て行ったあと、新吉の高ぶった興奮もどうやらさめて、博士

と新吉は以前の二人にかえって、いろいろと意見を述べあっている。

「先生、私にはどうしても先生のお考えがわかりません」

「そうかも知れない。然し新吉くん、もっと高い所から、よくこの問題を考えてごらん。戦時中、日本の広島に落ちた原爆は、一瞬にして、あれだけの大都市をふっとばしてしまったでしょう。ところが現在、南洋諸島で実験中の水爆は、あの原爆の何百倍かの威力をもっているのですよ。その水爆の放射能を受けたマグロ等を食べてさえも人間は危険だといわれているのに、あのゴジラは、その水爆の影響を受けてもなお、あれだけの力をもっているのです。いや、むしろそれ以上におそろしさを備えたと言ってても過言ではないだろう。何百万年も生き長らえた、あの生命力と、あの恐るべき水爆を受けてもビクともしない強靭な生命力は、一体どこから来るのだろうか？　その生命力のほんのちょっぴりでも、人間がこれを得ることができたら……」

新吉は、理路整然とした博士の説明に、ともすれば崩れ落ちようとする、自分の信念をヒシヒシと感じた。

「ごもっともです。しかし先生……」

「――幸いに、この絶好のチャンスが……」

博士の説明は、新吉に一言もしゃべらせないほどの威厳に満ちている。

「――日本に与えられたのだ。世界中の人々に迷惑をかけた日本人として、この研究を完成させることこそが、そのつぐないをすることのできる唯一つの道なのだ。新吉くん、そうは思えないか？」

ここではじめて新吉の意見をきいた。

新吉は深く頭《こうべ》を垂れて聞いているうちに、感情的になって思いつめていた自分の意見のほかに、こうも理論だった意見があったのかと思うと、なんだかはずかしいような思いがした。

しかし新吉の心の中には、まだ人間として消すに消せない熱血が、沸々と音をたてて燃えたぎっていた。

「先生のお考えはよくわかります。私も先生のような立場にあったら、おそらく、それに同調していたかも知れません。しかし先生！　私の母は、兄は、ゴジラに殺されたのです……。先生もゴジラの恐しさは、大戸島で充分知っているはずではありませんか、あのとき、恵美子さんも、もう少しでゴジラのために、やられるところでした……」

新吉は、じっと博士の顔を見て、

「もしも、あのとき恵美子さんがやられたとしたならば……」

博士は静かにうつむいた。

新吉は、ここぞとばかりに力をこめて話し続ける。

「……もしもかわいい一人娘が殺されたとしたならば、先生はどう思いますか⁉」

老いの目にいっぱい涙がたまって、

「きみと同じように悲しみます」

と、はっきり言いきった。

「しかし、古生物学者としての私の考えは、ちっとも変らないだろう」

もしやと思って話し続けていた新吉は、ここで押せども押せども、ビクとも動かないがんじょうな壁につき当ったのだ。

新吉はこまった。博士さえ動かすことができるなら、もうゴジラなぞ、やっつけてしまったも同じことだと思うと、もう一息というところでヒラリ体《たい》をかわされてしまったことが、力一ぱいあばれ廻りたいほどのくやしさだった。

と、そのとき、

「ビーッ、ビーッ」

と玄関の呼鈴が鳴ったので、このいらだたしい気持を一ぺんに吐出すかのような勢で、ダーッと新吉がとび出して行くと、玄関の敷石に、恵美子がしょんぼりと立っていた。

「お帰りなさい」

声をかけて、ドアの鍵をはずすと、

「あら、新吉さんまだいたの？」

ハンドバッグを抱えただけの軽装であるが、敷居をまたぐ足が、ひどく重そうだ。

「恵美ちゃん、どうかしたの？」

「いいえ、なぜ？」

「そう、そんならいいんだが……」

「それより、新吉さんこそどうかしたんじゃアなくって？」

「いいえ」

「額にいっぱい油汗が流れてるわよ」

新吉はあわててポケットからハンケチを取出して拭うと、

「さア、お父さんは茶の間ですよ」

ぐるっとふりかえって、ドスンドスンと歩いて行く。

「お父さま、ただいま」

敷居をまたぎながら、むりに笑顔を作って元気にいえば、

「ああ、お帰り……」

と、博士はつぶやくような声で娘を迎える。

恵美子は、たったこれだけの会話の中に、なにか重苦しい、気まずい空気の流れているのを、すばやく感じとった。

ハンドバッグを茶簞笥《ちゃだんす》の上に置くと、

「ああ疲れちゃった。なにか甘いものがほしいなア」

と、無邪気に背のびする。

恵美子は、こんな動作の中にも、私がいない中に、なにかあったらしい、この重苦しい空気をどうやって一掃してやろうかと考えているのである。

と、そのとき！　思いがけないサイレンが、遠く近く――まるで、あの空襲警報を思い出すような、無気味なサイレンの音が、長い尾をひいて鳴り始めた。

と同時に、ラジオのブザーが鋭くなって、

「警戒警報、警戒警――」

と、くりかえし、くりかえし叫ぶ。

「恵美子！　ゴジラだぞ！　ゴジラが来たぞ!!」

ラジオが、まだなんとも言わない中に、博士はすばやく立上って叫んだ。

新吉も恵美子もパッと立上る。

博士は、廊下をバタバタと走って外へとび出した。

ハッとして、新吉も恵美子も後を追う。

新吉は、玄関を出たところで、海岸の方へ抜ける道路を、いっさんに走って行く山根博士の後姿を見つけ、両手でメガホンのように口を覆い、力いっぱいに叫んだ。

「先生！　先生!!……」

　行きかけた山根博士は、その声にフッと振返えると一瞬、その顔に苦悩の色が浮んだが、

「新吉くん！　お互に全力をつくして戦おうぜ!!」

　自分にいいきかせるように、これも力いっぱい叫ぶと、その眼差には、もうなんのわだかまりの影もない。

　新吉はとっさに今の博士の言葉をかみしめた。「お互に全力をつくして戦おうぜ!!」それは、博士は博士で、正しいと思う道を進み、新吉は新吉で正しいと思う道を、全力をつくして戦いなさいという意味なのだと思った。

　一本の道を右、左に別れるように、まるで反対な気持を抱いた二つの心が、今まさに現れるというゴジラに対して、互に戦いをいどもうというのである。

　やり場のない新吉の胸は高鳴った。

　博士が走り出した。新吉も走り出した。附近の人々も、なにやら叫びながら走って行く。むちゅうで走る人波をぬって、ラジオがかん高い声で叫び続けている。

「ただいまゴジラは品川沖、第二台場へ上陸の模様——附近航行中の船舶、ならびに沿岸地区の住民は、しきゅう退避して下さい。港区、品川区、大田区沿岸地区に、退避命令が発令されました。くりかえします。

警戒警報発令——警戒警報発令——」

ラジオが終らぬ中に、警察署や区役所などの屋上にあるサイレンが、突然、一せいになり出した。

人々が恐怖のどん底にあわてふためいているときに、高く低く、尾をひいて鳴り響くサイレンの音が、どんなに無気味なものであるか、諸君の中にもおそらく知っている者があるだろう。

方々から鳴り出したサイレンは、ちょうどむせび泣くように長く尾をひいて続いている。

退避命令が発令された港区、品川区、大田区および沿岸地区は、それこそ上を下への大さわぎである。

トラックやオート三輪が、タンスや布団を山のように積んで、山の手をめざして退避して行くその後を、リヤカーに家財道具を満載して、水を浴びたような大汗を拭いもせずに駆け出して行く人。大きなリュックにぎっちりと詰めて荷物を背負い、両手に一人ずつ、泣きわめく子供をひきずるようにして駅へ駆け込むお母さんなど……。

とにかく警戒警報が発令されて、十分とたたないうちのできごとだった。

一天にわかにかき曇り、ヒューーッ、と砂塵《さじん》をまき上げた突風が海辺の方にまき起り、避難する人々を突ッころばすように吹き抜けてゆく。

上陸地点と思われる、夕闇の迫った品川第二台場附近の海上は、にわかに猛烈な浪しぶきをあげ始めて、津波のような巨大なうねりが、岸壁めがけてぶちつけて来た。怒濤《どとう》の響きか？　荒れ狂う風のうなりか？　人々の立っている地球の底が、にわかに崩れ出したのではないかと思われるほどの、身の毛もよだつような地鳴りが湧き起った。

ウーウーウー……。鋭いサイレンを鳴り響かせて、鉄甲《てつかぶと》もいかめしい武装警官を満載したトラックが、ぞくぞくと到着する。

キーキッキッ……。急停車すると共に、

「部処につけーッ!!」

鋭い命令一下、警官隊はバラバラと散って行く。

突然、ガァーン!!　と天地をゆるがす轟然たる響きが起ったかと思うと、目もくらむような白熱光が、折重なる波濤の中から、

「パーッ!!」

と、とび散った。

「ワーッ!!」

さしもの警官隊も、あまりのものすごさに、思わず鉄甲の中に顔を埋める。

「ワーッ!!」

「ゴジラだーッ!!」

闇を突き破る警官の叫び！

見よ、津波のような怒濤の中に、

「ガバーッ!!」

と、水煙を上げて、海中から半身立上った巨大なゴジラが!!

全身からバーッと青白い光を発して、

「グワーッ！」

と真赤な口を開いたかと思うと、目の前に浮ぶ灯台めがけて襲いかかって行く……。

「ダンダン……」

沿岸に陣取った、警官隊の軽機関銃が、遂に火ぶたをきった。

避難民は、このときになってもなお色めき立って続々と駅につめかけている。

しかし、それと反対にその流れをかき分け、かき分け、血走った目を海岸の方に向けて、走り続けている老紳士があった。それは山根博士だ。

あと百メートルも行けば海岸に出る、という四つ角に、いかめしい非常線が張ってある。

シャツの上までグッショリと濡れ、ハッハハッ……と、苦しげに荒い息を吐く博士が、走り続けて来た勢で、かまわずそれを乗り越えようとすると、

「いかん！　いかん！　中へ入っちゃアいかん!!」

蒼白な顔をした警備の警官がとんで来た。

そのとき、新吉も別の道から入れなくて、言い争っている博士のところへ、左手の道からとんできた。

博士は、警官にむかってむちゅうで叫んだ。

「わしは、山根博士だ！　山根恭平だ!!」

警官は、更に語気を強めて、

「いかん!!　山根博士だろうと、なんだろうと駄目だ!!　駄目だ!!」

博士の胸元をぐっと握って、体全体でおしもどす。

新吉はあきらめたように、

「先生。あちらの高台へ登りましょう」

あきらめきれないらしく、ジロリ、ジロリと後をふり返り、ふり返りする博士の手をとって、新吉は走り出した。

そのとき、バラバラとなだれをうって警官隊が後退して来た。

国道の両側のところどころに、無気味な銃口を揃えていた軽機関銃が、一せいに火をふいた。

タンタン……

紫色の硝煙がもうもうと立ちこめ、狂ったように吼《ほ》えつづける。

遂にゴジラは全貌を現わした‼

見上げるような大怪物だ。

降り注ぐ軽機弾などを物ともせず、鉄筋コンクリートで作った大倉庫を、

「ウーン！」

と一突に蹴散らし、柵を踏みつぶして、一気に品川駅の構内へと侵入してくる。

ちょうどそのとき大井町を通過して、

「ピーッ、ピッピッ……」

鋭い警笛を吹き鳴らしながら、急行列車がなにも知らずに突進して来た。

東京の諸君ならごぞんじのように、横浜を出た急行列車は、途中の駅には止らずに、一路東京駅まで疾走する。

したがって、大井町、品川間などは、乗客もぽつぽつ降りる仕度を始める頃だし、スピードも最高潮の時である。

一般の人は勿論のこと、運転手も、車掌も何も知るはずがない！

ゴジラは、ついに駅の構内へ足をふみ入れた。

ずらっと列《なら》んでいる貨車など、卵をおしころがすように、ポンと指先ではねかえす。

ガラガラ……

そのたびに、おそろしい響きが、あたりにとどろきわたる。

ピーッピッピッ……

急行列車はどんどん近づいてくる……。

ガツーン、ガラガラ……

何十輛もつながった貨車、客車を、鼻先でプラットホームにおし上げる。

ゴーッ!!

ついに大きなカーブを曲って、急行列車が姿を現した。

「アーッ!!」

見はらしのきく機関車の先頭にのっていた運転手が、とびあがるように絶叫した。

ギギ……ッ!!

一瞬、急ブレーキがかけられた。だがさすがの線路もぶっきれるかと思われる程に金属性の響を上げたままキッキッ……とすべりこんだ。

ガツーン!!　ガラガラ……

列車の後尾は、大蛇の尾のように中天に舞い上り、次の瞬間にはもうもうたる砂塵の中に、たたきつけるように崩れ落ちた。

「グワーッ!!」

怒り狂ったゴジラは、横倒しになった列車を、ガブリ!!

と喰《く わ》えて、渾身の力で、
ガラガラ……

と、ふりまわした。

後尾の車輛はブーンとうなりを生じて、海岸の方まですっとんだ。

連結器が切れて、ポロリと落ちた機関車を、
ベシャッ!!

と、踏みつぶして、

「グワーッ!!」

と、一声ものすごく吼えた。

警官隊はむちゅうで附近の高台に駆け上って、避難民といっしょに、ブルブル震えながら、このありさまを眺めている。

この人々の群の中に、ワイシャツの襟を、無意識にギュッとにぎりしめ、蒼白な顔に、ラムネ玉のような目だまを光らせた山根博士、尾形、新吉の姿があった。

「――なんという恐ろしい力だ、なんと……」

つぶやくような山根博士の声。あとは言葉にもならない。

ゴジラは八ツ山橋を踏みつぶし、一たん国道の上に立ち上ると、あたりを眺め廻し、

「ウウ……」

無気味なうなり声を発しながら、海へ向って退《さが》って行く。

東京ゴジラ団

その晩の中に、

「ゴジラ日本に現わる！」

の電波は、各国に向けて乱れとんだ。

なにしろ、二度と見ることはできないと思われていた、二百万年前の怪獣が日本に現れたのであるから、世界の学者たちが、目の色を変えて驚いたのも無理はない。

翌朝の羽田空港は、こうした世界中の学者を乗せたパン・アメリカンやノース・ウエストなどの銀翼が、つぎつぎに着陸して、対策本部への道は、ひっきりなしに高級車が走りまわっている。

新吉は、昨夜の疲れで、役所へ出勤してもどうも頭がスッキリしなかった。机にもたれて、もう一度あの巨大なゴジラの姿を想い浮べている。

――いかに機関銃をうちこんでも、ピーンピーンとはじき返す、あの強靭な体。機関銃でだめなら大砲ではどうだろう。或いは空から爆弾でも……。いやまてよ、水爆の影響を受けても死なない……と先生が言っていたな、とすると——

どんなに机の上で考えて見たところで、実際にやって見ないことには……とにかく相手は、あのバケ物のようなゴジラだ。

科学者でもない新吉がいかに考えたところで、それ以上の名案のあろうはずがない。

「だめだ！　俺なんかではとても殺せない、とにかく先生の、あの気持をひるがえして、恐怖におびえきっている日本人を救ってもらうより手がない……。でも、先生は……」

いろいろと思いめぐらしているとき、

コツコツ、コツ……

新吉の座っている、斜め左後のドアを、静かにノックする音が聞える。

「どうぞ！」

ふり返って声をかけると、えんりょ深そうに、ドアが細めに開いて、耳元から二つにあんだ髪を、ダラリと胸先に抱くように下た、十四、五のかわいらしい女の子の顔がのぞいた。だがその顔は蠟《ろう》人形のように蒼白だ。

新吉は、

「オヤッ、どこかで見た顔だな？」

と思った。

「なにかご用ですか？」

通路の端にある机へ歩み寄ると、

「森田新吉さんでは？」

上目づかいに、おどおどしたようにいう。

新吉は、次を言おうとして、右の頰に笑窪のようなくぼみができる少女の顔を見て、

「アアそうだ」

と、思い出した。

それは、元気で栄光丸へ乗込んで行った、少年水夫三郎の妹光子である。

「――しばらくだね、でも兄さんがやられた次の日、僕は保安庁で君の姿は見たがね……気の毒だから、声もかけなかったんだよ……」

「そうでしたか……」

光子は弱々しく答える。が、瞳がキョロキョロ動いて、なにかをうかがっているようだ。

新吉はへんだな？　と思った。

「なにか用事でも？」

のぞきこむように小声で言うと、ギクッとドアの方を見ながら、ちいさい声で、口ばやにいった。

「ご相談したいことがあるんです！」

こんどはぐるっと窓を見まわしながら、

「――だれもいないところで……私、恐いの!!」

いったかと思うと、ガタガタ震え出した。

思わず新吉の目は輝いた。

「よし、外へ出よう！」

広々とした海を眺めながら、なにも置いてない岸壁に立って話すのが、人に聞かれてまずい話の場合は最も安全だからだ。

強烈な日光が、静かなうねりにギラギラ輝いて、沖には小舟の姿さえ見られない。

「――実は、こんな手紙が……」

ワンピースの胸のポケットから、小さく折り畳んだ一通の手紙を、体を摺《す》り付けるようにしてすばやく新吉の手に渡した。

新吉はケゲンな顔でこれを受取ると、光子の気持にならって、だれにも気づかれないように、下腹部のあたりにピタッとくっつけるようにして、目を通した。

「アッ！　これは!!」

全身の血がゴーッと音をたてて逆流してゆくのを感じ、新吉が思わず声をたてようとすると、光子があわてて、

「シッ！」

と、これをおさえた。

新吉もゾッとして、あたりを見廻した。


対策本部では、壁の大地図を前に、本部長から新しい対策が発表されている。

各国の調査団員は、飛行場から駆けつけたなり、休憩するまもなくぞくぞくと部長室になだれこんで行く。

地図を中心に、U字型に配置された、会議用のテーブルの正面に、本部長が胸をはって説明している。

「先ず海岸線一帯に、高さ三十メートル、巾《はば》五十メートルの有刺鉄条網を張りめぐらし、五万ボルトの強力な電流をつうじて、ゴジラの感電死をはかる。ゴジラも生物であるいじょう、これだけの電流には、絶対に耐え得られないはずであります。したがって、鉄条網外側地区はもちろん内側地区も、鉄条網より五百メートル以内の住民は、全部避難をさせます。保安隊ならびに海上保安隊は、別紙の警備計画にもとづいて、速かに……」

頰を紅潮させ、確信をもった話しぶりだ。

その隣に豪然と腰掛けているのは、この案の提案者であるA国のホップマン博士である。

前日、ゴジラの威力を目のあたりに見た海沿いの町では、鬼の来ぬ間の洗濯とばかりに、大いそぎで荷物をまとめて逃げ出すための準備で、ゴッタがえすような大さわぎである。

家財道具を積んで、山の手へ向うオート三輪。

すれちがいに海岸をめざす、鉄条網を積んだ保安隊の大型トラック。

砂塵は渦巻いて、戦場のようなものものしさだ。

沿岸では、さきほどの命令どおり、総員必死の突貫工事が進められている。

危険につつまれた東京を逃れ、地方に散って行く避難民の群が、青梅街道に延々と続いている。

「勝ぼーやー。勝ぼーやー……」

「お母ちゃーん、お母ちゃんがいなーい……お母ちゃんが……」

「お兄ちゃーん、お兄ちゃーん……」

我が子、我が母を求める悲痛な叫びや、なれない強行軍に、力なく道端に坐りこんでしまう、寄るべのない人々など、まさにこの世の生地獄である。

新吉は、光子をつれて、あの恐ろしい手紙のことについて、山根博士をおとずれた。

うすい美濃紙《みのがみ》に、あまり上手でもない文字で書かれた恐るべき脅迫文!

「光子へ！

お前の兄はゴジラに殺された。しかし、これは理由があってのことだ。もし兄が殺されたからといって、お前がゴジラを憎み、ゴジラを殺すように希《ねが》うならば、お前もまた、兄と同じ運命におちいることであろう。

どうだ、覚悟は？

我等の主領大ゴジラさまは、明夜ふたたび東京に現われ、腰抜日本人どもに、活を入れてくれるであろう。

東京ゴジラ団!!」

深々とソファーにもたれ、この文面をじっと見つめていた博士は、あまりの奇怪さに思わずうなった。

「フーム、不可解だ!!」

新吉はのぞきこむように博士の顔から目を離さない。

「——実に不可解だ!!　この手紙を見ると、あのゴジラが生物なのか、機械なのか、まるで見当がつかなくなって来た」

博士は二、三度強く頭をふり、両手を後頭部にあてがって、しずかに目をとじた。

その顔はまっさおになっていた。

「先生、東京ゴジラ団というのは、一体どんなやつらなのでしょうか？」

すが？」

「私はなんだか、やつらがおそろしい陰謀を持っているような気がしてならないんで
「わからん‼」

「そんなこと、もちろんわからんよ‼」

博士は急にブスッとしてしまった。

「――とにかく、先生、もしこれがほんとうだとするならば、この手紙は昨日の消印になっていますから、今夜また現われることになるのです‼」

「……」

午後二時となった。

総員がけんめいにやった甲斐があって、一応の準備が整えられ、いよいよ保安隊の正門から野戦重砲隊、車輛隊、衛生隊、高射砲隊などが、ぞくぞく出動する。

沿岸では、鉄条網の大工事の仕上げで、めまぐるしいほどのいそがしさである。

急にマイクがけたたましくなり出した。

「警戒司令部発表、警戒司令部発表、二十日十六時三十分現在、観音崎北方〇哩《マイル》の海中を北西にむけ移動中のゴジラを発見す、京浜地区沿岸は特に厳重なる警戒を要す」

全く準備のととのった変電所の配電室では、さっそく配電盤の試験にとりかかる。

「第三管区！」

ブザーが鳴ると同時に、第三管区のランプが灯《つ》く、ガチガチとスイッチを入れる。

「第四管区！」

「よし！」

「第五管区！」

「よし！」

さいしんの注意をはらって試験が続けられていると、ビーッ、ビーッ……と、あの無気味な臨時ニュースのブザーがなり響いた。

一瞬、シーンとなって、全員が耳をかたむける。

「警戒司令部発表、警戒司令部発表！　十七時四十分警戒警報発令――目下、ゴジラは北々東にむけ、反転移動したる模様――港区、品川区、大田区沿岸には完全退避命令が発令されました。もういちどくりかえします、警戒警報発令……」

山根博士の家では、新吉が帰ると、すぐまた玄関のブザーが鳴った。

恵美子が出て見ると、紺のズボンに、薄い水色の開襟シャツを着た尾形だった。

ズボンの色に合った、紺の登山帽を片手に、

「先生は？」

と、親しげに話しかけるが、どことなく、ふだんとはちがった目の色である。

「おりますワ、尾形さんたら、もうちょっと早くおいでになればよかったのに……。

今まで新吉さんがいらっしたのよ……」

「ほう、新吉くんが、なんの用事だろう？」

「まあ、とにかくお上り下さい。すぐ父を呼んでまいりますから……」

応接間に通された尾形は、夜空に映える、幾条かのサーチライトを、窓に手をかけたままの姿勢で、緊張した眼差で眺めている。

ギギ……とドアの開く音がして、足音も荒々しく入って来た博士は、ブリブリと怒りにふるえていた。

心配そうに、うしろから追縋《おいすが》るように入って来た恵美子が、

「どうかなすったの？　お父さま……」

小さな声で、のぞきこむようにささやきかけた。

「――この世の中にまたとない、あの侏羅《ジュラ》の王者を電気椅子にかけるとは、狂気のさただ！」

誰にいうともなく、たたきつけるようにいう。

窓辺で夜空を眺めていた尾形が、キッとなってふりかえる。

「先生、僕は反対です」

この会談は、のっけからすでに波乱をまき起している。

はたしてこの波乱が、いつまで続くことやら……恵美子は心配だった。

「尾形くん、わしは気まぐれで言っているのではない。あのゴジラは、世界中の学者が、だれ一人みたこともない、日本だけに現われた、貴重な、生きた化石なんだ！」

尾形は決然として、

「先生！　だからと言って、あの狂暴な水爆の落し子を、あのまま放って置くわけにはゆきません！　ゴジラこそ、我々日本人の上に、今もなお覆いかぶさっている水爆そのものではありませんか？」

「その水爆の放射能を受けながら、なおかつ生きている生命の秘密を、なぜ解こうとはしないんだ!!」

尾形は唇を嚙んで、博士の顔を喰い入るように睨《にら》んでいる。

「君までが、ゴジラを抹殺しようというのか？　帰り給え！　帰ってくれ給え!!」

と、いい捨てるが早いか、応接室をとび出そうとした。

「先生！　まってください！」

尾形はすばやく前に立ちふさがった。

「先生は日本人がゴジラのために現在どんなに恐怖におびやかされているか、ごぞんじないいんだ！」

恩師にはむかわねばならない苦しさから、尾形の顔はビリビリと痙攣《けいれん》した。

左胸のポケットから一通の手紙をとりだすと、バラバラッと開いて、博士の前につき出した。

「おっ！」

博士はあやうく声を出すところだった。それは、いま新吉が見せて行ったものと、まったく同一の文面である。

「君のところへも？」

「……もうごぞんじなんですか？」

「ウン、今新吉くんが見せに来てくれたんだ！」

「そうでしたか、しかし、これは私と新吉くんのところへばかり来たのではありません。私の知っているかぎり、現在までに二十通ほどあります。それがみんな、ゴジラの問題に関係している人達ばかりなのです。……私ははっきりと言いましょう。今この手紙のために、東京中の人が、みんな震え上っています。そして、この東京ゴジラ団なるものの主領は、山根博士だといっております！」

「まア！」

恵美子が驚きの叫びをあげた。

博士は、蒼白な顔でソファーにうずくまった。

「……それももっともな話です。ゴジラを殺してはならない、という先生の主張と、この手紙の意とするところと、大体同じだと言ってもさしつかえありませんからね……」

　恵美子はたまらなくなって叫んだ。

「尾形さん！　あんまりだわ、あんまりだわ、いくらお父さまが……」

　あとはすすりあげる声で、言葉が聞きとれない。

「……しかし、私たちは信じております‼」

　尾形は、はげますようにキッパリと言った。

　と、そのとたん、

「ビーッ、ビーッ……」

　と、重苦しい、臨時ニュースを告げるラジオのブザーが鳴った。

　ハッとして耳をそばだてる。

「警戒司令部発表、警戒司令部発表――十九時三十分現在、機上捜査の結果、京浜地区に向って進行中のゴジラ発見――上陸地点附近一帯は、ゴジラ来襲と同時に、強力な電流を通じますから慎重な注意を要します……」

　遂にゴジラは、ふたたび京浜地区をめざして、行動を開始したのである。

　軒につるされたカナリヤが、ふしんげに首をかしげて、

「ピピルル……ピピルル……」

　とさえずっている。

ゴジラ都心を襲う

夕方から近来にはめずらしいほど靄《もや》が立ちこめて、むし風呂《ぶろ》にでも入ったようなむし暑い晩である。

またまた前日とおなじように、轟然たる突風をまきおこして、巨大なうねりが芝浦附近におしよせて来た。

青白い光が、海面をパーッと照し出したかと思うと、波間にヌーッとゴジラの首が浮び上り、あたりのようすをうかがいながら、静かに、静かに岸辺に近よってくる。

鳴りをひそめた戦車の砲塔が、ゴジラの動きにつれて、ギギ……と静かに動いていく。

後方の高台に、ズラッと列《なら》んだ野戦重砲の赤黒い砲身が、これもゆるやかに目標に向けられて移動して行く。

不死身のゴジラに対して、これらの近代兵器が、一体どこまで威力を発揮することだろう。

ゴジラ対近代兵器！　まさに触れなば火花のとび散る一騎うちだ。

波間に浮んだ首は、静かに鉄条網に近づいてくる。

尾形と新吉は、ビルの屋上で息をのんでこのようすを眺めていた。

この波間に浮んでおしよせてくる怪物が、はたして噂の通り、山根博士を主領とする、東京ゴジラ団のあやつるロボットであろうとは、どうしても尾形には考えられなかった。

配電室では、はげしくブザーが鳴って、第三管区の赤電球が無気味に明滅している。サッと係員がスイッチを入れた。

一触即殺をめざす五万ボルトの強力な電流が、ついに第三管区の鉄条網に、音もなく流れて行った。

東京湾汽船発着所の防波堤のあたりまで近づいたゴジラが、

「グワーッ!!」

と、猛然として立上った。

巾二メートルもある、コンクリートの防波堤を一瞬にして蹴散らし、一気に上陸すると、鉄条網に手がかかった。

「バリバリ……」

一瞬、ものすごい火花がとび散り、凄絶な絶叫とも、悲鳴ともつかない咆吼《ほうこう》が、

「グワーン!!」

と、東京の夜空をつんざいて、もうもうたる白煙の中に、首をふり、尾をふり上げ、

警官隊が血走った目でみつめる中をあばれ狂った。

「ズドーン!!　ズドーン!!……」

ここぞとばかりに、高台の野戦重砲が一斉に火をふいた。

だが、白煙の去って行く後には、鉄条網を寸断したゴジラが、形相もものすごく高台を睨みつけているではないか!!

ついにゴジラの怒りも心頭に達し、荒々しい息をはくたびにものすごい砂塵がまき上り、グワーッと口を開けてあたりを見廻した。

人々は思わず頭を抱え、体をすくめて路地に逃げこむ。

「新吉くん!　もうとてもだめだ、逃げよう!!」

尾形が新吉の腕をかかえるように、逃げ出そうとしたとき、

「アッ!!」

思わず新吉が叫んだ。

屋上からの非常階段を、パッ!　と黒い影が駆け降りて行く。

「尾形さん!!」

「ウン!!」

二人はむちゅうで駆け出した、すると屋上から階段へ曲ろうとする手すりの所に、真白な半紙に墨黒々と書いた一枚の紙が貼付けてある。

「見よ！　我等の主領、遂に見参!!

　　東京ゴジラ団!!」

「ウーン、奇怪な奴め!!」

怒った四ツの瞳が、逃げて行く黒い影を追う。

「よし！　やつをとっつかまえろ!!」

ダダッ……と二人はころがり落ちるように屋上から駆け降りた。

怒り狂ったゴジラは、全身をうち震わせると、不思議な白光を背面から発光させ、グワーッと異様な叫びを上げて口を開いたかと思うと、真紅《まっか》な口中から強烈な白熱線を吐き出した。

恐るべし!!　その白熱光を吹き付けられたあたりは、一瞬にして火の海となった。

尾形と新吉は、黒い影を追ってビルの屋上からかけ降り、路地を曲ろうとして、ちらっと後をふりかえり、思わずゾッとした。

すぐ後にそびえ立っているはずの、今駆け降りて来たビルが、ゴジラの吐き出す白熱光によって、すでにあとかたもなく崩れ落ちているではないか！

炎々と燃え上る四、五軒の家。

防護団員が驚愕のうちに右往左往する大通りを、サイレンを鳴らしながら、消防自動車がけたたましく駆けつける。

ゴジラは、なおも怒り狂い、強烈な白熱光を吐きながら、あらゆる建物を踏み倒し、押し倒し、銀座方面に向って歩き出した。

諸君！　諸君はニュース映画やアメリカ映画などで、火焔放射器という兵器をごぞんじだろう。兵隊が、敵がひそんでいるだろうと思われる建物などへしのびより、小銃のような小さな筒先から、十五、六メートルもある火柱をメラメラと吹き付ける、あのおそるべき兵器!!

ゴジラが口の中から吐き出す白熱光とは、この火焔放射器の何百倍もの威力をもった火柱を、夜空を貫くサーチライトのようにパッと吹き付けるのだ。

逃げまどう防護団員。その後から、小山のような巨大なゴジラが、バリバリと商店を踏みつぶして行く。

ちょっと大きいと見えるビルディングには、カアーッと白熱光を吹き付けて焼倒してしまう。

ついにゴジラは京浜国道に立上った。

行く手に駆け寄った戦車十台が、斜め一列縦隊になって、威力を誇る機関砲が、一斉に火ブタを切った。

しかしどうしたことであろうか、五万ボルトの強電流を通じて待構えた鉄条網を、もののの見事に断ちきってしまった怪獣ゴジラの前には、さすがの戦車砲もうけつけられない。

全員が期待をかけていた最後の手段も、完全にゴジラのために踏みにじられてしまった対策本部では、またまた緊急会議が開かれ、卓上の大地図には、刻々の報告が書き入れられて行く。

これをのぞきこむ幹部たちの顔は、みんな蒼白である。

地図の上に置かれた標識は、この間にもどんどん銀座方面へ進んで来る。

彼等の胸は、早鐘をうつように高鳴っている。

しかし、誰一人として言葉を発する者もいない。すでに万策つきたのだ。

「芝浦地区の火災は、ますます火勢猛烈をきわめ、消火の見こみなし……」

「こちら一六七号車、田町駅附近、あらたに火災発生三カ所」

「四〇五号車報告！　三田台町の火災は、南寺町、伊皿子《いさらこ》町方面に延焼中」

「二一五号車より報告！　札《ふだ》の辻《つじ》警戒陣地は突破され、第四九戦車隊は全滅、以後の行動は不可能」

「警戒本部司令第一二九号、警戒本部司令第一二九号」

各地からの情報は、ひっきりなしに入って来る。

新橋附近の警官たちは、前線からの情報を聞いて、戦う気力さえ失い、パトロールカーのまわりに寄り集って、本部からの司令を待っている。

「……各隊は攻撃態勢を解き、極力消火につとめると共に、負傷者の救出に全力を傾倒せよ……」

すでにゴジラとの戦いは、さんざんのていたらくである。

「アーア、いやなことになっちゃったな」

悲痛なためいきと共に、フト顔を上げた警官は、

「アッ!!」

と叫ぶ暇《いとま》もなく、空中から吐付けられた白熱光に、自動車もろとも火だるまとなって、道路上にのたうち廻った。

ついにゴジラは、炎々たる焔を背に銀座へ侵入して来た。

都電の線路に沿って、尾張町の交叉点までノッシ、ノッシと歩いてくると、デパートの大きな建物に向って、いきなり白熱光を吹きつけた。

びったりと鎧戸《よろいど》をおろして、少しぐらいの火事ではビクともしないデパートの建物が、一瞬にして紅蓮《ぐれん》の炎を吹きはじめた。

ウウ……、ウウ……。サイレンを高らかに鳴り響かせて、消防自動車が集ってくる。しかし、巨大なゴジラに睨《にら》まれて、手の下しようもない。あれよあれよと、ただ遠巻きに眺めているだけである。

頭上の窓から火が吹き出ているにもかかわらず、デパートの入口にうずくまって動

かない親子がいる。

両わきに、しっかりと三人の子供を抱えて、降りそそぐ火の粉の中に、祈るようにつぶやく母親。

「お父ちゃまの所へゆくのよ、ね、もうすぐお父ちゃまの所へゆくのよ……」

交叉点に立って、ぐっと上体を起したゴジラは、眼光鋭くあたりを見廻した。

路をはさんだ隣のビルの屋上にある時計が、平常《ふだん》と少しも変りなく、

「キンコーンカーン……」

と爽《さわ》やかに鳴り出した。

けげんな顔で、これをのぞきこんだゴジラは、

「ワオーッ」

一声鋭く叫ぶと、いきなり時計台に、

「ガリーッ!!」

とむしゃぶり付いた。

塔をへし折り、時計の残骸をガラガラと吐き出した。

放送局の屋上では、死の叫び、とも云いたい悲壮な声で、アナウンサーがマイクに向って叫び続けている。

「信じられません、まったく信じられません。しかもその信じられない事件が、いま

我々の眼前において展開されているのであります。いまや、ゴジラの通過したあとは炎の海と化し、見わたせば、銀座尾張町より新橋、田町、芝浦方面は、まったくの火の海です。ただいまゴジラは移動を開始いたしました。どうやら数寄屋橋方面にむかう模様であります。テレビをごらんのみなさま、これは劇でも映画でもありません。現実の奇蹟、世紀の怪事件です。我々の世界が、一瞬のうちに二百万年の昔に引きもどされたのでありましょうか？」

ゴジラは、尾張町の交叉点を左に折れて、日比谷公園の方へ向い、数寄屋橋を踏みくだいて、まさに有楽町駅へすべり込もうとする電車をボグー、ガラガラ……と、ガードごと叩《たた》き落し、白熱光を吹き付けておし進む。

対策本部では、すでに危険を察して重要書類を運び出すやら、自分自分の荷物を運び出すやらでごった返している。

ふと、突然、

「全員地下室に退避せよ、全員地下室に退避せよ、急いで下さい。対策本部員は、地下室三〇六号に移動せよ……」

スピーカーが狂ったように、が鳴り立てた。

そのとき、

ガガガ……ッ!!

耳をツンざく音と共に、建物の半分が崩れ落ちた。

ゴジラは、あいかわらず不思議な白熱光を発して、ノッシ、ノッシと移動し、ついに、夜目にも白々と浮んでいる国会議事堂に覆いかぶさった。

メリメリ……

ゾッとするような音がしたかと思うと、議事堂の一部を踏みつぶして、またも歩き続ける。

こんどは、目の前に聳《そび》え立つテレビ塔だ。

グワッ!!

と片手で握ったかと思うと、
ガリガリ……ッ!!

猛烈な力で、あめのように折りまげた。

ガワーッ!!

一声高く夜空に叫ぶと、勝誇ったようにノッシ、ノッシと築地の方へひき上げて行く。

ガバーッと飛沫を上げて、水中にとびこむと、渾身の力をふりしぼって勝鬨橋《かちどきばし》をおし倒そうとする。

猛烈な水のうねりが、津浪のようにガバーッ、ガバーッと両岸を洗い、ギギ……ッ

と橋がきしり出したかと思うと、

「ガバーッ!!」

と、ついに河の中へたたき落した。

滝のようなしぶきが、バサーッ！　と飛び散る中を、ゴジラは悠然と東京湾へ歩み去って行く。

人々は、ただ茫然とこのありさまを眺めているだけである。

家を焼かれたことも、家族を失ったことも、この瞬間だけはすっかり忘れてしまったように……。

その中にただ一人、

「ちくしょう!!　ちくしょう……」

右手をうちふりながら泣きぬれた目に怒をふくんで叫び続ける少年がいる。ほこりをかぶって白っちゃけた顔に、スーッと流れた涙を手首でこすったためか、浮浪者のようにみじめなあばた顔になった新吉である。それをとり囲むように、恵美子、尾形、山根博士の顔も見える。

口惜しさに泣く新吉の叫びが、茫然と立ちつくす人々の間を、悲痛な響きをともなって流れ、次第次第に同じような気持にさせて行く。

そのときだ、北東の空をつんざく金属性の音が、キーンととどろいて、ジェット戦闘機の編隊がゴジラめがけて襲いかかって行った。

　ババーン!!　ババーン!!

　ものすごい水柱が轟然と立ちのぼる。

　高度一万メートルから、目にも止まらないすばやさで、次から次へと舞いおりて来てのロケット攻撃だ。

　ハッと我にかえって、これを見つめる沿岸の人々は、手に汗を握って絶叫した。

「やっちまえッ!!」

「仇《かたき》をうってくれッ!!」

「そこだッ!!　射て、射てッ!!」

　しかし、ジェット戦闘機の攻撃もなんのその、体当りの二三機を海中にたたき落し、勝どきのように一声高く、

「ウオーッ!!」

　と夜空にほえて、ゴジラは沖の海面を白色に輝かしながら、小山のようなうねりを残して海中に消えて行く。

　新吉はもう泣くに泣けない口惜しさに、バリバリと歯を噛んだ。人々も地だんだ踏んで口惜しがり、山根博士がただ一人、どこへともなく立去って行くのも気づかなかった。

一夜にして、見るかげもなく変りはてた大都会の空は、まだ消えきらない炎と煙におおわれている。

対策本部の中に臨時に作られた救護所では、病室に収容しきれない負傷者が、ホールや廊下にはみ出して、足の踏み場もないほど混合《こみあ》っている。

重傷者のうめき声、子供の泣き声、ゆくえをたずね廻る肉親の叫び声——恵美子は、この悲惨な混乱の中にかいがいしく働いている。

運び出される母親、残された赤ん坊を抱きかかえる恵美子——赤ん坊は母の死も知らずに、紅葉《もみじ》のような手をふって無心に恵美子の胸にたわむれている。

そのとき、新吉が階段を上って来て、顔をしかめながら、この陰惨な室の中を眺め廻し、フト恵美子を発見して、その方へ行く。

恵美子の目の前で、頭に繃帯した愛くるしい少女が、放射能の検出を受けている。ガイガーカウンターに、無気味な音が激しく刻まれて行く。しかし、少女はその反応に気がつかない。

恵美子はたまらなくなって思わず目をそらした。と、その視線の中に、室のかたすみにうずくまって、祈るように目を閉じている父の姿を発見し、アッと声をあげて立上ろうとした。が、それよりも早くポンと肩をたたかれ、オヤッと思ってふりむくと、心配そうに窺《のぞ》きこんでいる新吉の姿がある。

「あッ、新吉さん！　あなたに重大なお話があるのです」

子供を抱えたまま、裏階段の方へ新吉をみちびいて、

「私、もう黙って見てはいられません……このさい、私はよろこんで裏切り者になりますわ……」

「裏切り者？……」

「ええ、一つは私の最も尊敬する父に対しての裏切り、も一つは、芹沢さんに対する、もっと重大な裏切り」

「芹沢さんに？」

「ええ、これだけは絶対に口外しないと、芹沢さんと約束したことがあるのです」

「……？」

「……あなたにも内証にしといた秘密です。だけど、今となっては、その約束を破ります……あの日のことです、私が萩原さんとお訪ねしたあの日のこと……」

恵美子は、階段の窓におデコをすりつけて眼をとじた。すると、今話そうとするあの日のことが、ボーッと瞼《まぶた》の中に浮んでくる。

——軽金属の小箱を、芹沢が水槽の中へおとしこむ、思わず恵美子が身をのり出すと、

「もっとさがって!!」

芹沢の声は意外にきびしい。

スイッチを入れると電気がうなり出す。

真剣な芦沢の眼差し……。

水槽の小箱は、やがて二つに裂け、たちまちの中に水槽の水は泡立ち、沸騰を続け、苦悶の中にのたうち廻る魚は、一瞬にして骨となり、それも忽然とかき消えて行く⁉

「あッ‼」

と、顔を押える恵美子。

芹沢は沈痛な眼差で、深いためいきをつきながらうなだれる。

恵美子は激しい鼓動を押えて、

「……いったい、これは……？」

芹沢は苦しそうに、

「そうです、水中の酸素を一瞬にして破壊しつくし、あらゆる生物を窒息死させ、そのあとで水のようにとかしてしまう――オキシジェン・デストロイヤー、つまり液体中の酸素破壊剤です……」

恵美子の眼の中には、芹沢を非難する抗議の色が、ありありと浮んでいる。

「僕は最初、酸素というものと取組んで研究していた……ところが、その研究最中に思いがけないエネルギーを発見した。そして、はじめて実験してみたとき、あまりの威力に、われながら驚きうち震えた。二三日は食事も喉《のど》を通らなかった。もしこれの砲丸ぐらいの大きさのものが一個あれば、それこそ、東京湾一円の海中も、一瞬にして死の墓場としてしまうこともできるのです」

「まア、どうして、そんな恐ろしい研究を……」

「恵美子さん、僕はただ厳粛なる化学者として、その能力の限界をためしてみているにすぎません……」

「……だけど、もしもよ、もしもそれが、恐ろしい目的に使用されたとしたら……？」

「そうです。もしも兵器として使用されたならば、それこそ水爆以上の恐るべき破壊兵器となって、人間を破滅にみちびくことでしょう」

恵美子の顔は、恐しさに蒼白となった。

「然《しか》し僕は、かならずこのオキシジェン・デストロイヤーを社会のために役立つものにして見せます。それまでは絶対に発表しません。だから、このあいだ恵美ちゃんがつれて来た新聞社の人にも断ったのです。もしもこのまま、なんらかの形で使うことを強制されたとしたならば、僕は……僕の死と共に、この研究を消滅させてしまう決心なのです」

恵美子は、研究のためにすっかり面やつれした芹沢の顔を見つめながら、感激に胸をふるわしている。

「ご立派ですわ……私、どんなことがあっても、お父さまにだって、絶対に申しませんわ」

あの恐ろしかった一コマを瞼に画《えが》きながらも、じゅんじゅんと語る恵美子の顔には、もう当日ほどの驚きもなく、かえってキゼンとした強ささえ感じられる。——しかし、話し終ってホッとしたような表情の中に、なんとなく苦しさにうごめく影があった。

「——私、とうとう約束を破ってしまいました……」

新吉は、のぞきこむように、恵美子の表情の動きをみつめていたが、強く、はげますようにポンと肩を叩いて、

「恵美ちゃん、よくいってくれたね、芹沢さんだって、この悲惨な災厄を救うためならば、きっと許してくれるに違いないよ」

いつのまにか二人の手はガッチリと握られ、新吉の目には喜びの涙が一ぱい湧き出ていた。

オキシジェン・デストロイヤー

秋を思わせる陽ざしが庭いっぱいにあふれ、軒端にカナリヤが囀《さえず》っている。

芹沢は、朝早くから実験室にとじこもって、懸命に研究と取組んでいると、かすかに玄関のベルが聞える。

ふだんは、あまりおとずれる人もないので、不審に思いながら出て見ると、扉の前に新吉と恵美子が立っている。

「ああ、君たちか……」

蒼白い顔がニッコリほおえんだ。

新吉は勢いこんで、

「芹沢さん！　折入ってたのみがあるんです!!」

「たのみ？」

芹沢は、ちらっと恵美子の方を見ながら、応接室の方へ二人を案内して行く。

恵美子は後ろめたい気持で続く。

芹沢は腰を下すと、

「かけたまえ……」

と二人にうながす、しかし新吉は、緊張した面持で立ちつくしている。

「たのみってなんだい？」

ぶっきらぼうな芹沢の問に、新吉は一心こめていった。

「オキシジェン・デストロイヤーを使わせてほしいんです」

ギョッとなった芹沢の視線が、射るような速さで恵美子に注がれる。

恵美子はそうした芹沢の目を見ることもできず、新吉の背後へ視線をそらす。

芹沢は視線を新吉にもどすと、

「なんだ、オキシジェン・デストロイヤーって？　僕にはぜんぜんわからんね……」

裏切られた者の口惜しさが、意地の悪い皮肉となって恵美子を射すくめる。

新吉はたまらなくなって叫んだ。

「芹沢さん！　なぜ、ごまかすんです!?」

「ごまかすって？……なんのことだ……」

「芹沢さん！」

ついに恵美子が口をきった。……そして哀願するように、必死になって、

「私、あなたとの約束を破りました。そして、なにもかも新吉さんにお話しいたしました……どうか、あれを使わせて下さい!!」

芹沢の表情は、ガラスのようにかたく、ひややかである。

恵美子はたまらなくなって泣き伏した。

「ごめんなさい、ゆるして下さい」

新吉が恵美子をかばうように、

「恵美子さんを許してやって下さい！　恵美子さんは、あの惨状を見るに見かねたんです、あなたにたのむよりほかに方法がないんです！」

芹沢は、一瞬苦悩の色を見せたが、冷然と、

「新吉くん、恵美子さんから僕の秘密を聞いたなら、僕があれを使わない理由がわかったはずだ。僕はハッキリ断る!!」

「芹沢さん？」

「だめだ！」

「こんなにお願いしても!?」

新吉は必死だ。

「帰りたまえ！」

クルリと背をむけると、芹沢は薄暗い地下室へ駆け下りる。

「芹沢さん!!」

新吉と恵美子が、あとを追って駆け下りる。と、一瞬おそく、バターンと扉が閉って、ガチャッと鍵をかける音がする。

「芹沢さん！　あけて下さい‼」

「だめだ！」

「芹沢さん、芹沢さん」

いかによんでも、室の中からはもう答がない。

新吉は扉に耳をおしあてた。室の中はしんかんと静まりかえっている、しかし、無気味なその静けさの中に、切迫した胸の高鳴りを感じた。

「恵美子さん、もう、こうしちゃアいられない！」

うしろの階段のところまで恵美子をおしやると、扉に向って猛烈な体当り――メリメリッ‼　ついに扉は破れた。

と、危機一髪‼

室の中では、芹沢のふり上げた斧《おの》が、今まさにオキシジェン・デストロイヤー球の上に振り下されようとしている。

「まてッ‼」

新吉は猛然ととびかかった。

とびかかってもみ合う中に、芹沢のふり廻す斧が、オキシジェン・デストロイヤーをかばう新吉の頭を傷つけた。

ダラダラ……、と見る見るうちに血がしたたって、新吉はバッタリと崩れるように倒れた。

「新吉さん!!」

　恵美子が駆けよってハンケチを巻きつける。

　芹沢は、恵美子が巻きつけた真白なハンケチの中に、バーッと滲み出る血を見て、ハッと我にかえった。

　その腕から、ポロリと斧が落ちる……。

「新吉くん、ゆるしてくれ！　もし、これが使えるくらいなら、誰より先に、この俺が持って出たはずだ……だが、今のままでは、恐るべき破壊兵器にすぎないのだ……わかってくれよ……な新吉くん……」

　新吉は床に倒れたまま、力なく目を開いた。

「よく判ります……だが、いまゴジラを防がなければ……これから先、一体どうなるでしょう？」

「新吉くん、もしもいったん、このオキシジェン・デストロイヤーを使ったらさいご、世界中のおえらがたが黙って見ているはずがないんだ、かならずこれにとびつき、人類を破滅の淵に追込むおどかしの武器として、使用するにきまっている。原爆たい原爆、水爆たい水爆、その上にさらにこの新しい恐怖の武器を人類の上に加えることは、化学者として、いや、一個の人間として許すわけにいかない。……そうだろう？」

そういう芹沢も黙って聞いている新吉も、共に苦悩に胸がしめつけられている。

新吉は、芹沢の苦衷がわかりながらも、あえて彼にたよらなければならない。

「では、この目の前の不幸はどうすればいいんです。このまま放って置くより仕方がないんですか？　今この不幸を救えるのは、芹沢さん、あなただけです。たとえ此処《ここ》で使用しても、あなたが絶対に公表しないかぎり、破壊兵器として使用される恐れはないのじゃないですか」

「新吉くん、人間というものは弱いものだ。一さいの書類を焼いたとしても、俺の頭の中には残っている。俺が死なない限り、どんなことで再び使用する立場においこまれないと、誰が断言できる……人間というものは弱いもんだ……ああ……こんなものさえ作らなければ……」

まるでうめき声だ。

迷いに迷い、悩みに悩む悲痛な芹沢の姿。

このとき——波のうねりのような、祈りをこめた女声コーラスが、かすかにもり上ってくる。見るともなく、三人の瞳はテレビへひきよせられる。

一夜にして無惨な姿と変りはてた大東京の街々を、テレビはえんりょなく映し出している。

まだブスブスとくすぶっている火煙。崩壊した建物。焼けこげた自動車の残骸。

対策本部の病室へ、タンカで運ばれてくる重傷者。またそのうめき声。親なし児となってある寺院に収容された小学生たちの祈り……。脱ぎすてられた運動靴、雨がバラバラと降りそそいでいる。

ある学校では、平和祈願の合唱が続いている。

〽平和《やすらぎ》よ　太陽《ひかり》よ　とくかえれかし

いのちこめて　いのるわれらの

このひとふしの　あわれにめでて

その感動に、芹沢はしばりつけられたようにジッとして動かない。

新吉も恵美子も胸をしめつけられている。……乙女らの合唱が最高潮に達する。

突然、たまらなくなったように芹沢がパチッとスイッチを切った。

そして、ケースの中から幾つもの秘密書類を取出すと、思いきってストーブの中へ投げ入れる。その芹沢の決意をみてとった新吉と恵美子は、胸がえぐられる想いだ。

長年のあいだの汗と涙で作り上げた研究資料はメラメラと焼けて行く……。

恵美子は、これを見ることさえ出来なくて、頭を抱えて突ッ伏した。

新吉がいたいたしく立上る。

「芹沢さん！……」

だが、もうあとが続かない。

見交す目と目——いっぱいに涙があふれている。

芹沢は新吉の手をガッチリ握りしめると、やがてストーブへ視線を落した。

書類はすっかり焔《ほのお》に包まれている。

たえかねた恵美子は、

「すみません……ゆるして……」

と声を上げて泣いた。

芹沢はむりに笑って、

「いいんだよ、恵美子さん……これだけは絶対に悪魔の手に渡してはならない設計図なんだ……」

ゴーッと音を立てて燃えていた書類が、バサッと崩れ落ちた。

平和の祈り

翌日の新聞にはこんなことが出ている。

「日本人の敵　東京ゴジラ団とは？」

という大見出しで、昨日焼跡を整理中の保安隊員が、「我等の主領ゴジラ……」と、書いた半紙を、ポケット一杯につめこんで死んでいる二十三四の男を発見した、という記事が出ている。

我等の主領、などと言っているゴジラのために、腰のあたりを無惨に踏みにじられているとあるから、ゴジラとは全く関係もなく、世間が恐怖におののいているゴジラを利用した、単なる強迫でしかないようだ。

服装などから見ると、たしかに、尾形と新吉との目の前に、紙を貼って逃げた男にまちがいない。

指紋などを照合した結果、この男は前科四犯で、全部こういった強迫手段をつかって金品をまき上げていた経歴の持主なので、今度の場合も、東京ゴジラ団なんていう背後関係などはなく、おそらく彼一個人の行為だろう。となっている。

ゴジラ団の団長だ、などと噂された山根博士の気持を察している、尾形、新吉、恵美子たちはホッとした。

それから数日後、芹沢博士が発明したオキシジェン・デストロイヤーを抱いて、調査船かもめ丸が、ふたたび出港した。

東京をさんざん荒し廻ったゴジラに対する国民の怒りは相当なもので、それだけに又オキシジェン・デストロイヤーにかかる期待も大きかった。

かもめ丸の成功を祈るように、港外まで列《なら》んで送る巡視艇の甲板では、実況放送を続けるアナウンサーの声が、せわしげに響いてくる。

「いよいよ重大な瞬間が、刻一刻と迫りつつあります。はたしてこの全世界をしんがいせしめた世紀の怪獣ゴジラを、海底深く葬り得るや否や、ただいま作業船かもめ丸の甲板上では、芹沢博士が静かに立上りました……」

その間にも、かもめ丸の甲板上では調査がすすめられている。

無気味に鳴り続けるガイガーカウンターの音。

一同は顔を見合わせる。と、尾形が急に手をあげて叫ぶ。

「ストーップ……ゴースターン……エンジンストップ……」

船は静かに海上にただよう。

「いるぞ！　この直下だ」

尾形の声に、芹沢の顔は異状に緊張して、

「尾形!!」

と呼びかける声も、こきざみに震えている。尾形がふりむくと、思いつめたように、

「俺に潜水服を着せてくれ！」

「なにをいうんです！」

尾形は吐き出すように、

「素人が潜水服を着て何が出来ます！」

「芹沢君、尾形君のいう通りだ……無理しちゃいかん」

山根博士も傍から言葉をそえる。芹沢はキッとなって博士にいう。

「先生！　これっきりしかないオキシジェン・デストロイヤーです、完全な状態で作用させるには、水中操作以外に方法がありません」

きっぱり言いきるが悲痛な声。

博士には、彼の決意がくみとれて、もう言葉が続けられない。

すると博士のうしろにいた新吉が、

「よしッ、では一緒に入りましょう！」

「いや、俺ひとりで沢山だ！」

「ばかな！　素人のあなた一人で、海の中にほうりこめますか」

尾形がキッと新吉の顔を見て、

「そうだ、新吉くんが行けば安心だ、じゃあたのんだぞ！」

尾形は、潜水服を芹沢に着せてやりながら、

「いいですか、新吉くんのやる通りにやるんですよ」

と念をおす。芹沢はすなおにうなずく。

尾形は船橋に向って合図をする。

「スタンバイ……ベリー・スロー」

船はゆるやかに動き出し、潜水用空気ポンプのスイッチがいれられる。

息づまる沈黙——

芹沢はオキシジェン・デストロイヤーを抱えると、山根博士をふり返り、

「先生、こんな形で発表しようとは、思いもよりませんでした」

と、無理に笑おうとする。

博士は、芹沢の覚悟がいじらしく、思わず近寄ると、グッと両肩を抱きしめた。

恵美子が進み出る。

「御成功を祈っていますワ」

芹沢はニッコリとうなずく。

ちょうどかもめ丸がとまっている真下の海底では、静かに岩の間にうずくまっていたゴジラがゆるやかに首をもち上げた。

新吉と芹沢は、静かに海中にはいる。

船べりにのり出した博士は、

「新吉くん、たのむよ……いいか、二人とも、くれぐれも気をつけてな！」

二人はうなずきあうと、ドボーンとはげしい気泡を残して、グングン海中に姿を没して行く。その命綱をしっかり握ったまま、祈りをこめて見送る恵美子……。

命綱はグングン、グングンとのびて行く……。

薄暗い海底に時々明るい縞模様《しまもよう》がゆらゆらと無気味にゆれて、巨大な海草が、ちょうど森のように林立してる岩蔭に、ゴジラがうずくまっている。

海底に達した二人は、あたりを見廻す。

と、かすかな気配を感じたのか、ゴジラはヌッと首をもちあげた。

チカッと光ったものがある。

ゴジラは、わずかに身を起してその方をうかがう。

新吉は、芹沢の肩をポンとたたいて、海草が無気味にゆれている岩蔭をゆびさす。

と、おぼろげにそれとわかるゴジラの姿が！

ギクッとしたように、芹沢は新吉の方を見る。

新吉は、手にした水中用ライトを大きく振り廻し、
ザザッ……！　引きつけられるように動き出すゴジラ。

芹沢をかばいながらグングン後退して、新吉はけんめいにライトを振る。

海上のかもめ丸はぐっと速力をおとして進む。

しっかりと命綱を握る恵美子と尾形。

ジリッ、ジリッと命綱はのびて行く。

二人のうしろに、かたずをのんで立ちつくす山根博士。

ググッ……と、海底ではゴジラが迫った！　二人は必死で後退する。
今はこれまで、芹沢がおもむろにデストロイヤーをかまえる。
海上のかもめ丸では、緊張した顔からダラダラと脂汗を流した電話係が、
「ストーップー」
と、するどく叫ぶ。
スッとスクリュウの音が止む。
一同はギクッと心臓が止ったように思った。
ググッ……と、またゴジラが迫った。
芹沢が右手を上げる。
新吉は懸命に命綱を引いた。
スーッと浮き上る新吉。
芹沢はデストロイヤーを構えたままだ。
またゴジラが迫った。
浮き上りながら、新吉は甲《かぶと》の中で絶叫する。
「芹沢さん！　芹沢さん！」
だが、芹沢は必死だ。
「ガバーッ!!」

とゴジラが迫った。

危機一髪！　芹沢がキッとデストロイヤーの安全弁をひき抜いた！

容器の中に水が奔流する。中の砲丸ぐらいの大きさのカプセルが静かに口を開くと、次第に泡立つデストロイヤー。

パッと、それをゴジラの方へ押しやると、芹沢は岩蔭に身をひいた。

ブクブク……激しい泡立ちの中に突進してくるゴジラ。

全身が、この気泡の中に入ったかと思うと、ガバーッ!!　ともんどり打って一回転した。

岩の蔭に身をよせて、これを眺めている芹沢は、静かに腰に差しておいたジャックナイフを取り出す……。

船端に甲を脱いだままの新吉は、しだいに泡立ってくる海面を見つめながら、電話機に向って叫び続けている。

「芹沢さん!!　芹沢さん……」

恵美子と博士は、悲痛な顔でこれを見ている。

海底のゴジラは、岩肌をガリガリとひっかき、苦悶の形相ものすごく、のたうち廻って、苦しまぎれに、海上に出ようとあせる。

それを眺めながら芹沢は、

「新吉くん、幸福にくらせよ、恵美ちゃんによろしくな、さようなら、さようなら……」

つぶやくように言ったかと思うと、

ブスッ!!

と、ジャックナイフで送気管を、命綱もろともに切断した。

渦巻くデストロイヤーの泡立の中に、七転八倒の苦しさにのたうち廻るゴジラ。

猛烈な泡立は、海上のかもめ丸をも、小山のようなうねりの上にのせて、グングンと押し出す。

博士はいきなり、尾形のもっている命綱をたぐりよせるが、すでに手答えがない。

博士は悲痛な声で叫び続ける。

「芹沢！　芹沢!!……」

手答えのない命綱は、気味のわるいほどするする……と手繰り上げられて、先端はスッパリと鋭利な刃物で切られている。

電話機を持ったまま、ボウ然とした新吉。

「芹沢さん、芹沢さん！　私がわるいの……芹沢さん……」

泣きながら新吉にしがみついている恵美子。

と、一同の目の前に、苦悶のゴジラの顔が、ガバーッ!!

と水しぶきを上げて現れた。

そして、最後の力をふりしぼってかもめ丸におそいかかろうとした。

「キャーッ!!」

絶叫する恵美子。

しっかりと抱きすくめる新吉。

一同はハッとして甲板にひれ伏す。

が、力つきて大きくのたうち廻り、
ガバーッ!!

と、滝のような水しぶきを上げて、ゴジラの姿は海中に没して行く。

ブクブク……まだ泡立っている海中を、ゴジラの死体は静かに落ちて行く……。

そして、岩の間に長々と横たわったかと思うと、ゴジラの姿は見る見るうちにとけ去った。

山根博士は、涙の顔で、くい入るように海面を見つめている。

遂に憎むべきゴジラは、日本人の手で、この世界から抹殺することが出来たのだ。

このありさまを、遠くの洋上で見ていた巡視艇の甲板では、報道陣その他多勢の人々が、おどり上ってよろこんでいる。

マイクにかぶりつくように放送するアナウンサーの声も、うわずっている。

「この感激、この喜び、遂に勝ちました。ゴジラの、そのなきがらを海底深く没し去るのを、この目ではっきりと認めました。若い世紀の化学者、芹沢博士は遂に勝ったのであります……」

かもめ丸の甲板では、芹沢と同級生だった尾形が泣いている。新吉も恵美子も泣いている。

新吉が涙を拭いもせずにつぶやく。

「芹沢さんは、今の人間が信用できなかったんだ。自分自身さえも……オキシジェン・デストロイヤーを破壊兵器として使用しないと、誰が保証できる。発明者である、あの人自身にさえも……」

うなずく恵美子に向って、新吉はなおも言った。

「幸福に暮せって言っていたよ……」その言葉を聞いて、恵美子ははげしく身もだえして泣いた。

「ンフ……」声をかみころすように、新吉も泣いている。

山根博士は、暗然とした面持で、ひとりつぶやいている。

「……だが……あのゴジラが、最後の一匹だとは思えない……もし……水爆実験が続けて行われるとしたら……あのゴジラの同類が、まだ世界のどこかへ現われるかも知れない」

はげしい水泡が、いつのまにかおさまった洋上に、静かな平和の祈りが流れる。

〽平和《やすらぎ》よ　太陽《ひかり》よ　とくかえれかし
いのちこめて　いのるわれらの
このひとふしの　あわれにめでて

静まりかえった洋々たる波のうねりを越えて、マストに旭日旗《きょくじつき》をなびかせた、調査船かもめ丸は帰る。「ズドーン、ズドーン……」巡視艇からは、さかんに祝砲がうたれる。

しかし、彼らには、かもめ丸の一同が、それぞれにいだいている悲しみは知るよしもない。

ゴジラの逆襲——ゴジラ　大阪編

洋上飛行

かるい爆音がまるで音楽のようにきこえ、はてしなく続く大海原のうねりに、黒い機影が波をよこぎっている。

キラリと銀翼をきらめかせ、大きく旋回する小型水上機の胴体に、海洋漁業ＫＫという文字がくっきりとえがかれている。

ところどころに、ポツン、ポツンと真綿をちぎったような白い雲が二つ、三つ浮き、その横を軽快な音をひびかせて、魚群を追っている月岡正一の顔がぐっとひきしまった。

せいかんな眼、ぐっと巾《はば》の広い肩、がっちりとした腕に、かるくにぎった操縦桿《そうじゅうかん》、じーっと海面を見つめていたが、その顔ににこりと微笑《ほほえみ》がうかんだ。

かるくエンジンをしぼり、ぐっと操縦桿を押して急降下にうつった月岡機の眼前に、波まにちらり、ちらりと背を見せて、白く泡だてて、魚の大群が、ひしめきあっている。

高度五百。ピタリと水平飛行にうつった月岡は、首にかけている送話器に手をあてると、

「本社、本社。こちらは月岡機、こちら月岡機――東経〇〇度、北緯〇〇度の海面に鰹《かつお》の大群あり、第三国竜丸に連絡せよ。終りどうぞ」

「こちら本社、こちら本社。――諒解、諒解。魚群の進路を、継続連絡せよ。終りどうぞ」

「諒解、諒解――」

大きく旋回した正一の機は、魚群の上をとびが獲《え》ものをねらうように、まるく飛びつづけている。

海岸にある三階だてのビル、海洋漁業会社の三階無電室では、ガラス窓の外に、大阪城の天守閣が絵のようにそびえて、無電に応答している秀美の顔が、あかるくかがやいていた。

さらさらと、月岡機からの連絡を書きとめた紙を、秀美はすぐに隣の井上やす子に渡すと、すぐさまやす子は無線電信のキイをたたきつづける。

その音がいかにもリズムにのって、二人ともとてももたのしそうである。

「第三国竜丸、第三国竜丸……こちらは本社……東経○○度、北緯○○度に鰹の大群あり、全速指示の地点に急行せよ……」

電文をうち終ったやす子の前の受信機が、すぐに反応を示し、

「こちら第三国竜丸……諒解、諒解……」

第三国竜丸は、グッと進路をかえると、白波をけたてて目的地へ進んでいく。

船の甲板には、ズラリと釣竿《つりざお》がならべられて、パイプをくわえた船長が、空の一点を見つめている。

風もない静かな海に、ディゼルエンジンの音が、船べりへうちつける波の音にまじって、子守唄でもきいているようである。

「船長。あれだ、あそこだ」

航海士の指さす空に、ポツンと、黒いケシ粒のような黒点が、ぐんぐん近づいてくる。

大きく翼をふった月岡機は、二度、三度、第三国竜丸の上を旋回すると、

「こちらは月岡機、月岡機……只今より第三国竜丸を誘導する……終りどうぞ」

すぐに秀美の声が、

「諒解、諒解……」

と、秀美は声を一だんとおとして、

「おつかれになりません……？」

「なァに……今日の獲ものは大きいですよ。今夜二人でお祝いしましょうか」

「ええ、お待ちしてますから早く帰ってね」

とてもうれしそうに秀美の声がはずんでいる。

「それからね……」

「えっ？　なァに……」

「ううん、ただね、パパの車も借りときますって申しましたの」

「あらひどいわよ秀美さん、二人でひそひそ話しってずるいわよ。いくら社長の令嬢でも許しませんわ」

やす子がくすくす笑うと、秀美の肩をちょいとおすようにしてからかった。

「あらっ。かんにんかんにん、そのかわりぜんざいおごるわ」

「オーケー。――前言取消――会話続行、月岡機どうぞ」

「あら現金ね、もうすんじゃったわ」

「アハハハ……」

月岡の元気な笑い声がひびいてきた。

「やす子さん、ちょっとおねがいしてよ、わたしパパんとこへいってくるわ」

秀美がいそいで席を立とうとした時だった。

無電器から突然、かん高い声が流れ、

「こちら小林機、小林機……右エンジン不調、右エンジン不調……」

ハッとして、二人は顔を見合せると、

「小林機、小林機……こちら本社……現在の位置知らせ、現在の位置知らせ」

「岩戸島南端へ接近中……アッ！　右エンジン停止……」

小林機はぐらぐらとゆれながら、無気味な震動音をさせ、すこしずつ高度が下っていく、歯をくいしばっている小林は、かすかながらまわっている左エンジンのプロペラをたよりに岩戸島に近づけようと懸命に努力しているが、左エンジンも次第に無気味な音をたてると、プツとゼンマイが切れたように止ってしまった。

「アッ！　エンジン停止、飛行不能……救援たのむ」

「小林機、小林機……応答せよ……小林機、小林機」

必死にやす子がよびつづけるが、小林機の応答がない。

いそいで自分の無電器に向った秀美が、プチンとスイッチを入れ、

「月岡機、月岡機……小林機、岩戸島附近に不時着せるもよう、直ちに救援せよ」

「えっ!! 小林が……ようし、諒解、諒解、直ちに救援に向う」

正一はエンジンを強め、ぐんと大きく急旋回をうつと、岩戸島に向って飛び去った。

無電室を飛びだした秀美はいきなり社長室のドアをパッとあけ、

「お父さまッ!」

秀美の顔いろが違っている。いままで課長と話しをしていた山路社長は、ハッとして顔をあげると、

「何だね? いきなり」

「小林さんの飛行機が……」

「えっ!?……何だって?……」

社長の顔いろがさっと変った。

二匹の怪獣

岩戸島の上空を一回二回、旋回をしながら、正一は波うちぎわに目をこらして、捜査をつづけている。広びろとした太平洋に、ポツンとそびえたつ岩石ばかりの島は、波が高くてちょっと近づくこともできない。まわり四五里の小さな島は、岩はだが剣のようにそそりたって、黒ずんだ灰色一色で島がおおわれ、見るからに異ような感じ

をあたえている。

　ぐっと高度をさげて、岩はだすれすれの飛行をつづける月岡のひとみがキラキラと光った。

「おお、あれだ！」

　島の中ほどに小さな入江がある。その入江には大小さまざまな岩が海面から飛び出していて、すこしく平になった名ばかりの砂浜があり、入江の入口に無惨な小林機の残がいが、ピカリと光りながら波にただよっている。

　さらに高度をさげた月岡の顔が、みるみるあかるくなっていった。

　近づく月岡機の爆音に、小さな岩の上で、小林がハンカチをちぎれるばかりにふっているのだ。

「こちら月岡機、月岡機……小林機の遭難現場を発見、これより救出にむかう――終りどうぞ」

「諒解、諒解……成功を祈る、成功を祈る」

　秀美の声がはずんでる。と更《さら》に山路社長の声が、

「月岡たのむぞ……」

　不安におののいた声が、月岡の耳をさした。

「うむ」腹に力をいれた月岡は、思いきって、ぐっと操縦桿を前にたおすと、着水の

姿勢をとった。

さっと、真ッ白い水しぶきをあげて、辛《から》くも着水した月岡は、波うちぎわまで飛行機を滑走させると、いそいで機上を飛びおりた。

「おお、有難う月岡」

かけだしてくる小林は、シャツで右うでをつっている。

「どうだ、痛むか？」

「大丈夫だ、一寸《ちよつと》、くじいただけらしい……然《しか》し助かったよ、来てくれるのが早かったんで……」

「その言葉は、無線係の二人の女性に捧げるのだな」

「え？　なんとあのうるさがたが、命の恩人とは……」

「ハハハ。ますます頭があがらなくなる、というところだな」

二人が声をはりあげて笑った時だった。

急に名状もしがたい、物凄いうなり声がきこえて、岩石がばらばらと落ちてきた。

ハッとおどろいて見上げる二人の頭上、

岩壁の蔭から、ニュウッと首をつきだした一匹の巨大な怪獣、らんらんたるまなざしで、二人を見下していたが、

ぐっと首をもたげると、

ものすごい咆《ほう》こう、一時に百雷が落ちたかと思われるようなすざましさ。

「グワーオ!!」

「アッ!!」

思わず身をすくめた二人。

「逃げろ!!　小林！」

とっさに二人は、岩のさけめにはしりこみ息をのんで、じーっと外をうかがった月岡と小林はお互に顔を見合せた。

「なんだ！　あれは?……月岡」

「ゴジラだ。ゴジラに違いない」

「ゴジラ……！」

「そうだ、この前東京を襲ったことのあるゴジラという奴だよ」

ガラガラッと、ものすごい音をたてる怪物を、二人はふりあおいでぞっとして身をすくませ、しっかりと肩をだきあった。

高い岩のさけめから、ランランと光る目、怒った顔が二人をぐっとのぞきこんでいる。

深い深い岩と岩とのさけめの底にいる月岡と小林は、ゴジラにくらべたら、まるでコケシのように小さく、その岩のさけめから二人をつかみだすつもりであろうか、けだものに似た、その巨大な手が、さかんに岩のさけめからのびてくるが、幸いなことにさけめが小さいために、ゴジラの手はむなしくもがくばかりで、二人のところまで手はとどきそうもない。

それが、一そうゴジラの怒りをかりたてたとみえて、

「ガァオー」

と一声、咆こうすると、その手をひっこめ、今度はのしかかるようにして、岩をガラガラとくずしはじめた。

巨大な手がうごくたびに、砂けむりや小石にまじって、巨大な石が二人の頭上に落ちてくる。

「アッ!!……どうしよう?」

恐怖におののく小林と月岡は、そのたびごとに右に左に身をよけて、岩雪崩《なだれ》からさけようとあせりだすが、ゴジラは、ますます狂暴な目を輝かせて、ガリガリと岩をくだきはじめ、岩と岩との空間がしだいに広がり、ゴジラの姿がだんだんとあらわれ、その巨大な手がしだいに二人に近づき、さらに一ト声、高く唸《うな》ると、広がった岩のすきまから、グッとその手が二人に近づいた。

「うわーっ!!」

悲鳴をあげると、月岡と小林は身をちぢめた。

ゴジラの巨大な指先が、もうあと一間とははなれていない処まで、じりじりっとのびてきている。

逃げみちはすでに、ゴジラの落した岩石でさえぎられ、一尺、二尺とおおいかぶさるゴジラの手。ようしゃなく近づくゴジラの指は、びっしょりと油汗にぬれた二人の上に、一寸、二寸とせまってくる。

「ああッ！　畜生ッ!!」

だらだらと油汗をたらした小林は、ゴジラの手がうごくたびに、身をそらせながら、そう白な顔からは血の気がひいて、ガタガタとふるえている。

「小林……」

すでに覚悟をきめたのか、月岡の声は意外にすんで、顔には微笑さえうかべ、何やらとりだしたものがある。

一本の煙草だ。

小林はそれをみると、こわばった頰にうっすらとほほえみをうかべて、火もついてない煙草を口にくわえると、

「ああ……最後の煙草か」

いくらか、おちついた声になった。

が、ゴジラの手は、さらにじりじりと二人にせまって、月岡はぐっと唇をかみしめ

ると、静かに目をとじた。

と、その時である。

「ウオーッ」

と、すさまじい咆こうが、二人の背後でおこり、波うちぎわの、海面から、ヌーッと首をつきだした一匹の怪獣、背中にかめの甲羅のような型をした、巨大なものを背負い、するどい剣先のようなトゲをもち、からだはかたいうろこにかこまれた、四五十メートルもある大怪物。

「ウオーッ!!」

さらにもう一ト声、ものすごい唸りをあげると、すさまじい地ひびきをさせて、岩戸島にはいあがってきた。

と、いままで月岡と小林に手をのばしていたゴジラの指がピタリと止り、高い岩はざまからのぞいていたゴジラの顔が、かき消すように消えたかと思うと、つづいてすさまじい咆こうがおこりものすごい地ひびきは、あたりの静かな空気をゆりうごかし、まるで地震のようなありさまである。

「アッ!!……」

愕然となった二人は、ポロリと口から煙草をおとすと、こわごわと頭上の様子をうかがった。

と、その二人の頭上の、岩はざまの上を、すさまじい唸り声をあげた二匹の怪物が、ゴロゴロと転がり、組合い、嚙《か》み合しながら横切っていった。

あとから現れた怪獣は、想像もつかない早さで、ゴジラにおいせまり、その巨大な身体《からだ》を、お互にぶつけあいながら、すさまじい咆こう、ものすごい地ひびきをたて、そのたびごとに、まわりの岩をくだき、必死の格闘をつづけている。

息をのんで見上げる二人。

その怪獣は、さっとゴジラから離れると、実に敏捷《びんしょう》な速さで、対手《あいて》の背後に廻り込み、その隙をうかがっては、パッと襲いかかろうとする。

ゴジラもすっくと身がまえて、二匹の怪物は互ににらみ合ったまま、威嚇《いかく》の咆こうをつづけあう。

岩と岩との切れめから、この想像もつかぬ世紀の闘争を、じっと息をつめて、みつめている月岡と小林。

しばらくの間、にらみあっていた新しい怪獣はゴジラに隙のないのを見てとったのか、小馬鹿にしたようなそぶりをしめすと、そのまま、その巨大な体を、ざんぶと海中へとびこんでいった。

それがまた、ゴジラの怒を一そうかきたてたと見え、ゴジラもすかさず海中に身をおどらせた。

二匹の怪獣の飛び込んだ海中から雨のような水しぶきが、どっと岩戸島の海岸をうち、そのまわりに、一きわ波が高まった。

「おい小林。今のうちだ、逃げよう……」

「うん。早くしよう」

ハッと気をとりなおした二人が、波うちぎわにういている、月岡機にむかって一さんにかけだした。

「早くしろ。いつ怪物があらわれるかわからんぞ」

右腕をいためた小林の体を、月岡はすばやく機内におしこむと、自分でもさっと機内に飛びこみ、すぐにエンジンの起動ボタンを押した。

ブルン、ブルン、ブルンとエンジンは軽快な音を立て、フロートはすぐに波をけたてて沖へむかった。

空中にかるく浮いた月岡機は、岩戸島の上を一回、二回と旋回をつづける。

機上から見おろす月岡と小林、二匹の巨大な怪獣を呑んだ海面は、なおも海の底で格闘をつづけているのであろうか、物凄い渦を巻き、あやしい泡が波だっている。

山根博士

　ここは日本第二の大都会、大阪の街、あたりを圧して昔ながらの姿でそびえ立つ大阪城、それと反対にもっとも近代的な印象をあたえる大阪警視庁、その警視庁の会議室には、二十数名のものが、重くるしい空気につつまれ、警視総監、自衛隊の幹部、それに海上自衛隊の隊長、いま東京から飛行機でかけつけたばかりの山根博士、同じく動物学者の田所博士、と、海洋漁業会社の山路社長にともなわれた、月岡と小林の人々が、机の上に高くつみだされた原始獣の写真を、一枚一枚とよりわけていた。

　一枚、一枚の写真をくいいるように見つめる月岡と小林のまなざしが、がっかりと光をうしなっている。

　二百枚に近い原始怪獣の写真の中に、先日岩戸島で見た、あのゴジラともうれつな格闘を演じた怪獣の写真がないのである。

　係の警官が最後の一枚をとりあげると、

「もうこれでおしまいです……」

　と、静かに机の上に置いた。

「あっ！　これです!!」

その写真をのぞきこんだ月岡と小林が、異口同音にさけんだ。

「えっ？　これに間違いありませんか？」

「ありません……たしかにこれです」

きっぱりと二人がいいきると、

「そうですか……」

緊張している総監以下、防衛庁幹部や、山路社長、山根博士を暗い視線でふりかえった田所博士が、

「すると山根さん、やはり我々の想像が適中したわけですね……、あらゆる想像の中で、もっとも悪い場合の想像が……」

山根博士はかすかにうなずく。

しばらくの間は、誰れも口をきく者も一人もない、がしばらくすると蒼白な警視総監の口が開かれて、

「すると、ゴジラの他に、もう一匹というのは？」

「そうです。水爆実験が、ゴジラをよびさまし、今またアンキロサウルスの眠りをもゆりうごかしたのです」

「え？　アンキロサウルス……？」

「そうです。これがアンキロサウルスです」

田所博士はおもむろに、その写真をとりあげると、総監にわたした。

総監の持った写真に、皆の目がすいつけられるように見つめる。

「このアンキロサウルス。ふつうアンギラスとよばれています。この怪獣は、今からおよそ、一億五千万年前から、七千万年前の時代に、地球を横行していた巨竜の一種であります。もちろんゴジラもその頃に生存していたものでありますが……ここにポーランドの古代動物学界の世界的権威者、プレテリイ・ホードン博士の報告がありますから読んでみましょう」

田所博士は、机の上から一冊の本を取りあげると、一同の目を一身にあびて、

「アンギラスは、身長百五十フィート（四十五メートル）から二百フィート（六十メートル）に及ぶ、完全な肉食の暴竜で、その行動は、巨大な身体の割にははだ敏捷である。しかもこのアンギラスが、他のあらゆる動物と異るもっともいちじるしい点は、その行動を敏捷たらしめるため、脳髄が体内の数カ所、つまり胸部、下腹部などに分散している点である。しかもアンギラスは、他の生物に対してはてってい的なにくしみをもち、非常に野蛮的な巨大な暴竜であり。と報告してあります」

静かに本をとじて机の上におくと、しばらく目をつむっていたが、

「現に、その闘争を目撃されたお二人も、アンギラスが、ゴジラのうしろから奇襲した点を、確認されておられるのであります。以上をもって、もう一つの怪獣、アンギ

ラスにたいする私の報告をおわります」

博士は、しずかに椅子に腰をおろした。

しわぶき一つしない重くるしい沈黙がつづき、総監以下はただ茫然として、頭をうなだれているが、係官がその沈黙をやぶるように、

「では次に、東京から飛行機でかけつけてくださいました山根博士に、ゴジラ対策のお話しをお願いいいたします」

かるく一礼して立上った山根博士は、

「ただ今、ゴジラ対策の話を、といわれましたが、ゴジラを防ぐ方法は、残念ながら一つもありません」

「えっ!?」

ざわざわと会場に一種のどよめきが流れた。

「いまも申しあげましたとおり、ゴジラに対しては無為無策——なんらかの方法もないというのが只今の現状であります」

「……」

「そこで私が、東京から持参いたしました、フィルムによって、東京におけるゴジラの、被害状況を映写しました上、あらためてご質問にお答えし、あわせてその対策を、皆さまと一緒にお考えしたいと思います。では……」

山根博士は、かるく合図をした。

パッと会議室を照らしていた電灯がきえ、スクリンに大きく映しだされたゴジラ。品川から上陸したゴジラは、自衛隊の砲列と戦車の銃火をものともせず、またたくまにその巨大な姿をあらわすと、品川一帯にはりめぐらされて、何万ボルトという強い電流の流れている高圧線を、またたくまに突き破り、口からはく、強烈な白熱光のために、高いがんじょうな高圧塔も、まるでアメのごとくにゃくにゃと、とけまがり、品川から芝、それから東京の中心部と、ますますその暴威をふるい、ビルディングをふみつぶし、電車をかみくだき、そして国会議事堂をあらし、ようやくその姿が海中にのがれるまで、砲火にたいしても、また飛行機の爆撃にたいしても、なんらの効力のないことを、山根博士のもってきたフィルムによってスクリンに写しだされていった。

やがて映写が終り、パッと、もとの明るさをとりもどした場内には、なんともけいようのしようもない溜息がもれた。

「以上、ご覧になりましたように、我々の武器、我々の智能を結集いたしましても、あの恐るべき放射性因子をおびた狂暴なるゴジラの、行手をはばむことは出来なかったのであります」

その時、防衛隊の一人がさっと立上った。

「しかし先生、そのゴジラを一挙に抹殺したという……」

「そうです。オキシジェン・デストロイヤー——、あのゴジラを一瞬にして、東京湾の海底に葬り去った液体中の、酸素破壊剤オキシジェン・デストロイヤーも、その発明者芹沢《せりざわ》博士とともに、いまはなく、ゴジラ抹殺の手段は絶望と申すより仕方がないのであります」

「博士！　ではゴジラは、あの一匹ではなかったのですな……？」

山根博士は、考え深そうにうなずくと、

「それを、我々が一番恐れておったことなのですが……しかも、今回は第二のゴジラとともに、新たに出現したアンギラスの脅威……我々はいまや、原水爆以上の脅威のもとにあると申さねばなりません」

博士の言葉をきく月岡は、唇をかみしめたまま、じーッと目をとじている。

心配そうな顔をしていた警視総監が口をきると、

「しかし博士……なんとか被害を最小限にする方法……」

「そうです。今はそれだけを考えるしか道はありません。その為には、彼等の現在の位置を確認して、上陸地点を予知すると同時に、附近沿岸の住民を待避させ、完全なる灯火管制（灯を消すこと）を行う……それから、これは東京に上陸した当時の状況などから判断してみますと、ゴジラは光りに対して、非常に敏感で……と申すより、甚《はなは》だしい激怒にもえる……それは、かつての水爆実験での記憶を、よび覚まされた結果かとも想像されるのですが、光りに対しては不思議な習性を持っている……で、この習性を逆に利用する方法として考えられることは、事前に照明弾でも投下して、ゴジラを遠く海上へおびき出す……只今のところ甚だ消極的な対策しか考えられませんが……灯火管制だけは絶対に実施していただきたい……」

月岡はさっきから、身動きもせず聞いているだけだった。

ゴジラ近づく

高台の道を、二つの人影がながながとのびながら坂道をのぼっていく。

美しい大阪の景色は、折り重なるビルディングの向うに、大阪湾がくっきりと夜空にさえて、月岡と秀美は、段々づくりの坂道を、二人肩をならべながら、もくもくとして歩いている。

その月岡の顔を、秀美がのぞきこむようにして、

「なに、考えていらっしゃるの?」

「別に……」

「うそ!　なにか考えていらっしゃるわ……」

やさしく秀美をふりかえった月岡、それにおっかぶせるように秀美が、

「あのね、さっき小林さんがね……あなたの度胸には断然かぶとをぬいだって、感心していたのよ」

「何んだい、そのかぶとをぬいだというのは？」

「あの時——ゴジラに襲われたとき、あなたタバコをあげたでしょ？」

「ああ、あのことか」

月岡は思いだすように、かるくうなずいた。

「その度胸よ」

「度胸!? なんていえるもんじゃないさ」

「じゃ、なアに？」

「うん……まアなんといったらいいか……」

すがりつくようにして、月岡と手を組む秀美の顔ははればれとしている。

「でも、よかったわ……」

「もう最后だと思ったら、……急に秀美さんの顔だけが、まぶたにうかんできたよ」

「あらっ……」

秀美はまっ赤な顔になった、月岡もにっこりとほほえんでいる。

「うれしいわ……」

二人はたのしそうに、口に歌をくちすさびながら階段をのぼっていく。

月岡と秀美は顔を見合せて、いかにもたのしそうである。

その時、キューンと轟然《ごうぜん》たる爆音が、二人の頭上を圧して、暗い海上の方へ飛び去っていった。ゴジラの捜査にむかうジェット機だ。と、その爆音を耳にした月岡は、フト、ひかれるように秀美のそばをはなれると、

「いよいよ始まったな……」

と、黒々とつづく海を、いつまでもながめている月岡のまなざしに、強い決意の色が光っていた。

その後姿を、そっと冷い風がふきこんだようにみつめていた秀美に、つと気づいたように振返った月岡の目に、さびしそうに笑っている秀美の顔がうつった。

「駄目ね……ゴジラがいる限りは……」

秀美の言葉に、なにか返事をしてやらねばと思っている月岡の頭の上を、また轟然たる爆音を残して、ジェット機が飛んでいく。

なんとなく不安な気持をいだいた二人は、しずかに足を家路にむけた。

不安な一夜を大阪市民とともにあかした、ここゴジラ対策本部では、すでに昨夜から開始された、ゴジラ捜査に全力をそそいでいた。

まっ赤に目をはらした総監は、全部下にむかって命令をあたえている。

「ゴジラ捜索中の全員に告ぐ、昨夜来の捜査にもかかわらず、いまだに所在は不明である。各員はあくまでこれを追及し、一たん捕捉した場合は、徹底的にその移動状況を、本部に連絡せよ。以上」

命令を達し終った総監は、マイクの前をはなれると、つかつかと田所博士の前にやってきた。

「ゴジラの奴、一体どこへもぐり込んだんでしょうな?」

田所博士も、しばらく考えこんでいたが、

「あの附近の海底は、昔、第×期時代の地殻変動で、無数の洞窟があるんです。もし、その中にでももぐり込まれたりすると、当分は発見できんかもわかりませんよ」

「全く世話のやける奴等ですな」

総監が舌うちした時だった。

ブーブーと、ブザーがなり、一同の面上にさっと緊張の色が流れた。

「こちら山下機、十五時二十四分、レーダーにて北緯〇〇度、東経〇〇度の海中に、ゴジラらしきもの発見、追及中、報告終り」

テーブルの上に置かれた、大きな捜索地図の上に、さっと小型の模型飛行機が置かれた。

つづいて、

「こちらフリゲート艦T一〇号、十五時三十二分東経〇〇、北緯〇〇にてゴジラらしきものを捕捉、これを追及中、報告終り」

模型の艦艇が、また地図の上に置かれた。

いよいよ緊張をましていく捜索本部は、急に活気だってきた。

「こちら対策本部、捜索隊は全員、東経〇〇、北緯〇〇の地点に急行せよ、こちら対策本部、捜索隊は全員……」

同じ命令をくりかえして送話器から、各飛行隊とフリゲート艦にむかって放送される。

命令をうけた偵察機は、さっと急旋回をうつと、目的地の海上に向う。はるか下の方にも長い白いウエーキ（航跡）を引きながら、フリゲート艦も、全速力でその目的地へ急行していった。

地図の上には、刻々とゴジラの動きを示す模型が、一つの方向を示し、その動きをじーっとみつめている総監と田所博士。

「先生、ゴジラの動きから判断してみますと……」

かるくうなずいた田所博士が、

「そうです。紀州南岸か、或いはこの四国沿岸……」

「すると……阪神地区には……？」

「まず、上陸の公算の大とおもわれるのは……」

博士の指は、地図をさかのぼると、すーっと、四国丸亀方面へとのびていった。

ゴジラ発見の報は、すぐにラジオ、新聞などの報道陣にももたらされた。

どの新聞にも、大きな活字で、

ゴジラ、四国南岸に上陸か。

と、トップにでかでかと出ている。

ラジオも臨時ニュースをさかんに放送しだした。

「対策本部、午后三時発表。ただ今四国南部地区に緊急退避命令が発令されました。機上捜索によると、ゴジラはやや、北東に進路を向けた模様にて、今明日中にも、四国南岸地区上陸は、必至とみられてまいりましたから、附近航行中の船舶及び沿岸地域の方々は、直ちに退避して下さい。繰返します……」

そのラジオに耳をかたむけていた山路社長、月岡、秀美、井上やす子、課長たちは、暗い面もちでしずんでいた。

と、月岡が突然に、

「社長！」

不意をつかれた山路社長は、

「えっ!……」

「あの海域で、暴れられると、社長!」

「うん……、大事な漁区が減る訳だな……」

横から課長が口をはさんだ。

「そうしますと、これは工場の生産高にも、甚大な影響がありますんで……」

と、また横からやす子が、とんきょうな声で、

「はよう、照明弾でも使って、よそへおびきださんことには……」

「それでうまくいってくれれば、文句はないがね……」

いつもの小林にもにあわぬ落ちつきぶりである。

「でも、そうやかて、そうなってくれんことには、あてら魚も食べられへんことになりまっせ」

やす子の言葉に、一同は思わず笑い出してしまった。

その日の夕刊は、

「外《そ》れるかゴジラ、
　阪神地区はほっと一息」

と大きく見だしている。

ようやく不安がうすらいだ大阪は、昨日に違って、またもとの大阪にかえり、ネオ

ンはまたたき、川面《かわも》には五色にきらめく広告の灯《ひ》がキラキラと輝いて、ダンスホールからは、にぎやかにバンドの演奏が流れ、歌手の甘美な歌声、踊る人々。

いかにもたのしそうに街をゆく人にまじって、月岡と秀美も買物をしていた。

と、丁度その時、突然にあの無気味なサイレンの音がうなり、たちまちのうちに、街は右往左往する人々で一ぱいになった。

スピーカーから、慌しい女のアナウンスが流れて、

「お客さまに申し上げます。皆さま大阪地区にも、遂に警戒警報が発令されました。十九時三十分対策本部の発表によりますと、四国南岸に上陸すると、推測されておりましたゴジラは、只今突如として、大阪湾内に侵入しつつある模様であります。間もなく照明弾が、海上へ投下されますが、これは光りによって、ゴジラを湾外へさそいだす作戦であります。それからまもなく灯火管制の状態に入りますから、どうかみなさん、冷静沈着に退場されますよう、お願いいたします——もう一度繰返します……」

そのアナウンスの間に、度を失った人々は騒然として押し合いへし合い、大混乱をていして、入口の方へと流れていく。

その阿鼻叫喚のるつぼの中で、買物をおえた月岡は、秀美をかばって、人々にもまれ乍《なが》ら、出口へ流れ出ていった。

その時、パッと電灯が消え一きわ高くおこる怒声と喚声。

大阪の街は、次々と地区毎に灯火が消え、大都会は一瞬にして、すっぽりと夜の闇に沈むと、キーンと、妖しく月のみがさえる夜空をさいて、急速に飛び去っていくジェット機の爆音だけが無気味に耳にのこる。

避難の群れ

ヌーッと海面に姿を現したゴジラは、灯台の灯《あか》りを見つけると、いきなり水しぶきをあげて、大阪湾の入口にある灯台に飛びかかった。

ガラガラガラッ。ものすごい音と、あたりにこだますゴジラの咆こう。

またたくまに白亜の灯台は、根本から、ガックリと折れると、その半分が海中にうずまった。

なおもゴジラは、らんらんたる目を輝かせて、湾内に侵入しようとして、一歩、一歩と防波堤へちかづいてきた。

と、その時、ゴジラの頭上をかすめて飛来した飛行機から、チカ、チカッと目を射る火、――照明弾がフワリ、フワリと投下され、まるで空中ブランコのよう、強烈な光りを宙にうかせている。

ゴジラはギクッとしたように、その灯りをにらむと、またもや轟然と頭上をかすめる機上からチカチカと夜空にきらめき、弧を描いて投下される照明弾。

かつての、いまわしい水爆実験の記憶を、まざまざと思いだしたかの如く、ゴジラは憤怒の形相ものすごく、いきなり海中に飛びこむと、その光りの方へ、もうれつな勢で飛びかかっていく。

つぎつぎと投下される照明弾に、大阪湾外は、まるで真昼のようにあかるい。その灯りの中に巨大なゴジラの姿がくっきりとえがきだされて、人々はおそれおののいている。

一方、ゴジラ対策本部では、

さっきから、ひっきりなしに電話がかかり、その電話を、一つ一つ総監に報告している。

「○○地区、退避ほぼ完了」

「××地区の退避、終りました」

「ご苦労」

しずかに総監はうなずくと、机の大阪地図の上を、つぎつぎと、赤い筆で、消していくと同時に、全警察署に指令が発せられた。

「対策本部指令、対策本部指令、……管下、各警察は、その留置人をすみやかに、安全地帯に移動すべし……対策本部指令……」

と、くりかえして放送し、大阪全警察署の犯罪人を安全な場所にうつすように、つぎつぎと用意はすすめられていった。

大阪の街は、わずかばかりの身まわり品を手にした避難する人々で、どの道路もうずまり、郊外にある高台に向って、その行列はまるで蟻《あり》の行列のように、ながながとのびている。

月岡正一と秀美も、ようやく高台にある自分の家の前に、長蛇の列におしながされて、やっとたどりついたところだった。

秀美は激しい胸の動悸におそわれて、はく息が、とてもせわしく、顔はいく分あおざめている。

と、その門内から、鉄甲に身をかためた小林がいきなり飛び出してくると、

「あっ！　月岡。社長は工場の方へ行かれたそうだぞ」

正一の顔を見るなり、言葉をあびせかけた。

「えっ？　工場へ……⁉」

「うん。これから俺もかけつけるところだ」

門前にとまっていた自動車のドアをあけると、その中に勢よく飛びこんだ。

「よし！　俺もいこう」

かるくうなずいた月岡は、ふと秀美をふりかえると、ハッと息をのんで立ちすくんでいる秀美に向って、

「じゃ秀美さん、気をつけてね」

「では、あなたも？」

「ええ、いってみます。——ここなら一応は安心だと思うが、もし万一の事があったら、あの裏山へ……」

うしろに黒く見える山を指さした。

「ええ、……あなたも気をつけてね」

ながながと、まだつづいている避難民の行列の中で、三人は顔を見合せた。

「おい！　出かけるぞ」

「月岡さん。パパのことお願いしてよ……」

月岡は力強くうなずくと、さっと自動車に飛び乗った。

すぐにクラッチをいれた車は、うすいガソリンの煙をのこすと、しずかにすべりだした。

秀美は走り出す車を不安そうなまなざしで、見送っていたが、その時、またも重苦しいラジオのブザーが耳をついた。

「ただ今、ゴジラは航空部隊の巧みな照明弾作戦に誘《おび》きよせられて、じょじょに大阪

湾外へ進みつつある模様でありますが、私どもの命と、財産を守り、この大阪市を荒廃から救うために、厳重なる灯火管制を絶対にお守りください……」

キーンと夜空をかすめて、飛び去るジェット機。

ラジオに耳をかたむけながら、不安な顔の秀美は、はるかに見える大阪湾のあたりに、ピカッピカッと、明滅する照明弾を見つめている。

丸い火のかたまりが、暗黒の空を、しずかに落下する様子はまるで花火のようである。

果敢な航空部隊の誘導作戦が功をそうしたのか、その灯は、次第に大阪市街からとおのくようにおもわれて、まわりの人々も、いくらか安堵のようすで、しずかに大阪湾をながめている。

海岸にある、海洋漁業会社の屋上には、いまだ武装に身をかためた山路社長や防衛隊に加った社員たちが、はるかな海上をすかしていたが、一人が、

「社長！　ゴジラの奴、突堤から約二キロの沖合へ、おびき出されていった模様です」

その社員は、メガフォンを持ってさけんでいる。

山路社長は、にっこりと笑い乍ら、

「これで大阪も、ゴジラの災難から、どうやらうまく、のがれることができたよう

だ」

「そうです。もうすこしのご辛抱です」

あいづちをうつ社員の頭上を、また新しいジェット機が飛んでいく。

それを見上げて、

「しっかりたのみまっせ！　しっかり！」

皆は声を合せて、声援していた。

逃げる囚人

大阪の街は、避難民でガランとして、人影一つもない死の街のような静けさだ。その中を、折からの照明弾のゆれる光りの中に、うかびあがってくる二台の自動車。

刑務所の護送車だ。

チカチカと明滅する車の中の片すみに、人相のよくない囚人達が、何か目と目でしめし合わせていたが、と、その時、一人の男が急に、

「ウウッ！　ウウッ！」

と、くるしみだして、椅子からドシンと床にころげおちた。

「おいどうした？」

中にのっていた護衛の看守が、あわててかけよると、その四人を、さっとだきおこそうとして身をかがめた。

「やっちまえッ!!」

いままで、おとなしくしていた囚人たちは、いきなり二人の看守の腰に手をのばすと、またたくまにピストルをうばいとり、その銃床で思いきりガンと、なぐりつけた。

囚人たちはいそいで後部の扉を蹴《けり》あけると、くもの子を散らすように四方に逃げだした。

あわてて、うしろのもの音にふりかえった運転台の警官が、ハッとして急ブレーキをかけると、車はギギッと、音をさせて急停車した。

さっとドアをあけて地上に飛びおりた警官。

「待てっ！　待たぬと射つぞ!!」

逃げる囚人の姿は、照明弾のあかりに、はっきりとうかんでいる。

ダダン！　威嚇の銃声が起る。

足をかかえて、一人は前にまるくつんのめる、が、他の囚人たちは、右へ左へと小さな路地ににげこもうとしている。

と、その時行手の方からサイレンの音をひびかせて近よってくる、一台のパトロールカー。

ハッとした四人たちの中には、だらしなく両手をあげる者もあるが、なおも、横手へかけこんでゆく三人の姿が、ヘッドライトをあびて、はっきりとしている。

「それッ!!」

看守は二た手に別れると、逃げる四人のあとを追った。

息せききって逃げのびてきた三人は、ガソリンスタンドの、店先に置いてある危険物と、黄色い小旗のあるガソリンカーに飛び乗ると、いっきにエンジンをいれて、もうれつなスピードで走り出した。

「しまった!!」

地団駄をふむ看守たちは、ただ目をむいて見送るよりしかたがなかった。

と、折しも横手からカーブを切って走ってくる一台の乗用車。

ハンドルをにぎっているのは小林だ。

看守はさっと手をあげると、月岡たちの車を急ストップさせた。

「たのむ。あの車を追ってくれッ!!」

さっとドアをあけて、座席にとびこんだ看守は、行手を走り去るガソリンカーを指さした。

その場の様子を、すぐにさとった二人は、

「ようし、のがすものかッ!!」

ググッと、クラッチを入れると、もうれつな勢で、囚人たちの車に追跡をはじめた。それと感づいたか、囚人たちの車も、もうれつな勢で街中を去る、が、あとを追う月岡たちの車も、もっとスピードをあげた。

さーっとカーブを切るたびに、小林たちの車は、フワッと空中にうくように、もうれつに囚人たちを追いだした。

だが、逃げる囚人たちも必死である。

すーっ、すーっと、横道へ、横道へと追跡の目をくらまそうとしている。

と突然、前方の横あいから、さっと姿をあらわした一台のパトロールカー。

囚人たちは、ハッとして、すぐにハンドルを右にきると、細い横道にそれた。

「しまった。袋小路だ!!」

目の前に迫る板べい、囚人たちは目をつぶると、しっかりと座席にしがみついた。

ガシャン、メリメリメリッと音をたてて、板べいはたおされた。ガソリンカーの飛びこんだのは、ガソリン貯蔵所構内だった。

見上げるようなガソリンタンクが、夜空にくっきりとそびえている。

ガソリンカーの囚人たちは、なおも急追する月岡たちの車と、パトロールカーからのがれようとして、広い構内を死にものぐるいに走り廻る。

右に左に、すさまじい勢で、貯蔵所内を処《ところ》せましとばかり、あれくるう。

それを追い、あるいは妨害しようとする月岡の自動車とパトロールカー。

いましも四人の運転するガソリンカーの前をさっと横切ったパトロールカー、それをよけようとして、キュッとハンドルを横にきったガソリンカーは、キューンと、タイヤをスリップさせる異様な音をたてると、ハッと思うまに、ガタンと横倒しとなって、流れでたガソリンへ、コンクリートの上を、スリップしてとばす火花が引火した。

ほんの一瞬の間であった。ガソリンカーは火の玉となると、まるで弾丸のような早さで、ガツンと、空にそびえたっている、ガソリンスタンドにぶつかった。

ドドーン。

中天高く突きあげる、ガソリンタンクの大爆発、まるで火の柱が空までのぼったようである。

流れ出たガソリンは、火につつまれて、つぎつぎと、ガソリンタンクに引火して、一ぺんに夜空をこがす大紅蓮の炎となってたちのぼった。

天をこがすガソリンタンクの大火災は、暗黒の都と化していた大都会大阪を、一瞬にして、赤々とゴジラの眼前にさらけだしてしまったのである。

走り廻る消防隊のサイレンの音が、人々の耳をつんざいた。

いましも、海上の照明弾の灯りに気をとられていたゴジラが、ハッとしたようにして、ギョロリと大阪の方をふり向くと、

「ウオーッ!!」

ものすごい咆こうをあげ、らんらんと光る血走った眼、ゴジラは水しぶきをけたてると、その巨大な姿を大阪に向けて突進してきた。

必死になった航空隊は、ゴジラの目をごまかそうとして、ゴジラの目の前に照明弾を投下するが、ゴジラは見向きもしない。

ぐんぐんと、その姿は大阪に近よってくる。

その時、タタタッと、海洋漁業の階段をいきおいよく、かけのぼってきた月岡と小林。

「畜生ッ!　とうとう気がつきやがった……」

社長と顔を見合せると、

「こりゃ一体、どういうことになるんだ!?」

一同の目は、海面にくぎづけになったままうごこうともしない。

ゴジラはもうその巨大な半身を海面に現わして、ものすごい勢いですすんでくる。

飛行隊は次々と急降下に移ると、ロケット弾をゴジラの心臓めがけてさかんに射込む。だが厚いうろこにおおわれたゴジラの体は、つぎつぎとはねとばして、すこしもこたえない。

目を血走らせた飛行士は、グッと急降下に移ると、風防の前方に、急速に近づくやゴジラの巨体にむかって、ロケット弾は吸いこまれるように射こまれた、が、巨大なゴジラの体は、弾をつぎつぎとはねかえすばかりで、少しも効果があがらない。

今しも弾を撃ちおわったジェット機が、ゴジラの目の前を、さっと通りすぎようとしたその瞬間、怒りに狂ったゴジラの狂暴な目が、ギラリと光ると、口から、パッと、ものすごい白熱光が光った。

とたん、ジェット機は火炎につつまれると、空中で、一転、二転して、そのまま海面に白い水しぶきをあげて、突込んでいった。

「畜生ッ!!」

海洋漁業ビルの屋上から、これをながめていた一同は、地団駄をふんで、なおもゴジラから目をはなそうともしない。

「あッ!……あれはなんだ?」

山路社長の指さす海面、ゴジラの後から、物すごい水しぶきがあがり、突進してくる、もう一匹の怪獣。

すさまじい勢で、ゴジラの背後から飛びついた。

「あッ!　アンギラスだ」

月岡は思わず叫んだ。その声をきいた山路社長。

「えっ?　アンギラス!?……あれが……」

一同の顔には驚愕とも、恐怖ともつかない色があらわれている。

卑怯なアンギラスは、ゴジラの背後から飛びつくと、ものすごい咆こうをあげて、頭にもつするどい剣で、さかんにゴジラにつっかかっていった。

が、ゴジラも不意を襲われながらも立ちなおると、一そうに怒り狂って、凄絶な格闘がつづく。

そのうちに、アンギラスは身の危険を感じたか、さっと、身を波うちぎわにひるがえすと、さらにゴジラの隙をねらって身構えた。ゴジラは一声、

「ウオーッ!!」

高くうなると、アンギラスに向って突進して、パッと飛びかかっていった。

アンギラスも、ゴジラの攻撃に、後足で立ちあがると、さらに、さきほどよりもものすごく、ゴジラにつっかかっていく。

まさに前世紀の恐るべき怪獣二匹は、ゴロゴロと組合ったまま、その巨大な体を、次第に大阪湾の岸壁に近づけてくる。

ゴジラ上陸

ゴジラとアンギラスは、死の格闘をつづけながらも、こっこくと大阪の岸壁にむか

って、その巨大な姿をちかづけてきた。

海岸線にそって、砲列をしいている重砲隊ならびに戦車隊の銃口からは、時やおそしと一斉に火ぶたはきっておとされる。

ガガーン。ガガーン。

耳をつんざく大砲の轟き、サーチライト（探照灯）にてらされた、二匹の怪獣に弾は命中するが、その効果はすこしもあがらないばかりか、むしろ、そのまわりに落下する砲弾に、怒りはよけいにつのって、サーチライトにうきだされたゴジラとアンギラスの形相は、ものすごく怒りに狂っている。

つぎつぎに撃ち出される砲弾は、赤い火の玉が尾を引いて、ゴジラとアンギラスに集中し、まわりに火柱と水煙をあげて、二匹の怪獣をつつんでしまうようである。

が、二匹の怪物は、なおも海中で格闘をつづけ、お互に噛《か》み合い、尾でなぐりあい、或は相手に白熱光をふきかけ乍ら、次第次第に岸壁に近づくと、その巨大な体は、ついに波止場へと姿をあらわした。

その姿におそれ、おののいて四方に逃る人間を見たゴジラは、さっとアンギラスから身をひくと、ものすごい咆こうをあげ、戦車をふみつぶし、建物を手でぶちこわしながら、逃げまどう防衛隊に向って、強烈な白熱光をふきかけた。

「ウワーッ!!」

悲鳴と絶叫をあげてのたうちまわる防衛隊員。

その様子を見たアンギラスも、またゴジラに負けぬ怪力と、白熱光を、あたりかまわずはきかける。

附近一帯の街、工場といわず、建物といわず、一瞬にして火の海となり、更に二匹の怪獣は、お互に敵意をもちながら、しだいに大阪の中心部にと足をはこぶ。

まったくその威力の前には、科学の力も敵することは出来ないほどの強烈さである。

じーっと、ひとみをこらして、その様子をビルの屋上で見ている、山路社長と月岡、他の人々はすでに身に危険をかんじたのか、階段を途中までかけおりている。

「社長！　社長！　降りて下さい、危険ですから早く降りて下さい」

小林をはじめ、社員の者が心配そうに、大声をだして社長を降ろそうとしきりに気をもみ乍ら、恐怖におののいた顔をひきつらせている。

しずかに山路社長のそばに近よった月岡。

「社長、降りましょう？」

ちらりと月岡をふりむいた社長は、すぐまた目をゴジラとアンギラスにもどすと、

「そうか……ゴジラを遠のけようとした、あの照明弾の灯りが、かえってアンギラスまでひきつけてしまったのか……」

口惜そうに唇をかむ山路社長。

下から社員たちがしきりに気をもんでいる。

「社長。降りて来て下さい。——早く早く」

「社長。もう見込はありません。さ、急いで降りましょう」

ゴジラの姿は、もう百メートルとは、離れていないところまで来ている。

月岡は無理に山路社長の腕をとると、タタタッと、いそいで階段をかけおりた。

ゴジラとアンギラスの進むところ、工場は押しつぶされ、煙突と起重機は音を立ててへし折られ、まったく手のつけようもない。

時折、ゴジラの隙をうかがっては、そのうしろから敏捷にとびかかるアンギラス、ゴジラは怒りにもえて、その強大な尻尾《しっぽ》でアンギラスに、一撃くれようとあせりながら、さかんに満身の力をしぼって尻尾をふりまわす。

アンギラスはゴジラの背中にピタリとはりついたまま、しつようにゴジラの首をねらって、攻撃の手をゆるめようともしない。

これをふりはなそうともがくゴジラの尻尾の一撃は、海洋漁業の缶詰工場を一挙に粉砕し、二匹の怪獣の口から吐かれる妖しい白熱光は、またたくまに、その工場を火炎につつんだ。

「ああ。工場が……」

いきなり走りだそうとする山路社長の両腕を、月岡と小林はグッとつかんで引きも

どすと、

「社長。早く逃げないと、ここも火に包まれてしまいます」

茫然と火につつまれた工場をながめている、山路の手を引いて、外へかけでようとした三人、ハッと息をのんで身を伏せた。

いきなり頭上の建物が、ガラガラと音を立てて、焔と一緒にまいあがる黒煙。

「社長！　社長ッ!!」

「大丈夫ですか社長！」

月岡と小林の、社長を気づかう声が、かすかにきこえる。

はるかな高台から、もえさかる海岸をながめている秀美は、

「神さまどうか……」

と、胸に手を合せて一心に祈っていた。

あわただしく火の街を走る消防自動車、無人の街を、もうれつなスピードで走っていく。

その行手の街角から、バラバラッと逃げのびてきた二人の脱走者。

「アッ!!」

声をあげて立ちすくむ二人の姿が、ヘッドライトの光りにくっきりとうかびでた。

二人の脱走者は逃げ場をうしなうと、そばにぽっかりと口をあけている地下鉄の入

口にむかってかけこむ。

人っ子一人いない地下鉄の構内をかけおりると、なおも線路づたいに逃げようとあせっている。

なおも死闘をつづける二匹の怪獣、ゴジラとアンギラスは、川向うにある中央電信電話局の建物を、もろくもふみつぶすと、互に目もくらむような白熱光を吐き、アンギラスはゴジラの隙をうかがって少しも攻撃の手をゆるめない。

ゴジラは紅蓮の炎を背にすっくと立ち、鈍重な動きで、アンギラスにつかみかかろうとした。

パッと身をよけたアンギラスは、さっと身をひるがえすと、またもゴジラに突進してゆく。

身の毛のよだつこの二匹の闘争は、しだいに二人の囚人の逃げこんだ地下鉄の上へと近づいていった。

危《あや》しい足どりで地下鉄に逃げこんだ二人の脱走者は、なおもよろめく足で線路づたいに走りつづけ、肩で息をしながら、顔はあおざめて、口をきくことさえもできないほどである。

その二人の逃げこんだ地下鉄の上では、世にもおそろしいゴジラとアンギラスの決闘はつづいて、ぶつかり合った二つの怪獣は、組合ったまま、どうと、堂島川の中に転落していった。

天井をふみやぶられた地下鉄の構内へ、一度に、どっと流れ込む堂島川の水は、ゴーゥと、すさまじい音を立てて、椅子や柵《さく》を押し流し、囚人の逃げた方向に向って大洪水のように流れいでた。

「ウワッ!!」

と、悲鳴をあげる二人の囚人、またたくまにその流れにのまれると、あとは奔流のごとくに流れる水に、構内も線路も一瞬のうちにのまれつくされてしまった。

アンギラス

ジリジリリッ、ジリジリリッ、ゴジラ対策本部の電話が鳴る。

素早く受話器を取りあげた本部長。さっと顔色をかえて、

「あ、もしもし……」

「えっ！　なに？　ゴジラが……全員退避。至急全員退避せよ!!」

本部長の蒼白な声に、警視庁から、バラバラと飛び散っていく人々。が、その時はすでにおそかった。警視庁の建物はグラグラと地響を立ててゆれ、ゴジラの足はすでに警視庁の一部をふみ倒し、向うにそびえる大阪城の内堀からヌックと姿をあらわし

たアンギラスに向って、もうぜんと攻撃の姿勢をとっている。大阪城の天守閣を背景に、にらみあっていた二匹の怪獣、アンギラスのどこに隙をみいだしたのか、ゴジラはもうぜんと真正面から、アンギラスに飛びかかった。

アンギラスも必死の力をふりしぼって、巨大な怪物同志は、ガツンと大きな音をたててぶつかりあうと、そのあたりの建物をふみつぶしながら、口からはあの怪しい白熱光をはき、お互に死力をつくして闘っている。

逃げまどう防衛隊員も、あまりのものすごさに、逃げるのも忘れて、ただぼうぜんとみつめているだけである。

組んではほぐれ、ほぐれては組みあって、ものすごい咆こうをあげるアンギラスとゴジラ。しかし、怪獣にも力に限度があるのであろうか、アンギラスの力がしだいによわったようにみえた一瞬、ゴジラの体がアンギラスからパッとはなれると、その強力な尻尾の一撃が、ガツン！　と、アンギラスの首を一たたきすると、さしものアンギラスも、ガックリと体を前に折りまげる、その隙にじょうじて、なおもゴジラの尻尾の攻撃が、一撃、二撃、アンギラスに向って、ようしゃなくうちおろされた。

ついにアンギラスに最后のときはきた、すでにアンギラスは闘志をうしなって、かなしい咆こうをあげるとみるや、あの巨大なゴジラの体が、パッと空中に一トとびするや、満身の力をこめた後足で、アンギラスの胸部をガッ！　とけあげた。

それと同時に二匹の巨大な怪物は、ものすごい、地響をたてて、大阪城の天守閣の上にどうと折り重って倒れた。

メリメリッと音をたてて倒れる天守閣、天下の名城も、水爆の生んだ怪獣のために、一瞬にして押し倒されると、アンギラスの体は一転、二転して、大阪城の堀に崩れ落ちていった。

そしてアンギラスは再び動こうともしない。

「ウオーッ!!」

一ト声高くゴジラは喚声をあげると、口からカアッとあの白熱光をふきつけ、瞬時にして、アンギラスの死体も、大阪城や、まわりの建物もまたたくまに猛火につつまれてしまった。

戦に勝ったゴジラはなおも、あたりに白熱光をあびせ、その全市をほとんど猛火にうずめつくしてしまった。

炎々と燃えさかる大阪市内。うしろの高台から見おろす大阪市民のどの顔も、いまは生色もなくただぼうぜんとしている。

この巨大な怪獣のまえには、爆弾も、大砲も、そして飛行機も、近代の最高科学をほこる武器は、なんの威力をあらわすこともなくただ手をつかねて見ているばかりである。

もう大阪市民には、何をする気力もないのであろうか。あちらに一団、こちらに七八人と、まわりの地べたに腰をおろし、ただうつろな目だけを、炎々と燃える市内にむけているだけである。

その耳に、かすかに流れてくるラジオのアナウンス。

「遂に恐るべき世紀の闘争も終りをつげました。然《しか》し天下に名だたる大阪城も、日本第二の大都会も、今は水爆の落し子であるゴジラのために、全く踏みにじられる処となったのであります……、ゴジラの怒りはおさまったのでありましょうか……粛々とゴジラは退去しつつあります……」

ラジオのアナウンスが終っても、市民は動こうともせず、ただもくもくと燃える市街を、かすかに大阪湾へと姿を消してゆくゴジラをうらめしげにみつめているだけだった。

北海道支社

いまだ大阪の市街は昨夜の猛火にくすぶりつづけ、あたり一面焼野が原である。そのためであろうか、昇る太陽の光さえもにぶく、焼けだされた人々は、その焼けあとをかたづける気力もうせたかのように、ただ、たたずんでいるだけで、だれも口をきく者さえいない。

海洋漁業の屋上から、惨憺たる市街をしずかにながめている山路社長と北海道支社長芝木の二人の姿があった。

「芝木君、あの煙の上っているあたりが、うちの缶詰工場の跡なんだがね……」

ゆっくりとそのあたりを指さす山路社長。

「まったく、想像して居った以上の被害ですな」

痛々しそうな眼《まな》ざしで山路をふりむいた芝木、その視線にフト何を読みとったのか、

「芝木君、よしてくれよ。――そんな目つきをしてみてくれるの……」

「はア……」

山路の声にとまどった芝木へ、さらに力強い声で、

「山路耕平、必ず立直ってみせる！……安心していて貰《もら》いたい」

「……いや、そのお言葉を承っただけでも……」

「ハハハハ……北海道からはるばる、飛んできた甲斐があったとでもいう処かな」

山路社長の笑い顔に、芝木もにっこりとうなずいた。

焼けただれたビルの中は、すでにかけつけた社員たちによって、つぎつぎと手ぎわよくあとかたづけが進められている。

頭にはネッカチーフをかぶり、口と鼻をタオルでおおった、いかにもかいがいしい

ずをしていた。

秀美とやす子は、手すきの社員をあつめて、無線のあとかたづけに、てきぱきとさし
「ここにも、まっ先に手をいれんことには……」

そこを通りかかった山路と芝木が、足をとめると、ぐるりと室内を見まわしている。

芝木の顔は、意外に損害が大きいので、心配そうに眉《まゆ》をくもらせた。

と、室内を見まわしていた芝木の眼と、秀美の視線がピタリと合った。

いそいでタオルのマスクをはずした秀美は、

「ああら、いつでていらっしゃいましたの?」

にっこりと芝木にわらいかける。

「おお、これは、……お嬢さんですか……今朝の飛行機でね、慌てて飛んできました」

「どうもわざわざ……やす子さん、ちょっとあと頼むわね」

三人は肩をならべると、隣りの事務室に入った。

まったくどの室内もひどいやられかたである。窓わくはあとかたもなく、ざっくりと崩れ、机もそのほとんどが燃えて、まんぞくに使えるものは一つもない。

あまりにひどいあれかたに、いまは芝木は口をきくことも出来ないほど落胆しているようである。

「お父さま、お茶でもおいれしましょうか」

秀美がいそいで、ドアのノッブに手をかけようとした。

その時、ガラスのわれたドアの窓わくからいきなり、月岡と小林の顔があらわれた。

さっとドアが外がわにひらかれると、足音もあらく、室内にずかずかと入ってくる。

「あら、お帰んなさい」

秀美はにっこりとしてむかえた。

月岡はそれに返事もせず、きりっと引しまった顔で、

「社長！　ゴジラの行方はどうしても摑《つか》めません。——海上保安庁の方も、いまだに発見出来ない模様なのです」

「そうか……ご苦労……」

「極力捜査をつづけたのですが……」

小林はいかにも口惜しそうである。

月岡は飛行服のチャックをあけると、ケースを取りだして煙草をくわえた。その横から小林がすばやく月岡の煙草を一本ぬきとると口にくわえて、パッとライターに火をつけて、ふかぶかと大きく一息にすいこんだ煙を、フーと、さもうまそうに吐きだしたとき、何か考えていた山路社長が、フッと顔をあげると、

「小林君、君北海道支社にいってくれんかね？」

「は、北海道？」

　山路社長のとうとつの言葉に、まわりの人もびっくりした。

「支社長とも話し合ったんだが、本社がこうなった以上、無駄に船をあそばせておくわけにもいかんから、当分の間、北海道支社を中心にして、大いにあちらの漁区と工場を活用してみる計画なんだが……」

「わかりました。飛行機に乗る仕事でしたら、どこでも結構です」

「やあ有難う、一つ、大いに活躍して下さい」

　芝木は小林の肩をぽんとたたいた。

「支社長、大いにやりましょう」

「では、私や月岡さんも一緒なのね、パパ？」

「いや、お前達には、本社再建の仕事が山ほど残っておる」

「ああ、そうか……」

　秀美はよほどがっかりしたとみえて、ちらりと月岡と顔を見合せた。

「北海道ゆきは、一応その目鼻がついてからだ」

「おやおや」

「秀美さん、同情しちゃうな、当分はこのめちゃめちゃの大阪に残るとはね……」

　秀美はくすりと笑うと、

「小林さん、あなたすこしこれね」

と、秀美は指で自分の頭をゆびさして、二三回くるくるとまわした。

「えっ！　僕が左巻き？」

「そうよ。たのしみというものは、まず空想してから、実際にいってみるほどよいものよ、その間が、ながければながいほど、よけいにたのしいものよ」

「ハハハハハ。秀美さんは、なかなか負けおしみがつよいよ」

二人の問答に、五人は声を立てて笑った。

「だがね秀美さん。あなた達が、のこのこと北海道にくるころには、びっくりさせるようなことがあるかも知れないよ」

「ヘヘンだ！　負けおしみいっても駄目」

「なアに、北海道には僕を待っててくれる人がちゃんといるんですからね……それもこんな大阪の都会にそだった、目の前にいる女の人のようなすれっからしじゃなく、もっと、純真な人がね……」

「とかなんとか云っても、小林さんのお嫁さんになる人なんか北海道にだっていないわよ」

「ようし、云ったな、きっと探してみせるぞ」

「それそれ、それごらんなさい、すぐにうそがばれるじゃないの」

「うそ？」

「そうよ。誰れか待っているなんて……」

「うわっ負けたっ」

小林は頭をかいている、その横から月岡が、

「おい小林、貴様は機上捜査はお手のものだからな……」

と、また秀美が、

「コ、バ、ヤ、シ、サ、ン、女の子は、ちょっとオサカナとは違うのですからね」

「云わしておけば、二人がかりで……」

小林はかるく拳固《げんこ》をにぎると、二人をぶつまねをした。

「まアまア、その時の仲人の役は、この北海道支社長が買って出ますかな……？」

「万事どうぞよろしく」

小林は軽く頭をさげた。と、すかさず月岡が、

「ふつつかな男でございますが……」

「この野郎」

五人はもとより、まわりの人までが思わずふきだしてしまった。

芝木北海道支社長をのせた小林機は、その日のうちに、軽い爆音を残して北海道にむかって飛びさっていった。

北の果て

雪、また雪、白一色におおわれた北の果て北海道は、山が真白く、見るから寒さをかんじさせ、家も道路もふりつもる雪におおわれて、海辺に建っている海洋漁業北海道支社は、海から吹いてくる冷たい風に、外は身をきられるように寒い。

室内にはストーブが赤々ともえて、部屋の中を動きまわるのには、少し汗ばむくらいの暖さである。

厚ぼったい飛行服に身をかためた小林は、元気な足どりで芝木の前に立った。

「支社長、これからまた、花嫁さんを捜しに行ってきますから……」

にっこりと笑った芝木。

「ま、よろしくたのむよ」

「ところで、仲人さんの現在位置は？」

しずかに椅子を立った支社長は、うしろの壁にはられてある地図の一点を示し、

「ウーム。仲人さんは、大体ここらあたりでお待ちかねだが……」

指でさされたあたりを、小林は手帳にかきとめると、

「では花婿さんはおでましとするかな」

かるく笑った芝木支社長が、

「小林君、三々九度の盃（お嫁入りする時の盃）を用意して待っているぞ」

「諒解。諒解」

小林は快活に、片手をあげて挙手の礼をすると、足ばやに支社長室からでていった。

そのうしろ姿に、事務員達は、

「気をつけてね、花婿さん……」

と、誰かがヤジを飛ばした。

「オーケー。万事この胸に……いやこの腕だ、万事この腕にあり」

かるく答えた小林は、すでに海岸にひきだされてある、小型水上機に近よった。

すでにエンジンは軽い音をたてて、プロペラは快調に廻っている。

操縦席に腰をおろした小林は、しばらく計器に目をはしらせていたが、そのまま、一段とエンジンの音をたかめると、フロートは、さーっと波を切りながら、水上滑走にうつると、軽く空中に浮いた。

高度を高めた小林機は、支社に向ってバンク（かたむき）をすると、快い爆音をのこして飛び去っていく。

その飛び去る小林機を窓ごしに見送る芝木支社長の顔も、とてもあかるくかがやいている。

北洋の海はキラキラと輝き、おどる黒潮が無気味な大波を立て、潮流にのって流れる流氷（氷のかたまり）が白い肌を光らせて、海洋漁業の所属船、北海丸の行手を右に左にかえさせている。

双眼鏡を片手に、赤銅《しゃくどう》いろに陽やけした船長は、じーっと水平線をみつめて、いろいろと船員に命令を下している、そのうしろから、船の無電係が飛びだしてきた。

「船長！　鱈《たら》、鱈です。鱈の大群がみつかりましたぞ。北緯○○度、東経○○度……」

船長の顔がにこりとほころびると、手早く無電士の紙をひったくるようにして、電文に目を走らせていたが、

「あっ！　あれだ。あそこ……」

空の一角から、快いエンジンの音をひびかせて飛んでくる、ケシ粒のような黒い一点。

「あ。小林どんだ。……おいみんな、小林どんが迎えにござったぞー」

船長の声に船員たちがどっと甲板に飛びだしてきた。

ぐんぐん姿を近よせた小林機は、北海丸の上を、二度、三度、まるく旋回すると、鱈の大群に向って案内していく。

目的地についた小林機は、グッ、グッと急降下して、その位置を知らせると、なお

もグッと高度をさげて、北海丸の甲板すれすれに飛び乍《なが》ら、パッと通信筒を落した。

北海丸の甲板は、小林の通信筒にわーっと船員たちがたかると、いそいで通信筒をひらき、中の紙に目をはしらせる。

「大漁を祈る」

と書いてある。

「ウワーッ!!」

喚声をあげながら手をふる船員たち。それに答えるように、小林機は大きくバンクすると、快調な爆音をのこして基地に飛び去っていく。

「それっ。小林どんに負けるな。せっかくの獲ものだぞ」

北海丸の船員たちは、美事な手さばきでつぎつぎと大きな獲ものをあげていく。ぽん、ぽんとつりあげられる鱒、船の甲板で、ピチピチはねあがる、その上につぎからつぎに鱒の山がきずかれていった。

北海丸からつぎつぎにはいる無電に、支社にも喚声があがった。

「おい花婿どんがやったぞ!!」

「ものすごい大漁だ!!」

芝木支社長もそうごうをくずすと、かたわらの社員をよんだ。

「おい、君々、料理屋に電話をかけてくれ、——うん、なに？ そうだよ弥生《やよい》だ。今夜三々九度の盃を用意しとけとな。大勢でおしかけるからというんだぞ」

「はい……」

芝木支社長以下全員が、みなにこにことして、とてもうれしそうである。

任務をおえた小林は、機上でそうらん節などをくちずさみながら、いともほがらかそうに操縦桿をかるくにぎっていた。

と、その時、女の声が、

「小林機、小林機。……こちら支社、――応答せよ」

「ああ、こちら小林機、小林機」

「小林機……直ちに帰還せよ。帰還せよ……フフフフ」

「あれ？」

小林は機上でしばらく頭をひねっていたが、

「あれ？――秀美さんだな？」

秀美は声をぐっとやわらげると、

「そうよ、只今到着」

「そうか。月岡も……」

「ええ、月岡さんの飛行機で、パパと一緒に……」

「そうか、待ってました」

「おい、小林！」

「あ、なんだ、そこにいたのか？」

「あははは……」

まだ飛行服のままの月岡は、秀美の横から送話器に口をあてると、

「ああ、大阪の方の仕事も一段落ついたので、早速飛んで来たよ」

「そうか……」

フト小林は思いついた口調にかわると、

「そうだ、君に会いたがっている人がいる」

「えっ、俺に？……誰だ？」

「いい人だよ」

「えっ、いい人……？」

「小林さん、誰なの？……その方……」

秀美が乗りだすようにしてきいた。

「ハハハハ。会ったら判る」

「ね、教えて……」

「ひ、み、つ、ひ、み、つ……」

「いじわる！　お土産あげないから」

小林はさも困ったような口ぶりで、

「そいつは困るなア、ハハハハ……」

そのままプスンと、無線は切れた。

思わず顔を見合せた月岡と秀美。

「ね、誰でしょ?」

「さ、誰だろう……?　こんな北海道くんだりで……」

月岡はさも不審そうに、首をかしげていた。

大漁祝い

ほのかに軒を照らすあんどんに、粉雪がよこなぐりにふきつけている。

小林のあとから、料亭弥生にはいってきた月岡と秀美。

「ね、一体、誰なのよ?」

「ま、会えば判るったら……」

奥へ向って、

「おうい女将《おかみ》!　女将、サービスが悪いぞ」

小林のどなる大声に、バタバタと女将がいそいで出て来ると、

「ああ花婿さん。最前から皆様お待ちかねですわ」

「さようかさようか」

小林は二人にかまわず、さっさと靴をぬぎかけた時だった。

ドヤドヤと足音がすると、

「よう月岡！　俺だ俺だ！」

元気な声をかけたのは、自衛隊の制服姿の田島と池田だ。

「おお！」

月岡の顔がさっと喜びに変った。

「なんとお前ら、生きておったのか……」

二人はいきなり月岡に抱きつくと、まるで子供のように、三人は肩をくむと、土足のままの月岡を廊下にひっぱりあげて、幼稚園の子供のように喜びあっている。

「ハハハ、よりによって、こんな北の果てで二人に会おうとは……」

「いや、これでも、北の護りは相勤めておる」

「よかったよかった、まったく会えてよかった」

というと、いきなり田島と池田の顎《あご》を、ポキンと音のするほどなぐった月岡。

殴られた二人もニコッと笑うと、今度は池田と田島が、月岡の顎をなぐり返した。

殿られてもいたくないのが、男の友情だ。

目をパチクリとしてみていた秀美に、小林がそっと口をよせ、

「二人とも、昔月岡と一緒の、戦闘機隊生き残りの勇士なんですよ」

秀美にもそういう男達の乱暴な表現が、とても美しくみえた。

その時、奥の座敷からまた一人、やぼったい背広に口ひげをはやし、がっちりとした体格の人物が出てくると、

「おい！　月岡!!」

「あッ！　雷撃隊長!!」

月岡はいきなり挙手の礼をした。

にっこりと笑った寺沢隊長が、

「月岡。貴様が当地へ飛んでくるという情報を、この花婿どんから聞いておったんでな」

小林と寺沢はにっこりとうなずいた。

その横で秀美はけげんな顔をして立っている。

「隊長。ご壮健で何よりです」

「やめた、やめた、挨拶はぬきだ。さ、久しぶりに乾杯だ……」

「はア……」

寺沢は先に立って、どんどん座敷にはいっていった。

月岡の横に立っている秀美に向って田島が、

「奥さんもどうぞ」

「あら……」

秀美が真っ赤になった、が月岡は一そうあわてると、

「田島。貴様、あいかわらず気が早い……」

と池田が、

「月岡、まア、そう慌てるな」

二人は月岡と秀美の手をとって、むりに座敷につれこんだ。

「おうい、月岡。今夜は久しぶりに会ったんだ、じゃんじゃん呑め！」

もう大分酔っている三人は、無理に酒を月岡にすすめる。

「いや、もうすっかり……」

「この野郎、今からそんなことでどうする。お前のよこにちゃんと奥さんがいるじゃないか……」

「おい違うったら、女房じゃない！」

「じゃ、なんだ？」

「社長のお嬢さんだ」

「しかし、いつかはお前の奥さんになるんだろう」

「図星。図星。そら二人とも赤くなったぞ」

「あら……」

秀美はまっ赤になるとうつむいた。

「貴様らにあったらかなわんよ」

寺沢は、酒にほてった赤い顔で笑っている。

田島がフラフラとする手つきで徳利《とっくり》をもちあげると、

「おい、もう一杯だけうけろ」

「よし！……」

月岡もグッと杯をさしだした。

廊下を少しへだてた向う座敷から、一きわ高く、そ
うらん節がきこえだした。おそらく小林の唄にあわせて、社員がうたっているのであろう。

それをきくと、池田がフラフラと立上り、

「いいか、これから池田が歌う。者ども負けるな！」

〽都ぞ弥生の雲紫に　花の香漂う宴遊《うたげ》の筵《むしろ》
尽せぬ奢《おごり》に濃き紅や　この春暮れては移《うつろ》う色の
夢こそ一時《ひととき》青き繁みに　燃えなん我が胸想をのせし
星影さやかに光れる北を　人の世の清き心ぞとあこがれぬ

池田の声にあわせて、田島、月岡、それに寺沢が、昔をしのぶように歌いだした。

秀美も快く耳をかたむけている。

一方海洋漁業の座敷は、今日の大漁祝に、北海丸の船長や機関士達が三四人、それに支社の社員が五六人、芸者のひく三味線に、太鼓をうちならしながら、

〽そうらん、そうらん
　　そうらん、そうらん
　空のかもめに、潮どききけば
　　わたしゃ、たつとり
エー、波にきけよ
　　えんやさ、どっこいしょ

と声をはりあげて唄いまくっている。

正面の山路社長と芝木支社長は、陽気そうにそれを見乍ら盃をほしている。

いとも派手な手付で太鼓を叩きながら、そうらん、そうらんと唄っていた小林が、フト流れてくる寮歌に耳をすませていたが、
ちょっと山路社長の方をふりかえると、かるい会釈をする。

山路もすぐにそれと気付いたと見えて、

「ほほう、あちらも負けずにやっておるな……」

その言葉に小林もにっこりとすると、

「僕、ちょっと……」

「ああ、もういいよ。あちらでゆっくりやりたまえ」

山路社長は笑っている。小林はすこしふらつく足をふみしめて、廊下へひょろひょろと出た。

と、そこへお盆に徳利をのせて女中がお酒をはこんで来たのを、ひょいと徳利を両手につまみあげると、

「ちょいと失礼……」

「あらら、花婿さん……」

いそいで小林は、持っていた徳利で自分の口をふさぐまねをして、

「しッ。声が高い！」

女中もなれていると見えて、笑っている。

「いよう……」

小林がのこのことやってきたのをみとめた田島が、

「おい、花婿どん、呑め呑め」

「うん。よしゃ……」

すぐにコップに手をだすと、酒をなみなみとついだやつを一気に呑みほした。

「まア……」

と、あきれた顔で見ていた秀美。そっと声を落すと、

「小林さん。変だ変だと思っていたら、あなたのことなのね……？　花婿さんって？

……」

「ああ。おかしな名前もらっちゃったよ」

小林は笑っている。秀美もついつりこまれて、

「本当にニックネームだけなの？」

「ああ、目下のところはね……」

「だらしがないの、まだ見つからないの？　花嫁さん――」

秀美の言葉に、小林は急にしゃんと胸をはると、胸ポケットのあたりをポンと叩いて、

「ここに一匹、花嫁候補がひかえているんだ……」

「あぁら、見せて！」

「いや、まだその時期に非ず！」

「まア、ずるいひと！」

秀美はプイと横をむいた。

「ハハハハ……」

その時、田島が、

「おうい花婿！　貴様もうたえ」

「おお……」

と、答えると、みんなと声を合せ、北大の寮歌をうたいだした。

ゴジラ北海に現る

いままさに、寮歌が終ろうとしている時だった。

ガラリと障子があくと、血相をかえた芝木支社長の顔がのぞき、月岡と小林を手まねきしている。

「君、君、ちょっと！」

そのただならぬ様子に、フト一座の歌声はとぎれ、さっと二人は立上った。

芝木は声を落して、

「すぐ来てくれ！　第二国竜丸が沈没したらしい……」

「えっ!?　沈没ですって？」

月岡と小林は、さっと顔を見合せる。

「うん、ゴジラにやられたらしいんだ！」

「ゴジラ……?」

一座の者もハッとして顔色が変った。

酔もさめはてた一同に、山路社長は命令している。

「君はすぐ、海上保安庁へ……」

「ハッ……」

と、答えて飛び出す社員。

「社長!」

そこへ、ドカドカと月岡たちがかけこんできた。

と、その中から、ズイと前に出た寺沢隊長が、山路に向って一礼すると、

「失礼します。私は自衛隊の者ですが……どうしてゴジラということが……」

「只今、この者の報告によりますと……」

息せききってかけつけたと見える社員を指さした。

「今よりほんの少し前、第二国竜丸より、北緯〇〇度、東経〇〇度の海上に於て、ゴジラらしきものの姿を発見したという無電がはいりますと同時に、SOSを発したのを最后にして、遂に応答が、とだえたのであります」

寺沢はフムと、蒼白な面持で考えこんでいたが、

「池田! 直ちに非常配備につけ!!」

「はッ、直ちに配備につきます」

「田島！　明朝直ちに、海上捜査に出発せよ」

「はッ！」

寺沢の命令に二人は弥生を飛びだしていった。寺沢の態度は、先ほどとはまるで見違える位にきびしい。

月岡は一歩のりだすと、

「隊長、お願いします」

強くうなずいた寺沢。山路の命をうけて飛びだす小林達、一瞬にして、うって変った殺伐なふんいきを、秀美はただハラハラとしてみているだけである。

不安な一夜はすぎた。

低くたれこめた密雲の下を、月岡機はゴジラの姿を求めて飛びつづけている。

じーっと海面を、くいいる様にみつめている月岡の顔には、長時間の飛行に、つかれがありありとでている。

その耳へ、

「こちら支社、こちら支社……月岡機、応答せよ……」

ひきしまった秀美の声。

「こちら月岡機……いまだゴジラ発見出来ず……おわりどうぞ……」

「天候急変の恐れあり、捜査を打切り、直に帰還せよ……終りどうぞ」

月岡はむっとした声で、

「尚、捜査を継続したし、現在の位置、北緯〇〇度、東経〇〇度……」

と、秀美の声が急に変り、

「駄目、駄目よ。お願いだから早く帰って……」

「諒解諒解……心配ご無用……」

「月岡機、月岡機……応答せよ……月岡機……月岡機……」

秀美の必死の声がよびつづける。

「こちら月岡機……尚、捜査を続行中……」

「月岡機。月岡機——直ちに帰還せよ……」

月岡は、もう返事しようともしない。

「いじわる!……」

秀美の心配そうな声、月岡はかすかに笑うと、大きく旋回にうつった。

いくらよんでも返事をしない月岡を心配しながら、無線電話器の前で秀美はいらいらとしていた。

そんな事とは知らない小林、飛行服を身につけると、いつもの調子で秀美のそばによってきた、が、秀美はツンとして知らぬ顔をしている。その様子に、どぎまぎとし

た小林は、

「では、これから花婿どんも出発するかな……」

と、ひとり言みたようにつぶやく小林へ、みむきもしない秀美のようす。なんとなくぎこちない気持で、小林は飛行服のチャックを開けたり、とじたりしながら、

「秀美さん、一寸《ちよつと》教えて貰《もら》いたいことがあるんだがなア……」

ただ秀美はふりかえるだけで返事もしない。

小林は小首をかしげて、

「変だな、今日は……」

「いつもと同じよ」

ツンとした秀美の声。

「そうかなア、一寸おかしいなア……」

いくぶん秀美は声をやわらげると、

「なアに？　教えてくれって……」

ちょっと、ちゅうちょした小林は、なんとなくおもはゆそうに、

「ねえ、女の子って、どんなものを……欲しがるんです？」

ハッとした秀美、すぐに気持をさっすると、こまったように、てれている小林を見つめている。

「いや、今日でなくてもいいんだけど……」

「分ったわ……さ、云うわよ」

声をやわらげて、にこりとした秀美が、ほおへ指をあてて考えるふりをした。

小林はあわてて手帳をとりだすと、

「でも駄目だ。秀美さんは金持のお嬢さんだもの……」

「じゃ、やめようかしら……」

じっとやさしく小林をふりむいた。

「いや、やっぱり聞かせて貰っておこう」

「女の子ってね、色んなものが欲しいもんよ」

「そうだろうな。まず……」

「ハンドバック」

「ハンドバックね……」

小林はいそいで手帳に書きこむ。

「それから時計」

「……ちょっと痛いなア」

「靴下でもいいわ。ナイロンよ」

「ナイロンね……それから」

「むずかしいな、欲しい物、いろいろとあるだろうけど……」

「そうだろうな」

「そうね……よく考えといてあげるわ」

「ああ。たのみます」

「ねえ。その人いくつ位のかた……?」

「えーとね……」

と、うっかり返事をしようとしたが、

「おっと！　危い。危い……」

「いいじゃないの、教えてくれたって……」

小林は、ポーッとほおをあからめて、

「おそいなア、月岡の奴……」

と、ごまかそうとした。

その同じ頃、海上を飛んでいる月岡はギクリとして瞳をこらした。

眼下に、一条《ひとすじ》の白波を残して進むゴジラの姿。思わず、

「アッ！」

とさけぶと、波間に見えつ隠れつするゴジラへ向って、月岡機はぐんぐん高度をさげ近づいていった。

月岡機のオイルメーターはすでに0に近い。

チッと、舌うちした月岡は、首の送話器に手をのばすと、

「こちら月岡機、こちら月岡機……遂にゴジラを発見、追跡中……終りどうぞ」

さっと飛びこんでくる月岡の声。

秀美も小林もギクリとなった。

「諒解諒解、……ね、お願い、深追いしないで……」

秀美の声は哀願に近い。と小林が一と膝《ひざ》のりだして、

「月岡！　燃料は大丈夫か⁉」

「帰り一杯だ……」

「馬鹿‼　代りに俺が行く！　現在位置は？」

「東経〇〇度、北緯〇〇度、神子島《かみこじま》の上空だ。ゴジラは上陸するらしい」

「よし判った。すぐ引返すんだぞ！」

慌てて縛帯《ばくたい》をしめなおした小林は、でていこうとした。

「小林さん」

「うん？」

「お願いするわ、気をつけてね」

「諒解！」

にこっと笑っていきかけた小林。

「秀美さん、その代り、何が一ばん相応しいか考えといて貰いたいな……」

「ええ、考えとくわ、花婿さんが帰ってくるまでに……」

「たのんますよ」

おどけた笑顔をのこすと、小林は飛び出していった。

席にもどろうとした秀美は、フト小林が置き忘れていった手帳に気がつくと、手にとってあけてみた。

その中には操縦席から、にっこりと笑いかけている小林の写真がはさまっている。

秀美はそれをもとの机上にもどそうとした時、パラリと床に落ちたものがある。

一枚の手札型の写真。

秀美が思わずひろいあげてみると、
愛くるしくほおえんでいる清らかな瞳、おさげ髪の娘の写真である。

(ああ、これが、あの人の……)

と、敏感に気づいた秀美の頭上を、轟然たる爆音を残して、小林機は飛び去っていった。

小林機の最后

ガチャッと、受話器をおいた寺沢隊長。

「田島！」

「はい」

さっと田島がかけつける。

「全機、爆弾を搭載して、出撃準備！」

「はい！」

パッと、田島はかけだしていく。

ゴジラ発見の報はいち早く自衛隊にも知らされた。

月岡機はなおも、ゴジラを追って、神子島に上陸したゴジラの様子をこっこくと知らせてくる。

全島が氷でうずまり、三方がそそり立った氷の崖《がけ》、その前面だけが狭く海に面している。

ゴジラは、この入江のような小さな湾から、擂鉢《すりばち》型の中心部へと、一歩一歩進んでいった。

それを見とどけた月岡機は、神子島の上空を、大きく旋回すると、前方から飛んでくる小林機を発見した。機首を小林機に向けてバンクする月岡機、それに小林機も手を振ってこたえている。

両機は一瞬のうちにすれ違うと、小林機は、神子島の上空から、グッと急降下にうつった。

ググッと目にせまる氷の山、その山肌にそった摺鉢の底に、目をひからせて見上げる巨大なゴジラ。

なおもゴジラを奥へさそいこもうと、二度、三度、小林は急降下をこころみた。

そのたびにうるさそうに、手で小林機をはたきおとそうとするゴジラ、さそわれてしだいに奥へ奥へと進んでいく。

一方基地にかえった月岡は、すぐに防衛隊本部に自動車をとばした。

黒板にはられた大きな地図を前にして月岡は、神子島の一点を指さすと、

「とにかく、ゴジラがこの入江から海へ逃げこんだら、それこそ手おくれです。何んとかここを遮断して、ゴジラを釘づけにしてしまう方法を考えなければ……」

寺沢は月岡の説明にしばらく考えていたが、

「よし。この出口に火焔の垣を作って、時をかせごう。――池田ッ!!」

「はい」

「上陸用舟艇《しゅうてい》にガソリン缶をつんで、直ちに出発！」

「はい」

池田は不動の姿勢で礼をすると、靴音も高く出ていった。

「田島。飛行隊の指揮をとれ」

「はい」

元気な足どりで飛行場にかけつける田島のあとを、月岡も一緒にかけだした。

すでにエンジンは轟々《ごうごう》と音を立てて、翼に爆弾を搭載したジェット機は、離陸をまつばかりになっていた。

かけつけた田島のあとから、後席に月岡ものりこむと、田島の手が左右に大きくふられ、車輪どめがパッとはずされた。

一段と高い爆音をあげてジェット機は、一機、二機と離陸すると、見事な編隊を組んで、海洋漁業北海道支社の上空を低く飛びながら、神子島に機首をむけた。

この飛行隊を、秀美は無電室の窓ごしに見送りながら、胸に手を合せている。

海上では、すでにガソリンのドラム缶をつみおえ、池田たちをのせた上陸用舟艇も、白波をけって、神子島に全速力で急ぎ、北海の荒浪は、その舷側《げんそく》をあらっている。

神子島の上空では、なおも小林はゴジラの頭上を旋回しながら、ゴジラを奥へさそおうとけんめいである。

が、ゴジラは小林機のしつように喰いさがるのがうるさそうに、くるりと、きびすをかえすと出口へ向って一歩、二歩とあるきだした。

「畜生ッ!!」

のがしてなるものかと、小林は唇をぐっとかみしめ、ゴジラの頭上すれすれの急降下をうった。

「ウオーッ」

ゴジラの手が空間をうち、一ト声さけぶと、ギラリと小林機をにらんで立ちどまる。

小林はなおも、二回、三回とゴジラすれすれの飛行をつづけながら、爆撃隊の到着をまちわびて、

「こちら小林機……ゴジラ海面へ移動開始、防衛庁の出動を促進せよ、終りどうぞ」

送話器から送る小林の声に答えて、秀美のやわらかい声が、受話器に飛びこんできた。

「防衛庁の飛行機は、十五時十二分、当上空を通過せり……」

「諒解、諒解」

小林はすぐに目をゴジラに走らせると、再びゴジラは出口に向って歩きだした。

「畜生ッ、逃がすもんか」

またも、グーッとゴジラの眼前に急降下して、危く海上にのがれた小林機。

ふと上空をあおぎみると、猛烈なスピードで防衛隊のジェット機がぐんぐん近づいて、神子島の上に爆音をとどろかせて、旋回をはじめた。

そのジェット機の爆音に、ゴジラの怒りは、なお一そうにたけりたつと、

「ウオーッ!!」

咆こうをあげて、しだいに湾の入口にむかって歩きだす。

機上の田島は、キッと月岡をふりかえると、ゴジラに向って爆撃の進路をとった。

首にかけた送話器を、しずかにとりあげた田島。

「攻撃用意ッ!!」

ピタリと編隊を組んだ僚機に向って号令をくだした。

「撃てッ!」

編隊を組んだ各機の翼からは、バラバラッと爆弾が投下される。

さーっと空気をさいて落下する爆弾。

ゴジラにすいこまれるように落ちていったかと思うと、その足もとで、パッ、パッと火柱をたてて炸裂する。

がしかし、ゴジラは微塵《みじん》もゆるがない。

「田島。駄目だな、この攻撃では……」

月岡の言葉に、田島は口惜しそうにうなずいた。

ゴジラは又しても物凄い唸《うな》りをあげて出口にむかってあるきだした。

攻撃隊の様子を大きく旋回しながら見ていた小林が、そのゴジラを阻止しようとして、

「糞ッ!!」

いきなり垂直の急降下にうつる。

ビビビーと、翼がうなって、ぐんぐんゴジラに近づく小林機、それを見て月岡、
と叫ぶが、小林機はぐんぐんゴジラに近づくと、その眼の前でさっと、機を急上昇させようとした、その瞬間。

「あっ！　危いッ!!」

チカッと眼をいるような閃光。

ゴジラの口からパッと白熱光がほとばしると、小林機はグラグラッと、その機体を動揺させ、一瞬にして炎につつまれた。

「あっ！」

歯をくいしばる小林の眼前に、飛びこんでくる、キラキラとした氷の山肌。

その山肌の中腹に、小林機は激突した。

「あっ！　小林!!」

絶叫する月岡の声。

だが、その瞬間、ゴーッという大轟音とともに、キラキラと光り輝いていた山肌が崩れ、物凄い氷の雪崩、その雪崩が、ゴジラの前に部厚い氷の垣を作った。

そして、その雪崩の下に半分埋ったゴジラは、それをはねのけようとして、いかり狂っている。

小林機の一瞬の出来事に、しばらく茫然としていた月岡が、ハッと我にかえると、

「田島。あれだ！　あれだよ！」

田島のうしろから、身をのりだすようにして、小林機の激突によって起った雪崩を指さした。

「うん。あれだ！」

田島も力強くうなずくと、

「全機、頂上を爆撃せよ」

さっと、山嶺《さんれい》に向って高度をとった爆撃隊、一発——二発——五発——十発。

そそり立つ氷の山頂は、わずかに崩れるばかりで、少しも効果があがらない。

「駄目だ！」

歯ぎしりして口惜しがる月岡。

「よし。山腹にロケット弾を叩きこもう」

グッと、送話器に口をあてた田島は、

「これより、第一編隊はロケット弾積載のため基地へ帰還する。残留機はゴジラを監視せよ」

田島機は二機を従えると、基地に向って引かえしていった。

ゴジラは小林機の起した雪崩の垣を、次第にこわしはじめると、徐々にその全身を表してきた。

自然の凱歌

「パパ……」

血相をかえた秀美が、無電室から飛びだしてくると、窓ごしに沖の方を不安な眼差で眺めていた山路と芝木のそばに走りよった。

いぶかるようにふりかえった山路。

「どうした？　秀美……」

「小林さんが……」

それだけ云うと、秀美はあとの言葉がつづかない。

「小林が!?……」

「ええ……もう二度と、帰ってこないのよ……」

「えっ！……そうか……あの小林が……」

山路は芝木と、びっくりした顔を見合せると、ハッとしたようにうつむいた。すでに秀美の頰には涙が一筋、二筋とたれている。

「だけど……たった一つの方法を、小林さんは残していったんだわ……」

こらえきれなくなって秀美は、わっとその場に泣きくずれた。

「そうか……小林は死んだか……」

じっと目をつぶった山路の顔は暗然としている。が、キッと感情をふりきるようにすると、

「秀美！　職場につきなさい!!」

決然として、泣きくずれている秀美をしかりつけた。

がっくりと肩を落して無電室に帰った秀美は、先刻、小林が発進する前に置き忘れていった手帳から、二枚の写真を取り出すと、そーっと無電台の上に並べ、そして静かに、小林とおさげ髪の愛くるしい少女の写真に、いたましい眼差しをむけていたが、

「小林さん、貴方《あなた》がたは、もう二度と会えないのね、可愛想に……」

写真をみつめている秀美の眼は、涙にかすむと、たえきれなくなったように、ガバッと無電台の上に顔をうずめた。

その頃、基地に引き返した田島機たちは、黒板に神子島の断面図をえがき、田島が

三名の部下を前に説明をしている。

その傍に寺沢隊長と、月岡も説明をきいていた。

「いいか……」

田島は断面図の氷におおわれた、山の中腹をさして、

「大雪崩を起こすためには、此処《ここ》を狙うより方法がない……しかし、これは非常に困難な爆撃だ。いいか！」

「はい！」

田島は部下を静かに見渡して、

「この地点から突込んで、ここで爆弾をぶっ放し、山腹に沿って急上昇する。――第一の危険は、ゴジラの白熱光だ。第二の危険は、爆弾を叩き込んで上昇する際、ピークの出っ張りに機体をぶっつけんよう……この二つの難関を突破するのは神業にもひとしい。――しかし、やらねばならん、そして成功せねばならんのだ。……いいな？」

「はい……」もう一度田島は部下を見た、――その時入ってきた隊員は、寺沢に一礼すると、

「ロケット爆弾の搭載を終りました」

「よし、では直に出発！」寺沢の命令に、一同がかけだしていくと、田島は寺沢に向

って、

「では行って参ります」といいかけた時、ツカツカと月岡が二人の前に進みいで、

「田島、俺もつれていってくれ。何度もいってくどいようだが、この俺にもやらせてくれ頼む！」

月岡の決死の眼差しに田島は一寸《ちょっと》まごつくと、寺沢をかえりみた。

「ゴジラは小林の……いや、小林ばかりじゃない、もっと多くの尊い人命と財産を破壊した、憎むべき奴なんだ！　どうかつれていってくれ。……隊長、お願いします」

寺沢もフッと言葉につまるが、

「月岡。命がけの仕事だぞ！」

「覚悟の上です！」

「よし、月岡いってこい！」寺沢は月岡の手をぐっと握った。

その頃、神子島のゴジラは、その前にふさがった雪崩の大半をとりのぞき、半身をあらわして鋭い咆こうをつづけている。

上陸用舟艇でのりつけた池田たちの防衛隊員は、しきりに舟からガソリンのドラム缶をはこぶと、つぎつぎと一列に積みかさね、ゴジラの海にはい出る道を火で防ごうと、作業をいそいでいた。

ゴジラは雪崩の垣をいよいよ崩して、もうその全身がほとんど表れ、ガソリンを積

み重ねる作業隊員は、こっこくと身の危険にさらされている。

「おい、早くせんとゴジラがいつ飛び出してくるか分らんぞ」

作業員の行動は敏速におこなわれている。池田はぐっと空をにらんで、

「飛行隊はおそいなア？」

と、つぶやいた時だった、ガラガラッと物凄い音と共に、ゴジラは雪崩の壁をつきくずすと、その巨大な姿をニューッと持ちあげた。

「危い！　全員乗船!!」その声に、うわーっと舟に飛び乗る隊員、間一髪、ゴジラの足が雪崩の壁をふみ越えると、隊員の一人を押しつぶし、勝ちほこったように、

「ウオーッ！」と、咆こうする。

「舟を岸から離せっ!!」池田の命令に、上陸用舟艇は白波をけたてて、湾外に走りだした。

ゴジラは完全に雪崩の壁をこえて、湾へ向ってその姿をはこんでいく。

そのゴジラの鼻先へ、上空で旋回しながらゴジラを監視していた一機が、さーっと急降下する。

――一瞬ひるむゴジラ！

「よし、撃てッ!!」池田の号令に、上陸用舟艇の機関銃が、ダダダダッ――。

ドラム缶に集中射撃をあびせる。ドカン。ドカーン。と、ガソリン缶はつぎつぎと

爆発をおこし、あたり一面に流れ出るガソリンは、火に火をよんで、ものすごい勢で燃えさかっていった。

火を見て猛然となったゴジラが、火の中を歩きはじめる。が、さすがに厚くその行手に燃えさかる炎の垣は突破出来ないと見え、途中から引返すと、もといた方へと歩いていく。

ガソリンはなおも炎々と燃える。その熱にとけて、周囲の山肌が、小さな雪崩をよびおこし、ゴジラの前面を次第にふさいでいった。

「飛行隊は何をしている。——早く来てくれんかな、この火もあと三分しかもたんぞ」

双眼鏡をのぞいて、空を見上げる池田。

「あっ来たッ!!」

「来ましたか？」

舟艇の隊員の上に、喜びの色がさっと走った。空の一角から田島機を先頭に四機のジェット機。

神子島の上空を旋回したと見るや、田島機の翼が左右にふられると、単縦陣の隊形にうつり、じっと見守る池田達の眼前から、攻撃の姿勢に入った。

グッと急降下にうつった田島機の風防に、グングン迫ってくるゴジラの怒った顔。

パッと吐きかけるゴジラの白熱光！

その間隙を美事にぬって、田島はロケット弾を山腹目がけて射ちこんだ。

とたん、目の前に飛びこんでくる氷の山肌、さっと横に反転をうった田島機は、からくもピークすれすれに大空に舞い上った。

大きく旋回してふり返る田島の目、轟然たる音響をともなって、ゴジラ目がけて落下する大雪崩。

「その調子、その調子」

「二番機、たのむぞ」

歓声をあげて喜ぶ上陸用舟艇の隊員たち。その上を合図した二番機がグングンつっこんでいく。

半身雪崩からはい出したゴジラは、またもや怒りの白熱光を吐きかけた。

と、パッと炎につつまれた二番機は、轟音をたてて空中分解してしまった。

だがその瞬間！　美事に山腹に発射されたロケット弾は、前にも増した大雪崩を作りだした。

ゴジラにおいかぶさるその雪崩から、さらに這《は》いだそうとして、なおも咆こうと白熱光をふきかけるゴジラ。

そのたびごとに雪崩はバラバラと崩れていく。

「畜生ッ!!」歯がみする池田たちの面前を、三番機は攻撃に突入した。

「いいか、三番機気をつけろ！」

ゴジラは三番機めがけて、大きな手をうち下す。その間隙をぬけて、美事にロケット弾を山腹に射ちこみ、急上昇の瞬間、ガガーンとピークに激突すると、三番機は木ッ葉微塵にすっとんだ。

愕然と見送る一同の頭上を、四番機がグッと攻撃の態勢にはいった。

「四番機！　気をつけろ！　気をつけろよ！」祈りをこめた隊員たちの叫び声。

「糞ッ!!」グッと操縦桿をにぎりしめた月岡は、雪崩の中から辛くも顔をもちあげ、なおも必死の咆こうをあげている、ゴジラ目がけて突込んでいった。

グングン迫るゴジラの顔、必死で吐くゴジラの白熱光。

まったく地獄絵図のようである。

それを巧みにきりぬけると、月岡はグッとロケットの発射ボタンを押した。

シューッ、と両翼から白い尾を引いて飛びだすロケット弾。

月岡機の風防に飛び込んでくる無気味に輝く氷の山肌。

月岡はガクンと力一杯操縦桿を引いた。

キューンと異様な音をたてて、月岡機はピークすれすれに急上昇した。

「わあーっ」と、あがる歓声。

その歓声にまじって、地軸をゆるがす大雪崩がおきた。月岡の発射したロケット弾が引きおこした大雪崩である。

雪崩はさらに雪崩をよんで、恐しい咆こうをつづける、あの原始怪獣の巨大な姿は、今は完全に大自然の流れの底に埋まっていった。

幾多の生命を奪い、莫大な財産を破壊し去った憎むべきゴジラは、北海の果て、氷山の底深く消えさってしまったのだ。

「小林……とうとうゴジラをやっつけたぞ」

月岡の眼の中に、キラリと光るものがある。

ゴジラを呑んだ神子島の大雪崩は、なおもやむところをしらぬように、轟音をとどろかせて、いつはてるともなく続いている。

「小林さん。仇《かたき》は月岡さんやお友達が討ってくれましたよ」

北海道支社の無電台の上に、かざられている二つの写真。

にっこり笑っている小林の顔と、あどけない笑顔をうかべたおさげ髪の少女の顔。

その写真にむかって、秀美と山路、それに芝木の三人。粛然と合掌して、すこしも動こうともしなかった。

今も雪崩れつづける神子島の上空で、大きく旋回する月岡の機は、小林をも合せのんだ神子島を離れがたいのであろうか？

〽やすらぎよひかりよ　いまぞかえりぬ
いのちこめて　いのるわれらの
このひとふしの　かいありていま

雪崩はいつ果てるともなく崩壊をつづけ乍ら、自然の勝利を謳歌しているようである。

トーク&エッセイ

ゴジラ刊行に就て

発行に際し、あとがきとして書いたが、手違いで入らなくなったので、ここを利用させていただく。

初夏の某日、東宝のプロデューサー田中友幸さんが、わざわざ訪ねてこられて、小生にひとつ映画の原作をお願いしたいと仰言る。

むろん、ぼくに白羽の矢が立てられた以上は、一筋縄でいくストウリーでないことは自分でもわかっているものの、何か水爆を象徴するような大怪物を、おもう存分あばれさせてみたい、という提案には、さすがものおじしないぼくも、一時たじたじとならざるを得ませんでした。

ところが、だんだん話をうかがっているうち、ぼくは、なんともいえなく愉快になってきました。

その時すでに、われらの『ゴジラ氏』は、東宝文芸部内に誕生していたのです。このゴジラ氏に、ふだんのもやもやを全部背負わせて、大帝都をかたっぱしから叩きつぶさすとは、なんという爽快さ！

ぼくは、最初のたじたじを一掃して、むしろ、自分から乗気になってしまいました。

――よろこんでお引受け致しましょう――

――万事よろしく――

というわけで、口数の少ない田中さんは、にんまりほほえんで帰られました。

さて、引受けてはみたものの、いざ取りかかってみると、これは飛んでもない難事業であることに気が付きました。

ひとつ間違ったら、それこそ噴飯式紙芝居になり兼ねない、そこをぐっと引き締めながら、ぼくは一世一代の大嘘物語と四つに取組みました。そしてともかくも書きあげたのが、『G作品』第一稿でした。

『G作品』という名称は、ゴジラの頭文字を取ってそう呼んだのですが、これは東宝の関係者さんが大事を取り慎重を期しての秘密作戦でした。ですから、もちろんぼくも、仲間へはもとより諸先生方にも、そのような仕事をやっているなどとは一言も洩らしませんでした。そのために仮病を使って、雑誌の締切をすっぽかして御迷惑をおかけした向きには、ここで白状して合掌いたします。

さて、決定稿を見るまでは、なまやさしい経路ではなく、ぼく自身、幾夜をゴジラ氏に悩まされつづけてきたかわかりません。道玄坂の「菊亭」という旅館に缶詰めになって膩汗《あぶらあせ》をながした苦しい大格闘も、しかし、田中さんの喜んで下さった顔に、今では却って懐しい想い出となって甦えってきます。

いったいぼくの書くものは、滅法金がかかり、その上想像を絶する特殊技術を必要とするので、映画界からは常に敬遠されつづけてきました。尤《もっと》もな話でしょう。だが、今度は、いくら費用がかかっても構わない、どんな六ケ敷《むつかし》いトリックもやってのける――という東宝さんの意気込みは、ぼくを有頂天にさせずには措《お》きませんでした。その意気込みが、とかく暗くなり勝ちなぼくの一般の作品にくらべて、おもいきり明るく行動的なものにさせるのに大いに役立ったものと考えられます。読者の方々も、きっと、従来の香山調とは異った味にびっくりなさることと存じます。

この種の空想科学物語を、小説として手がけたのは、しかしこれが初めてではありません。一時新聞を賑わした、マダガスカル沖で発見された「怪魚シーラカンス」、今次の大戦で行衛不明になったまま未だに発見されない「北京原人」――そればかりか、そもそものぼくのデビュー作品である「オラン・ペンデク」にしてからが、こうした一聯の系列であろうと考えられます。

ぼくはこの作品を構成するに当って、故意に程度を低くしたり、俗受けを狙ったりするような態度に出ませんでした。それどころか、ぼくはぼくなりに原子兵器に対するレジスタンスを精一杯に投げつけてみようとそれに重点を置きました。形式は映画のための筋書ですが、その芯となる意図は、作中の化学者、芹沢大助なる人物によって充分代弁させてあると信じます。

この本が出来あがると同時頃に、ぼくの第二作『S作品』なるものも脱稿の予定になっております。それがどんなものであるかは、いまのところ、おたのしみとしておきましょう。

終りにのぞみまして、この脚本をものして下さった龍野敏先生と、上梓に際して煩雑なアレンジの労をとって下さった永瀬三吾先生に厚く御礼を申し述べさせていただきます。


「日本探偵作家クラブ会報」昭和29年10月号

＊この文章は岩谷書店版「怪獣ゴジラ」のあとがき用に書かれた。同作はラジオドラマ「怪獣ゴジラ」の脚本をもとにまとめられた。

探偵作家の座談会
科学空想映画「ゴジラ」を観て

城昌幸・渡辺啓助・高木彬光・香山滋

成功した特殊撮影　気を持たせる怪物出現

香山　話を作った責任者としてどんな映画になるかと心配だったが予想以上だった。特殊撮影も成功してるし、実際のところ製作者たちに感謝したい気持だ。

高木　これは原作通りかね？

香山　大体ね。もともとこれは映画のために書いたオリジナルだから――しかし原作じゃもっと博士の悩みを強調してるんだ。

高木　しかしあれは、あれ以上やるとイヤ味になる。変質狂みたいで不自然になるよ。

怪物も水爆の犠牲者

香山　僕はゴジラに対して同情してるんだ。あれだけ災害を及ぼした彼自身もまた水爆の犠牲者だったってことをいいたいんだ。

渡辺　これは原・水爆反対の気持がデフォルメされた形で表現されてるようにもとれる。

香山　その意図もあった。これで一番心配したのはこの怪物が大人の観賞にたえるかどうかということ――これに苦労した。この種の物は客に笑われたらおしまいだからね。

高木　日本映画初のものとしては、まず成功とみていいよ。特殊撮影も大したものだ。あの怪物がいつ現れるかとずい分気をもたせるよ（笑）一番はじめ山の上から怪物の頭が出た時はこわかった（笑）〝アマゾンの半魚人〟もそうだったが、ああいう怪物は全体の姿の時より片鱗がみえる時の方がゾッとするね。

名前自身も傑作

渡辺　そもそも〝ゴジラ〟という名が傑作だ（笑）。

城　香山君の名は消えてもこの名前だけは永久に残る（笑）僕は東京に舞台が移る前の島の盛り上りがいいと思う。非常にリアリティがあってね……お世辞じゃないが嵐や津波のトリックも秀逸だ。ゴジラが東京を破壊する所は生々しいが、僕はこいつが逆効果になってると思うんだ。ちょうど戦災の時を思いだして古傷をさわられるような気持だ。そのために香山君の愛すべきゴジラ（笑）が憎らしくなっちゃうんだな、だからゴジラに同情する博士まで憎くなる。

香山　大部手きびしいね（笑）。

城　あそこをユーモラスな架空のお伽話にした方がいい。つまりキングコングみたいに、愛嬌のある怪物にした方がいいんじゃないか？

香山　災害の場面が博士の娘に秘密をバクロさせる心理的伏線になってるんだが……

高木　水中の酸素を破壊するデストロイヤーのアイデアはいい。

香山　あれも苦肉の策でね……

城　だがあれを水中に仕掛けにゆく所の雰囲気が少しノンキすぎるよ。もっと悲壮味を出すべきだったな。

良く出ている実感 〝面白さ〟が最大の取得

香山　原作じゃゴジラを誘導して仕掛けるんだが映画じゃ時間の都合ではぶいたらしい。

渡辺　コーラスを挿入したところもなかなか効果的だった。

高木　水中撮影はよく出来ているよ。ゴジラはぬいぐるみなんだろうね？

香山　十分間交代で一人が入るんだが、何しろ撮影が夏だから入ってる人間は大変だ。みんな一週間に一貫目へったそうだ。中の一人は凄い皮膚病にかかってね（笑）あの怪物の原型を造るにも大部苦労したらしい。それに音響ね……

高木　製作費も莫大なもんだろう。銀座の松屋や服部なんかがぶっ壊される実感もよく出ている。日本でよくあれだけ出来たと思う。

香山　あんな騒ぎが起っているのにネオンが灯っている……（笑）

渡辺　こういう映画はそういう理屈をいったらきりがない。

高木　そうだ。面白いということが最高の取得だからね。

大人向の娯楽映画

城　その意味じゃ大人用の娯楽映画として確かに成功している。何しろ僕が他人の映画をこれほど熱心に見たことはないからな（笑）。

高木　日本ではじめてこういう類の映画を作った意味で、これは歴史的作品だよ。どうも今日はゴジラ熱にすっかりあてられたな（笑）。

東京タイムズ昭和29年11月2日

『ゴジラ』第二世誕生

暮の押しつまった一週間を、ぼくは、熱海の『緑風閣』に出向いた。

出向いた、というと、自分から進んで出掛けたように聞こえるが、じつは、みずからの意志に反して、東宝の文芸部から鑵詰めにされたのである。

えらい先生方は、しょっちゅう仕事のうえで鑵詰にされているらしいが、ぼくにとっては、これが、臍の緒きって、はじめての経験である。

うれしいような、こそばゆいような、そして兎に角にもむこうさんの費用で賄っていただくとなると、心の負担で苦しいような、なんとも落着かない、変な気持である。

そのうえ、仕事というのが、生易しい代物ではない。

はっきり言うなれば、『ゴジラ』の続篇を書けというのだ。

これは、考えてみれば、たいへんな難題である。考えてみなくても、不可能に近い難事である。

あれほどの大当りを取った『ゴジラ』であるだけに、こんどは余程褌《ふんどし》をしめてかからないと大敗するおそれが多分にある。それは、まあ、なんとかしめ直して、がんばってみるものの、だいいち、殺してしまった『ゴジラ』を、どうやって生きかえらせるか？

こんなことなら殺さずに、逃がしておけばよかった、とくやんで見ても始まらない。あれや、これや、とプランを練っているまに、汽車は、えんりょえしゃくもなく、大船を過ぎ、湯河原を過ぎ、熱海の駅に着いてしまった。

熱海は、わずか二時間ばかりで行けるところにあるのが、どうにも腹が立って仕方がない。

『緑風閣』は、ぼくらの所属する探偵作家クラブがひいきにしている宿だし、ぼくも度々遊んだところだから気はおけない。とにかく服をぬいで丹前に着かえて落着いたが、心は、とうてい落着くどころの話ではない。

観念して、風呂に飛びこんだとたん、アッ、と自分でもびっくりして声に出したほど、いっきにインスピレーションが湧いた。

時、まさに、一九五四年十二月二十日、午後五時三十分——『ゴジラ』第二世は、かくして、熱海の温泉内で誕生した。

温泉の功徳も、こうなると、あらたかなものである。

これで、どうやら、みなさまに、今年の五月第一週、ふたたび『ゴジラ』をおめにかけることが可能になった次第である。

さて、その内容は、いまのところ、東宝でも秘密にしているので、くわしくは書けないが、本誌の愛読者のみなさんにだけ、ほんのちょっと洩らすぐらいは、ぼくの責任において構うまいとおもう。どうぞ、あんまりほかへは喋舌らないで下さい。『ゴジラ』第二世は、まえの第一世とはべつの、しかし、もっと巨大な凄まじい奴です。

ところで、こんどは、東京へは上陸せず、紀伊水道をとおって大阪湾に侵入、海岸沿いの工場地帯から一気に市内におどり込みます（大阪の方々よ、勘弁してください）。

道頓堀一帯をたたき潰し、大阪城をひっくりかえし、『ゴジラ』は、ついに日本海へ抜けるのですが、ここで、もうひとつ、『ゴジラ』よりも遥かにすさまじい、もう一匹の怪獣が出現して、壮絶無類のレスリングをはじめ、ついに……もう此の辺でやめておきます。あとは封切の日のお楽しみに。

じつは、このへんまでは、ぼくも案外すらすらと筆が運んだが、さて、終りに近づくにしたがって、勝手に飛び出させた怪獣や『ゴジラ』第二世を、いったいどう始末をつけてよいやら、自分ながら空恐しくなってきた。

前篇で使った〝オキシジェン・デストロイヤー〟などという、至極都合のいい新発明武器も、いまさら使えないし、それかといって、同じような武器を発明するのも、あまり智慧が無さすぎる。

ここでも、ぼくは、温泉の功徳にあずかって、なんとか破綻のないザ・エンドに漕ぎ付けることが出来た。

このプランが浮んだのが、ちょうど約束の日を二日過ぎた夜である。

それこそ向う鉢巻で徹夜した。

東京は、その夜、クリスマスで大にぎわいの頃である。

ぼくも、銀座の或るバーに、大枚千円を投じて買った切符が二枚預けてある。今頃、若さま侍の城先生は、けいきよくシャンパンを召上って上機嫌だろう、などと考えると、むしょうに『ゴジラ』が憎らしくなる。

くやしまぎれに、夜の白々明けに、とうとう『ゴジラ』を、大雪崩の下に、つぶし殺してしまった。

ホッと一息ついて、窓から海を眺める。

この時の海くらい、ぼくの眼に、うつくしくさわやかに映ったものはない。朝めしに一本つけたら、とたんに、あたまがくらくらっとなった。

死んでもいい、という気になった。時には、こんな誇張した気持になれることを、始めて経験した。

サリドンを二錠のんで頭を鎮め、お湯につかったあとは、この一週間、よくからだが保ったものだと、自分ながら不思議におもえた。

もう、あとは、午後の汽車に乗るばかりである。足ならしに『緑風閣』のすぐそばの、水族館を見物に出かける。

活簀《いけす》の水面すれすれに、ホウボウという魚が泳いでいるのを始めて見た。光の屈折のせいか、翼がサファイア色に輝いて美しい。

いろいろ我儘をいって厄介をかけた宿のおことさんに厚く礼をのべて、ぼくは、くるときと反対の、軽やかな気持で汽車に乗りこんだ。

さすがに、うつらうつらと睡くなる。この先、どんな難題が、どこから降って湧かないとも限らぬ。しかし、ぼくには、自信がついた。

温泉で書こう。温泉は、ぼくに、必ずインスピレーションを与えてくれるに違いない。温泉の雑誌だから、おあいそうを言うのではなく、ぼくは自分の体験から、そう言わずにはいられない。

「温泉」昭和30年3月号

『ゴジラ』ざんげ

つい先日、電車の中で小学生が二人、こんな話をしていた。

「こんどの『ゴジラ』見たかい？」

「こんどのって、どこでやってるの？」

「日比谷さ。ぼく見たんだ、凄いぞ。アンギラスも出るよ。おまけに天然色なんだ」

はて、いつのまに、どこでテクニカラー版の『ゴジラ』が作られたのかな？　と、よく聞いていると、その子は、どうやらディズニーの〝ファンタジア〟を見てきての話らしい。

いつだったか、歯医者の診療控室で、古いライフのさしえを見ていた子が、とつぜん、

「ゴジラだ、ゴジラだ！」

と、さも得意そうに叫んで、付添いの母親の顔を見上げた時のことと思いあわせて、ぼくは憮然としてぶしょうひげをなでた。

子供にとって、地質学時代の大型爬虫類《はちゆうるい》は、すべて『ゴジラ』か、さもなければ『アンギラス』であるらしい。

ぼくも知らないうちに、罪なことを仕出かしたものである。

十一月三日、文化の日がそろそろやってくる。去年のその日に『ゴジラ』が封切になったのだから、一周年記念というわけだが、どうも顧みてなんとなくこそばゆい。『ゴジラ』という名称は、むろんみなさんも御承知のように、ゴリラとクジラをつきまぜて作った思い付きに過ぎなく、こんな半分ふざけたものが、よもや、こうまで普遍化されるなどとは、ぼく自身ゆめにも思っていなかったから、ぼくのあわてざまも御想像願いたい。

考えてみると、その受けた因子は、『ゴジラ』なるものが、多分に漫画的であったからであろう。

本来なら、原水爆を象徴する恐怖の姿だから、こわがってもらいたいところ、逆に近親感を生むという不思議な現象をもたらしてしまった。『ゴジラ』が出てくると、観客は笑うのである。声を出して笑わないまでも、クスリと微苦笑するのである。

つまり、漫画的愛嬌をたたえた『ゴジラ』が可愛いくおもえ、どんなに乱暴をはたらいても決して憎めないのである。

だから、その愛すべき『ゴジラ』を、手をかえ品をかえて、殺さずにおかぬ筋に対しては、逆に同情と憐憫から、反感をさえ抱かれる始末になった。

ぼくとしては、原水爆禁止運動の一助にもと、小説の形式を藉りて参加したつもりであったが、これでは全く惨敗に近い。

『ゴジラ』を生かして置いては、原水爆を是認することになるし、それかといって、ぼく自身でさえ可愛くなりかけてきたものを、これでもか、これでもかと、奇妙な化学薬品で溶かしたり、なだれ責めにさせたり、今もって寝醒めはよろしくない。よろしくないどころか、屢々《しばしば》夢にうなされるのである。

だからぼくは『ゴジラの逆襲』を最後に、たとえどんなに映画会社から頼まれても、続編は絶対に書くまい、と固く決心している。

若《も》し書くとすれば、それは、原水爆の象徴としてではなく、別の意味の『ゴジラ』として生れかわらせる外には、絶対に今後姿をあらわすことはない。

そうでなければ、『ゴジラ』を、かくまでに愛してくださった人々に申しひらきが出来ないからである。

さて、『ゴジラ』を苛めた罰かどうかは知らないが、ぼくはこの一年間、寝ても覚めても『ゴジラ』にとりつかれ通しに悩まされどおしだった。

まず第一が税務署である。

「先生、あれだけの当りを取った作のギャラが、たったこれだけ、という法はないでしょう?」

映画が当ったのと、原作者の懐とは、なんのかかわりもない。ギャラの大部分は、いろんなことで酒代として雲散霧消してしまっている。

次が雑誌の編集者である。

「先生、『ゴジラ』のような怪獣の登場する小説を是非書いてください」

ぼくは苦しまぎれに、『マンモジーラ』(マンモスとゴジラの合の子)、『怪獣コング』(キング・コングの作者よ、勘弁して下さい)、『獣人ゴリオン』(ゴリラとライオンの合の子)、外、十何匹の怪物を次々に書き、とうとう肝臓を腫らして、この二カ月ほど病床に横たわった。

最後は、出るたびに、いわゆる腰巻と称する表紙の帯に、必ずレッテルが付きまとう。

曰く、『ゴジラの作者……』

それが、たとえ内容『ゴジラ』と何の関連がなくても、レッテルだけは附きまとう。やんぬるかな。自ら蒔いた種と、いまは心静かにあきらめ、ようやく下火になりかけた昨今、ほっと安堵の胸をなでおろしている。

だからといって、ぼくは決して、『ゴジラ』よ、おまえを憎んではいない。おまえを愛していることに変りはない。
『ゴジラ』の霊よ、安らかに北海の果てに眠れよかし。

合掌

「机」昭和30年12月号

言わないでもよいことを

ぼくが、小説を書く上での、たのしみのひとつは、架空の動物を創造することである。

この集の中の『海鰻荘奇談』にでてくる、未知の電気うなぎ＝ハイドラーナ・エレクトリス、も、そのひとつである。

美女のあすこから、もぐりこんで、たちまちに内臓をくいつくして、皮膚と骨だけにしてしまう、こんな悪魔的な魚に、ほんとうに地球上の何処かに棲んでいられたら、その恐怖は、映画『緑の魔境』にあらわれるピラニアどころのさわぎではない。

前篇第四話の後半で、シーボルトが、相州三浦崎の海中で目撃し、これを、未発表のままメモしているなどと、いともまことしやかに書いているが、むろん、おことわりするまでもなく、ぼくのたのしみが生んだファンタジーである。

最近はまた、『美女と赤蟻』で、ボレオ・キ・ボという巨人蟻を作り、美女の腹の中に卵を生ませたり、『魔婦の足跡』では、やはり美女をガリガリ噛んで、骨だけにしてしまうという人食いバッタ、アロデルマ・ホリダムを創造して、ひとり悦に入っている。

なんとも、ぼくという人間は、どしがたいサディストらしい。

そこへいくと、同じ架空の動物でも、ゴジラやアンギラスとなると、いささか御愛嬌であり、罪がない。ことに、目下東京新聞に連載中の鳥人バットにいたっては、たいへんなヒュマニストであるから、やることが人間くさくて、もたもたしている。やはり、ぼくとしては、強烈な悪魔的本能にのみ支配されて暴れ抜く、前述の動物たちのほうが、扱っていて張合いがあり、自分でも、書いていながら昂奮する。

ゴジラといえば、最近ニューヨークで封切られ、そうとう騒がれているという噂をきいているが、果して、アメリカ人に、ゴリラとクジラとの合成生物だ、というしゃれっ気がわかってくれているか、どうか？

もっとも、ライオンとタイガーの合いの子が、ライガー、又は、タイオンと呼ばれているし、スネークとシャークの特徴を合わせ持ったスナークという動物の出てくる小説だってあるそうだから、まんざら、理解されないこともあるまい。

ところで、本集の中にある、『オラン・ペンデク』なる矮小人間も、でっちあげられた架空生物だと見られる虞《おそ》れが多分にあるが、多少の潤色はほどこしてあるが、これは現実に、いまもスマトラの奥地に生存しており、その幾体かの標本は、オランダ国立博物館に秘蔵されている。

証拠を見せろ、といわれる読者には、よろこんで、ぼくのスクラップの写真を、いつでもお目にかけましょう。

「探偵通信」昭和31年7月

紅茶漫筆

『ゴジラ』と称する、とほうもない怪物をでっちあげて以来、ぼくは、とみに悪名を高くしたようだ。

ごじょうちのように、ゴジラとは、ゴリラとクジラとの複合名詞である。これが、幸か不幸か大当りをとったとなると、さて、ぼくへの雑誌編集者の注文は、何でもかでも、二つのものを一つにしたものでなければ承知しない。

例えば、

少年クラブへ書いた「獣人ゴリオン」――これは、ゴリラとライオンの合の子、野球少年へ書いた「怪獣マンモジーラ」――これはマンモスとゴジラとの合の子。

此の二つは、ぼくとしても、まあ真面目に取っ組んだもので、顧みてジクジたる感はないが、こうした余波を受けて、ずいぶん無茶な怪物、怪獣が、一時少年雑誌に横行した。雑誌の名は伏せるが、クモとガマの合の子で「ガグモ」というに到っては、ただ啞然たるのみである。「ケジラ」がケムシとシラミの合の子だというところまで来てしまっては、これは、もはや、ぼくの責を負うところではない。

良識ある先生方や父兄方から、〃香山は怪しからん。あんまり、でたらめや非科学的なことを書いて、児童を毒するにも程がある〃とのお小言の前に、ぼくは、しかし、〃済みませんでした。以後は充分つつしみます〃などとは、決して言わない。

こう返事をしたら、ぼくは、おもいあがった男だと、非難されるだろうか？

〃では、愛するお子さまがたに、ぼくの書いたものの載っている雑誌は買ってあげないようにしてください。でも、近所へいって、お友達から、内所で借りて見ることまで、干渉なさることは、出来ますまい〃

「七彩第一集」昭和31年12月10日号

空想科学映画の難しさ

ここ二、三年のあいだに、私は「ゴジラ」「ゴジラの逆襲」「獣人雪男」そして最近「地球防衛軍」（企画中）と、いわゆる空想科学映画のオリジナル・ストーリーを手がけてみて、こうした種類の原作の、なみなみならぬむずかしさに、ほとほと手を焼いた。

しかし、静かに反省してみると、手を焼くのが当り前であって、はじめから無理なものを、なんとか物にしようと、強引に押してかかるのだから、苦しむのは理の当然である。

作者だって、娯楽映画のネタを提供するのに、好んでそんなに苦しみたくはない。それで、いろいろ考えてみると、大きな考え違いはあまりにも理論にこだわりすぎて、すべての事象を、科学的に割り切って説明しなければ申しわけないと、思い込んでしまっていたことに気がついた。映画は教材ではないのだから、教わるのではなくて楽しむのである。わけがわからなくては楽しめないのだから、わかる程度で止めて、あとは大胆に切り捨ててしまう。極端にいえば、あり得るとおもわれるウソは、ウソのつきっぱなしで一向差支えない。

このウソというのはデタラメということとは別で、例えばリンゴの木に黄金の実がなった――これはデタラメであるが、水爆実験にびっくりして海底で眠っていたゴジラが飛び出してきた――これはウソである。それを、科学という恐ろしそうな仮面の前にすくんでしまって、なんとか理屈づけようとあくせくするから、話が面倒になる。

この流儀でいけば、火星人が生存していても、そいつが地球にきて日本語をしゃべっても、一向に差支えない。それをそのまま大胆に通用させるところが空想なので、ただそこに〝必然〟というブレーキを忘れさえしなければ、ウソがデタラメに接近するのを食い止められ、従って、〝科学〟からお目玉を頂だいせずにすみそうである。

(もっとも、アラビアン・ナイト式のデタラメの面白さというものはあるにはあるが、それは別のジャンルの問題である)

だから、雪男日本アルプスに現る！――などという文句をみて、デタラメにもほどがある。だから空想科学映画なんて低俗だ、と怒るお客さんがあったとしても、作者は、ウソは言ってもデタラメを言ったつもりはないのだから、平気ですましていられる。このウソとデタラメの境界を達観してしまえば、空想科学映画も、さして困難な仕事とはならなくなるのではなかろうか。

この考えは、一見、イージーに逃げるような感を与えるようだが、もちろん、しらべることを怠ける——というのでは決してない。怠けたら、たちまち、自分の気のつかぬまにウソがデタラメになってしまう。

前に、野村胡堂さんが、捕物を書く際の態度として〝風俗、地理その他の考証は、漁りすぎるくらい漁れ。そして、決してそれを書こうとするな〟という意味のことを言われたが、これは、空想科学物を扱う場合にも、ピッタリ当てはまる名言であると言えよう。苦労して調べ集めた材料は、あまさず使ってみたいのが人情であるが、それを押えつけておいて考えを進めてゆくことによって、それはおのずから、にじみ出てくるものである。

映画に限らず、空想科学小説においても、とかく、こうしたものが、読む煩に耐えない、退屈だ、と敬遠され勝ちなのは、科学というおどし仮面におびやかされて、作者が、生の素材を捨てきれぬため、ウソを大胆につき切れぬ気弱さが大いに禍いしている、と、私は、私なりに悟り得た。

だから、空想映画の楽しさ、おもしろさは、いいかえれば、ウソの楽しさ、おもしろさであり、そこに、現実逃避の——ただのファンタジーとは別の——娯楽性が存在する、と、私は見ている。

「東京新聞夕刊」昭和32年3月21日号

田無通信（抄）

丘美丈二郎さんとの合作「地球防衛軍」のシナリオが出来てきました。例によって怪物が登場しますが、こんどのはレーダーで操縦する人造怪獣です。モゲラという名前ですが、気の早い方は、モグラとオケラの合の子だな、とお考えになるかも知れませんが、決してそういう積りではありませんので為念。

「日本探偵作家クラブ会報」昭和32年4月号

続・田無通信（抄）

某紙の〝探偵作家診断〟の一文は、大いに教えられ、反省もさせられたが、またもやゴジラがつきまとうので、やりきれなくおもった。そろそろ五年になる。いい加減にゴジラとは縁を切りたい。それを持ち出さなければ書くことがないというなら、そっとしておいて欲しい。こういうのを、文化的非情とでもいうのであろうか。

「日本探偵作家クラブ会報」昭和32年11月号

＊文中の「某紙の〝探偵作家診断〟の一文」とは、東京新聞昭和32年9月29日付夕刊の記事「探偵作家診断⑥ゴジラで当てた愛妻家」をさす。

深海へのファンタジア

去年の、ちょうど今頃、ぼくは或る訳書を読んで、すくなからずエキサイトされた。新潮社版『四千米の深海をゆく』である。むろん、フィクションではなく、フランス海軍のバチスカーフ（深海潜水艇）艇長ジョルジュ・ウーオ少佐の、ダカール沖での忠実なる実験手記である。

実のところ、四千米などという潜水記録を、ぼくは半ば疑った。アメリカの、ウィリアム・ビープ博士が、バチスフェアー（深海潜水球）を用いて、バーミュダ沖でたてた世界記録が一千米ちょっとである。それに比較したら、まさに四倍ではないか！

その、すさまじいスリルに富んだ体験記が、骨身にしみて忘れられずにいるところへ、この五月、当のウーオ艇長が、バチスカーフを駆って日本海溝にやってきて、いまもなお、第何回目かの潜水活動中である。

むろん、ジャーナリズムが、このトピックを見逃すはずはなく、新聞・雑誌が、次々と華々しく報道するので、おかげで、ぼくもこのところ大分深海通らしくなった。

ところが、いささか、ぼくを失望させたものは、あまりパッとした深海生物が発見されないことである。

もちろん、ぼくにとっては初めてお目にかかる、ベントソーラス（キャメラの三脚そっくりの鰭《ひれ》を持った魚）とか、ハロソールス（深海鰻の一種）などという珍品を紹介してはくれたが、ひそかに胸をおどらせて期待していたものは、古生物学的な、つまり、すでに滅び去ったと信じられている前世界の〝生きている化石〟であった。

そんなものを、期待するほうが、始めから無理だといわれればおしまいだが、それほどの深海ではなくとも、すでに、シーラカンスや、ラブカ、が発見されている。それらに輪をかけた太古の生き残りが、なぜか、ぼくには存在しているような気がして、諦めきれない。

魚類に限らず、すべての海棲生物が、それぞれの進化過程の中で、利口になり、優美になって、暗黒の世界を嫌って、海の表面へ、陸へ、と志すなかで、進化に取り残され、醜いままの姿のものが、逆に、深海へのがれて、それゆえに種属保持に恵まれ、二十世紀の今日まで生きのびているものが絶無だとは、誰にも言いきれるものではない。

これは海ではないが、スコットランドの『ネス湖の怪物』＝もしいるとすれば、たぶん、プレシオサウルスのような水棲爬虫類であろうと想像されるが、こいつは、観光シーズンになると、きまってうごめきだすというから眉唾ものであり、ゴジラ・アンギラスに至っては、何をか語らんや、である。

ぼくが、あえてバチスカーフをかつぎだしたゆえんのものは、なにもそうした見世物的モンスターにお目にかかりたいというのではない。

ぼくの、深海へのファンタジアは、コナン・ドイルの二つの作品と結びつく。

その第一は、『ロスト・ウォールド』である。

これは、大陸の一隅に、失われたジュラの世界が現存している話だが、そのようにして、深海の一隅で、いまでは古生物学教科書の挿画でしか見られない襞海百合が揺れ、三葉虫が泳ぎまわり、そして、甲冑魚や光鱗魚が、ひそやかに悠久幾億年の生命を呼吸しつづけている——そうした秘境の発見は、火星人や、金星生物を期待するよりも、もっと手近で、可能性が強いのではなかろうか。

その第二は、『マラコット・ディープ』である。

古代アトランティスの賢者達が、大陸埋没を予知して、海底に築きあげた王国——それとは、たとえ規模は較べものにならなくとも、何処かの国の、地上に見切りをつけたミザントロピアンの一団が、そうした生活を深海の何処かで営んでいる……いささか、ジュール・ヴェルヌ張りのロマネスクになるが、そのような海底生活者を訪れる——これとてもまんざら、月世界宮殿や、火星運河見物よりも、ずっと身近な夢といえよう。

はやりもの、といっては失礼だが、宇宙へ向け過ぎるファンタジーの眼を、もうすこし、ぼくらの住む地球の、まだまだ未知の部分に向けかえて欲しい、というところである。

あたかもよし、バチスカーフは、このところ、ある程度、そうした役割を果しているものと、ぼくは、ぼくなりに乾盃したい。

どうも、ぼくは、生来の夢見屋らしい。ここまで駄筆を弄してきて、とほうもないことを考え出した。

こうなると、学問もなにもない。恐ろしい幻想である。

深海——むろん、四千米などという息のつまる深さでもなく、また、兇暴怪異なゴジラ的架空存在でもなく、現実にあるがままの生物の、放射能による恐怖の変貌である。

たとえば、タカアシガニが、甲羅だけで百畳敷もある巨体に生長して、羽田沖にでも上陸してきたとしたら……また、無限の繁殖をほしいままにした超大形の汚染ヒトデが、これまた大東京の街にあふれ出たとしたら……そしてまた、海の悪魔といわれるタコが、小山のような巨体にふくれあがって海という海に充満したとしたら……

恐ろしいのは、これが、ただ、ぼくのような怪奇小説作家の妄想だけでは済まなく、ひょっとしたら、すでにもう、ぼくらの窺い知ることのできない深海の何処かで、そうした事態が進行しつつあるかも知れない、という設定である。

海は、もはや、きのうの海ではなく、明日の悪夢に向って、徐々に、そして確実に、変貌を遂げつつあるのではなかろうか？

「法政」昭和33年8月号

不満袋

ゆうべ、真夜中に、ちょっとした地震があって、眼をさましたら、どうしたわけか、それっきり眠りつけなくなってしまった。

つれづれのままに天井を眺めていると、雨じみのあとが妙に気になり出した。雲形のもやもやとしたその形のない形に、どうも見覚えがある。タバコを吸いつけて、ふうっと煙を吐き出したとたん、

「なあんだ、そうか」

思い当ったのは『ゴジラ』の頭だった。

もう、だいぶ前のことになるが、ぼくは、東宝映画のために一匹の怪獣を創造したことがある。

原水爆の破壊力というものをなにか具体的な形をとらせて表現させようというプランで、それには、なんとしても見かけの恐ろしげなものを持ってこなければならない。

そこで、地質時代に暴れまわっていた陸の兇王、恐竜に御登場をねがった。しかし

恐竜を意味するダイノサウルスとかチラノサウルスというような学名では、一般向きせず、第一たいして恐ろしそうでもない。そこで名前のほうだけは、現存する最も力の強いゴリラと、最も図体の巨きいクジラとを合わせて、『ゴジラ』という仮想生物が生れたという次第である。

こう、楽屋を割ってしまうとなんとも半ふざけのようで恐縮だが、あれはあれなりに、映画という形式によって、原水爆禁止運動に参加する意図でやったのだから、御寛容をいただきたいところである。

さて、当時、学校の先生方や、P・T・A方面から、ぼくは、だいぶ非難された。あんなコウトウムケイなものをまことしやかに登場させるとは、学生生徒を毒するも甚しい、というのである。

映画が、たいして評判にもならず済んだら、そうまでやっつけられなかったであろうが、なにしろおもわぬヒットをして、『ゴジラ』の名が、とほうもなく売れたのが、却って禍いを招いたらしい。

昔、『ジゴマ』とか、『名金』とか、そういう当時のヒット映画が、少年少女を毒するという理由で上映禁止をくったのと、軌を一にするといったところであろう。

ぼくは、べつに、何ひとつ弁明も抗議もせず、うっちゃっておいた。

はやるものは、何かにつけて眼の敵にされる。『カチューシャ可愛いや』の唄も、

『おれは河原の枯れすすき』の唄も、そうだった。『チャタレー夫人の恋人』も、あんなに売れさえしなかったら、裁判沙汰にまでは持込まれなかったであろう。世間とか、教育者とか、ひいては為政者とかいうものの、薄っぺらなねたみ、料見のせまさにはほとほと呆れ返るばかりである。

不満袋の口のあけついでに、もうすこし言わせていただこう。いまに始まったことではないが、青少年犯罪のあくどさ、無謀さを、なにかといえば、探偵小説の影響のように言い立てられる。つかまった犯人も、その言いひらきのひとつに、必ずといっていいほど、探偵小説からヒントを得てやった、と、うそぶく。そんな連中が、いったい、探偵小説を読んでいるだろうか？　なにも読みはしない。もし、読んでいるとすれば、それは、探偵小説とは似て非なる、エログロ犯罪実話なのである。

探偵小説とは、知性の勝利をうたう清潔な文学である。それが、謎解きの面白さを構成する必要上、多分に犯罪を取扱ってあるからといって、不良チンピラ共の愚行の手引書などとは、とんでもない言いがかりである。

こんなことを考え続けていたら、益々眠りつけなかろうから止めにするとして、昨日、産経ホールで、ミステリー・フェスティバルと銘うって、日本探偵作家クラブ主催で、講演と映画の集いが催された。

おどろいたことには、お出で下さったお客さんの大半が、中年以上の方だった。頭は使わなければ、ぼける。その頭の訓練には、推理ゲームとしての探偵小説が、こうした中年以上の方々に、高く評価されているあらわれに違いない……まさか、そこまで御都合よく我が田に水を引くわけではないが、なんにしてもうれしかった。

現実の犯罪は、醜く、そして不幸な事実であるが、それをふるいにかけ、昇華させて取扱う探偵小説は、美しく、そして楽しい文学である。

そこまで、支持していただけるのが、そうした中年以上の方々であると、私は、私だけでもよい、信じたい、と願っている。

「老壮の友」昭和34年12月号

田無通信〔その四〕（抄）

頃日、東宝の人が、こんどはゴジラとモスラを戦わせる映画を作りたいから、と挨拶に来られた。十年前にゴジラを書いただけで、それ以来ゴジラを登場させるたびに仁義を切られる気持をうれしくおもう。特にそれが映画界のことであるだけに。

「日本推理作家協会会報」昭和39年2月号

怪獣談

過日機会があって『雪の騎士』という仏パテー映画を見た。およそ五十何年も前のジョルジュ・メリエスの作品で、その一場面にゴジラが登場したのでひどくうれしくなった。むろん形が似ているというだけではあるが、いままで映画に出て来た数多くのゴジラ的怪獣のどれにも増してゴジラそっくり、そいつが口から火炎を吐くと観客の中からクスクス笑い声が湧きあがった。それで思い出したが東宝映画『ゴジラ』が封切られたとき、最初にゴジラが現われたとたん観客がドット笑い出したものである。ほんとうは息をのんで怖がってもらいたいところであるから、なんとも妙な具合であった。が、よく考えてみるとゴジラそれ自体多分にユーモラスなムードを含んでいるらしく、それが却ってゴジラを今以て人気者にしている要素でもあったであろう。作者としてはゆめゆめそんな積りはなく原水爆の脅威を形であらわした恐怖怪獣の筈であるが、こうなっては何をか言わんやである。ともかく昭和二十九年十一月三日ゴジラ第一号誕生以来、盆と正月には必ずゴジラが現われ、恐怖ではなく御愛嬌を振りまくしきたりとは相成った。泰平の世はまことにありがたきかな、である。

それはそれとして、世はまことにすさまじい怪獣ブームである。ことにテレビ界はたいへんなもので、これでもかこれでもかと新種、珍種が後を絶たない。日本ばかりではなく外国からもぞくぞく渡来しパンデモーニアム（汎悪魔会議）そこのけの盛況とはいささか恐れ入る。もちろんお茶の間怪獣のことだからちっとも怖くはない。いたってのんびり、ヨタヨタと動きまわる。場合によっては歌舞伎もどきに大見得も切る。立廻りもやる。まことに楽しきかな、で、当分ブームはつづくであろうし、奇想天外なアイディア・モンスターがぞくぞくお目見得するであろうが、所詮は縫いぐるみ怪獣の悲しさ、いくら知恵をしぼってみたところで人間の考案するデフォルメには限界があろうし、そしてもうそろそろその限界が見えはじめて来ている。

怪獣の中で圧倒的に人気があり、扱い易いのは何といっても爬虫類で、特に巨大な恐竜族が大半を占めているのは当然と言えようが、それもあまりいじり過ぎこしらえ過ぎては却ってユーモラスを通り越してカリカチュアになりかねまい。もうここらが踏んまえどころではなかろうか。

そこで縫いぐるみ怪獣と併行しながら、機械ロボットが、そろそろ人気をさらおうとする気運が生れつつある。

また昔の映画を引き合いに出すが、連続大活劇華かなりし頃に『人間タンク』なるものが現われた。縫いぐるみならぬブリキ製タンクの中にアメリカの人気手品師ハリー・ハウディニがもぐり込んで出没自在に大活躍する。他愛のないもので今だったら退屈至極で見られたものではなかろうが、それでも当時は結構楽しめた。そういうアイデアをベースに近代科学化したら大いに受けるにちがいなかろう。例えばテレビの『ロビンソン一家』のフライデーのように。

話が逸れてしまったが、怪獣ブームの裏を返せば、そこに爬虫類ブームという隠然たる底流があることは見のがせない。

上野水族館のテラリウムは言わずもがな、近年になってデパートあたりで盛んに生きた爬虫類の展示会が催されるが、そのたびに超満員である。ペット・ショップも競って珍らしい爬虫類を売り出し、本屋の図鑑類刊行もにぎやかである。

その依って来る要因が何であるか、私などには理解も及ばぬことながら、単なるこわいもの見たさ、珍らしがり、とばかりではなく、なにか私たちの心に、爬虫類の持つ生物進化途上に於ける原始的なフォルムへの愛着、失われた地質時代へのほのかなノスタルジア、そうしたものが呼びかけてくるのではなかろうか。暇と金があったら、私も世界じゅうの珍らしい、美しい爬虫類を集めて身近に侍らせ、地球創成時代の夢の中でうっとりとしてみたい。

そして、それとは別に、つくりものではない怪獣、つまり伝説、民話にあらわれてくる怪獣ども――なにも爬虫類にかぎったことではなく――古事記のヤマタノオロチ、俵藤太のオオムカデ、ニーベルンゲン、アラビアン・ナイトのドラゴン、ユリシーズのセイレネスなども再認識、再検討してみたい。案外そういうクラシックなものの中から、おもいがけない〝恐怖の映像〟のヒントが発見されまいものでもなさそうだから。

「日本推理作家協会会報」昭和42年4月号

怖くなくなったゴジラ

先日、畏友椿八郎大兄わざわざ電話してきて曰く「この随筆に〝エキストラ（番外）・エストラゴン〟というのを書いてみんかね」

還暦をとうの昔に祝い済ませた六十七翁がこういうことを口にする。ことほどさように、世は挙げてたいへんな怪獣ブームである。

事の起りは、昭和二十九年に私の書いた『ゴジラ』が皮切りになったのは認めるにしても、まさかこんなことになろうとは夢にもおもわなかった。

映画に、テレビに、和製はもとより海の彼方からまで、これでもかこれでもかとモンスターどもが押しかけてくる。まことにすさまじいパンデモーニアム（化けもの大会）が開催されたものである。

そのせいもあって、どうやらご本家のゴジラがめっきり怖くなくなってしまった。

もともとどこか愛嬌のあるゴジラくんではあるが、仮りにも原水爆を象徴する怪獣という設定であれば、その存在はゆるすべからざるものとして私も二度にわたって抹殺してしまったはずだが、なにせ方々の国々で原水爆実験を打ち切らぬためか、いまもってゴジラはなかなか死に絶えない。そうして、ネス湖の怪竜が観光シーズンになるとあらわれるように、その後ゴジラくんはきまって正月にはあらわれてご愛嬌をふりまくという仕儀とは相成った。

こうなると、これはもう、全然べつのゴジラとして生れ代ったものであり、それゆえちっとも怖くはない。これがもっと度を越すと、ゴジラが蔵前国技館の土俵で横綱や大関相手に四股を踏むようにならぬともかぎらない。

それでよいのだ、と私はおもう。

そうなれば学校の先生方から荒唐無稽だ非科学的だと目くじらを立てられなくても済むし、一緒に映画館やテレビの前で楽しめ合えるし、ゴジラくんもおいおいと品よく振舞ってくれるようになろうから。

ところで、この怪獣ブームなるもの当分はまだつづくであろうが、そろそろ飽きられてき出したのではないだろうか。

千変万化、よくまあ種も仕掛けも尽きないものと感心する縫いぐるみ怪獣共に代って、さてどんなものが飛び出してくるか、いまの私には見当もつけかねるが、もし私がつくり出すとしたら、それはもうあの何十キロもある重い怪獣着をかなぐり捨てた、なまの怪物、たとえてみれば巨大化したサンショウウオとか、おもい切って醜怪にデフォルメしたプランクトンとか、そういうアイデアを手がけてみたいと考えている。

だが、これとても馴れっこになってしまえば、また漫画化されて、やがてゴジラ同様ちっとも怖くなくなるのは目に見えていようけれど……。

「健康保険タイムス」昭和42年5月1日号

リアルな怪獣を…

夏休みといったところですが、最近は「推理界」に出稿しています。推理雑誌「宝石」がなくなって、ちょっと寂しい気持ちです。

むかしのように「ゴジラ」や「雪男」のような作品を書きたいと、構想をねっています。ヌイグルミの怪獣は、アキがきているようですね。ですから、ヌイグルミじゃなくてもっとリアルなものを、例えば巨大クラゲ、怪鳥などを考えています。まだなにができるかはわかりませんが、楽しみにしていてください。孫たちが遊びにきているので暑さしのぎになっています。

「東興通信」昭和43年8月7日号

南への憧れ

「何年くらい南の方においでででした？」

「どちらをお廻りでしたか？」

「方々の島々でいろんな御経験をなさいましたでしょう？」

「戦争が終ってから御引揚げになったのでしょうね？」

先生方から、同僚から、そして雑誌の編集氏から、私はどれくらい、このような種類の質問を、かけられたことであろう。その都度、私は憮然としてお答えする。

「——たったいっぺんだって、この日本という島を離れたことはありませんよ」

相手はびっくりして、時には疑わしそうに重ねて質問の矢を浴びせかける。

「そんなはずはありません。あなたの書かれるものは、実によく南のローカルカラーを描き出している」

「地名といい、土人の言葉といい、すべて実物です。私は、長いあいだS島にいましたが、単なる想像であれだけの実感を出すのは不可能です」

「若し、あなたの言うことがほんとうだとすると、あなたの南方ものは失礼ですが創作ではなくて、海彼の作の飜案だとしか思えませんね」

私はそれらの質問にはただ苦笑して――いやどうも――と頭をかくより他に仕方がなくなってしまう。

なぜならば、私の南方小説はことごとくが、私のファンタジーの世界が生み出してくれた、ロマンだからである。

もちろん、地図は眼の痛くなるほどにらむ。民俗誌はひもどく。動植物相は調べあげる。が、それは映画のアートディレクターの仕事を私が自分でやる以外の意味ではない。

それらの調査が役に立つときは立てるけれど、大部分は、原稿用紙に向ってしまうと、いつのまにか、そうした考証をはなれて、私の頭の中のスクリーンに映る影像だけをたよりにしてしまうことの方が多い。

それだから私は時々途方もない嘘を平気で書く。若しほんとうに私に南方で暮した経験があったら、とても、こうまで大胆にはなり切れないことであろう。

頭の中ででっちあげた嘘を、いつのまにかほんとうのことと思い込んでしまい、それを現実のこととして、楽しく書いてしまうらしい。大人になってから、幼時のころを思い出して、実際には起らなかったことをも、ほんとうにあったものときめてしまうのと同じ心理であろうか。

それでも、奇態にそのファンタジーがそう出鱈目でもないというのは、考えて見れば、私の南への関心が常に、あらゆる方面に間断なく働きつづけているからであるらしい。

その第一は映画の影響である。

年輩の読者はなつかしく思い起されることであろう。エルモ・リンカーン主演の『類人猿ターザン』を見たとき、私はまだ中学生だったが、その時の感銘はいまもって生々しく甦えってくる。そしてやや後年に見たグリフィスの作品『渇仰の舞姫《アイドール・ダンサー》』のクラリン・セイモアの魅力が私を狂熱的に南方の島々にあこがれさせてしまったものだ。その前後に、海底撮影で有名なウィリアムソン兄弟の数々の南海ものは私の夢を多彩に色どらせ『宝島』『ピーター・パン』等の海賊ものも後年、私に少年少女冒険小説に筆を染めさせる素地となったことは疑われない。

第二に、文学の方面では、ゴーガンの『ノア・ノア』アグネス・キース女史の『風下の国』生物学者であり探検家であるウィリアム・ピープ博士の“Jungle Days”“Half mile down”“The End of the World”“Under the Tropical Sea”等の作品は、私を遥かなる赤道の島々に招待してくれたのであった。

だが、それらはあくまでも写実の世界であった。私の夢は次第にそれだけではあきたりない、何かもっと刺戟の強い別の世界に触手をまさぐりかけたとき、そこに現われたものが小栗虫太郎氏の描く秘境魔境の世界である。私が所謂人見十吉ものを書きはじめた直接の動機は、小栗文学に負うところが甚だ深い。

第三に、私の趣味である動植物学の方面での関心がそれらの諸要素に味つけの役を果してくれた。

珊瑚礁魚族――奇異な形態のトカゲ類――今なお原始生活をつづけている島嶼民族《アイランダース》――蘭、竜血樹、ゴム、椰子――そうした熱帯生物へのあこがれは、やがてオラン・ペンデクを、有翼人を、妖花ハタを、電気うなぎを、軟体人間を、緑色人間を創造する下地となったのであった。

だから私の場合南へのノスタルジアはあえて私の血に、ホモ・エチオピクスの血が混っているかも知れないという科学的せんさくを超えて、むしろ、詩的な夢の所産であるらしい。

――われかつてはバビロンの王なりき――

ジェームス・バリ卿の詩の一節は、私の場合こう書きかえることも可能である。

――われかつては南海の王なりき――

幻覚は、そこから果てしもなく発展し、ついに私をして、

――有尾人つどいてわめく洞窟に酋長われも尾を持ちて悲し――と歌わしめるまで

に病は膏肓に入ってしまっている。

日本は今次の戦争によって南の島々を失った。だが私は少しもそのことを悲しんではいない。私の、私だけが持っている南の領域は、日に日に拡大するばかりである。未知のテラ・インコグニータを発見し、征服し、その上に君臨することによって、私の生命は常に鮮《あたら》しく、若々しく保たせることが出来るであろう。

「別冊宝石」昭和25年6月号

オリジナル

G作品検討用台本

主なる人物

古生物学者　山根恭平（55）
その娘　山根恵美子（22）
サルベージ所長　尾形秀人（30）
化学者　芹沢大助（40）
漁夫　政次
その弟　新吉（15）
その父
漁夫　源吉
漁夫の女房　おたね
警視総監
衛生試験所技師
香具師《やし》
その他大勢
ゴジラ

アナウンス「一九五二年十一月×日――この日を境として、われらの地球は、かつて誰ひとり予想もしなかった恐怖の実験におびえおののかなければならなくなった。第一回水爆実験！　それは、破壊というよりは、むしろ抹殺であった。実験基地ニルゲラーブ環礁は、一瞬にして『無』に帰し、放射雲は悪魔の髪さながら、成層圏32マイルの空に乱れ狂った。

越えて一九五四年三月×日――さらに、新しき完成を誇る水爆がエニウェトック環礁に於て実験に供された。

その成果について、われわれは詳細を知らされてはいない。しかし実験当局自身『予想だもしなかった破壊力』と目をみはったということからして、その威力の恐ろしさに、われわれは肌に粟を生ぜざるを得ない。

それは幸いに、実験の範囲にとどまってくれたであろうか。

否、断じて否！」
○第五福竜丸、焼津入港
○原子マグロの廃棄
○被害船員のぶきみな顔
○病院へ運びこまれる重症患者
○「当店では原子マグロ売りません」の貼紙を出す魚屋の店

○メーデーに於ける『水爆は御免だ』のプラカード
○渡って来なくなった燕の空巣をみあげる淋しそうな子供
○降ってくる灰をおそれて、好天にコウモリをさして歩く被害妄想の男
アナウンス「(続き) こうして巷には、おもいがけない影響が次々とあらわれ始めた頃、本州の東南、太平洋上に浮ぶ一孤島——大戸島《おおとじま》(仮称) 附近の海上に、世にも奇怪な事件が勃発した。

近海航路の貨物船Aが、北緯24°、東経141°の海上にさしかかったとき、それは霧の深い黄昏近い頃であったが、突如、船首まぢかに黒山のような巨大な影がうかびあがった。

驚愕した船長が、警笛をならしながら船を右手に廻そうと命令したときは既におそい。

巨大な影は、強烈な白熱光を放ったとみるや、一瞬にその本体を消し去った。見とどけるひまなどない。船は怪火を発して、またたくまに海底に沈んでしまった。

つづいて、第二の貨物船Bが、犠牲にのぼった。

Aと同じ地点にさしかかったB船は、船首から四百メートルほど離れた洋上に忽如白熱の巨塊を認めたとおもった瞬間、全船同時に怪火を放って、消火のいとまもなく沈没し去った。

九死に一生を得た水夫の一人が、一夜の漂流ののち、○○方面へ向うディーゼル漁船に救われたがすでに失明。

事情を聞いて、一応水夫の所属船会社に遭難を無電してやるが、漁夫たちはてんで信用しない。最寄港の大戸島に上陸させてやるつもりで船をすすめるが、ついに同じ地点で、やられてしまう。

行方不明三隻——しかもB船会社には、遭難水夫からの奇怪な報告が入って来ている。

時が時だけに、
小型水爆の実験ではないか?

水爆による影響を受けた海底火山脈の噴出ではないか?

など噂とりどり。この報道は一時世間の耳目を聳動《しようどう》させたが、機上現地調査の結果は、皆目真相をつかめず、ただ人々の心に、重くるしい記憶を沈澱させただけだった」

(三船をおそった怪火は、ゴジラの発した白熱光をかぶったもので、その強烈な光にめくらんで目撃者……観客……にもその正体はみえない。ゴジラを水爆のシンボライズと想定するために、放射能を全身に帯びているということの具象化の意味)

大戸島――

暗い沖合の空に、巨大なホウキ星がかがやいている。

海はやや荒れ気味。波がしらが無気味に光る。

渚で焚火をしながら、不安気に沖をみつめている漁夫たち。

男A「見ろよ、あのうすきみわるいホウキ星――なにかまたいやなことが起らなければいいが……」

漁夫源吉の女房おたね「もう起っているだ。こうして何日も源の帰りを待ってるというに、源はきっと遭難しただ。いつかの夜、ここからも見たあのふしぎな光、あいつにやられて源は死んでしまっただア」

男B「なあに、ありゃあ、何んでもねえだ。おおかた火薬でも積んだ船が火を起しただよ。泣くこたアねえ、そうアッサリあきらめたもんでねえ、源のトッツァンに限って、ちっとの暴《あ》れに負けるようなこたアねえ、きっと帰ってくるだよ」

男A「そうとも、力落すこたアねえだ。おらが余計なこといって悪かったナ」

おたね「おや？　あっ、向うに筏《いかだ》が！」

男B「おう、まちげえねエ、やっぱり暴風《シケ》くったんだ。でも、よく助っただな、おい、みんな、もっと威勢よく火を焚けっ」

焚火もえあがる。

こわれた船体をくんだ急ごしらえの筏、やっとのおもいで近づいてくる。
政次の弟新吉、めざとく見つけて、
「あっ、けえってきた！　筏が、筏が……」
一同、筏に向って水しぶきを立ててかけつける。
おたね「おお、源や、しっかりしてくんろ」
男Bにかかえられて渚にひきあげられた男にすがりついて気がつき、
おたね「あ、おまえは政次……源は、源は……」
気がゆるんで、失神していた漁夫政次、やっと正気づく。
ひどいショックを受けたものか、茫然自失のてい。
男B「政、しっかりしろ、どうしたっていうことだ」
政次「やられただ、船ぐるみ、怪、怪物に……」
弟新吉「怪物？」
政次「み、水をくれ！……おらたち、いつものとおりイカ釣っていただ。するって
えといきなり、十間とははなれねえまっ向うの波間からニョキッと、もの凄え首を
突き出した怪物がある。アッとおもうまに胴体全部あらわしやがって、暗くてよく
は解らねえが、そのデケエのなんのって……いきなりクリッとうしろ向きになった
かと思うと、こっちにとどいたシッポのひとなぐりで船はモロにひっくりけえった

だ」

おたね　「(狂気のように)源は？　源は？」

政次　「おお、源とっつぁんのおかかか……かんべんしろよ、助かったのはオラひとりだ」

おたね　「ヒーッ」

男A　「で、その怪物は、どうした？」

政次　「おら、あまりの怖ろしさに、気もドウテンしてしまっただ。気がついたときは、もう怪物の姿はない。波にゆられて、みんなの、ほ、骨が……まるで吐き捨てられたみたいに……や、やつは、この世の海獣かなんかじゃねえだ、悪魔だっ、化け物だっ！」

男B　「落着け、さあ、家へつれてってやる。あとからゆっくり話は聞く」

政次、一同に扶《たす》けられて渚をひきあげていく。

からだの不自由な、政次の親父との三人暮しの家。

「おう政次か！　よく戻った。案じておったぞ……いや、みなさん、えらい御世話になりましたなア」

一同引取っていく。待ちかねて、政次、親父にしがみつき、子供みたいに泣く。

親父　「政次、泣くな、なんだみっともない。めったにないこったが、わしも若エときに、途方もなくデケエたこにやられたことがある。漁師の不運だったとあきらめろ」
政次「大ダコなんかじゃありやしねえ、あいつは(息をのんで)ゴジラだ！」
弟新吉「ゴジラ？(真剣に目をみはる)」
親父「ゴジラ？　あっはっはっ、おまえ、この島の土人の伝説をほんまに思ってるのかい。奴らのいうゴジラちゅう化け物はな、わしらのいう海坊主と同じ作り話じゃよ。そんなものが、ほんとに出てきて、ここいらをウロチョロされてたまるものかい」
政次「でも、ほんとうに出ただ。おら、海神《かいじん》さまに誓って嘘は云わねえだ」
親父「まあ、いい。おまえはすっかり昂奮してるだ。酎《ちゅう》でもひっかけて寝ろや」
政次、床《とこ》にもぐりこむ。戸のすきまから月がさす。
突然怯《おび》えてはね起き、うつろな眼をみはる。
「ゴジラ！」
弟新吉「兄《あん》ちゃん、おらだけは信用するぞ。兄ちゃんはいままで嘘いったことねえだもんな」
翌朝――さすがに舟を出すのはうすきみわるく、浜で、漁夫たち、網を打っている。あげてもあげてもクズ魚と海藻の千切ればかり。

政次、あたまにほうたいを巻いて見ている。

漁夫たち不思議がる。

政次、息ごえで、

「ゴジラだ！　やつが、えものの魚をおびやかして暴れまわっているんだ！」

不漁つづく。ホウキ星はまだ消えない。

ようやく村に、不安と、やけの気分がはびこり始める。

はやくも噂を聞き伝えたか、土人部落から、祈禱の合唱が太鼓を交えて、きこえてくる。

つづいて、男Bの出漁船やられる。

それに捜査に出かけた男Aの船はついに戻ってこない。もう誰も沖合へ出ようとしない。

浜での網は、相変らず不漁つづき。

みんな青息吐息で、家にひっこんだり、居酒屋にとぐろを巻いたり。

政次、あれっきり押しだまって、何か深い物思いに沈んでいる。

「やっぱり政のいうとおり、ほんとに怪物ゴジラが出てきてアダをするのかな」

「そんなバカな話が！」

「それとも、あの不吉なホウキ星のせいかな」

半信半疑の取沙汰の最中、居酒屋へ、新吉かけこむ。

「みんな、早く出てみろよ、ホウキ星が消えたぞオ」

一同、おもわず戸口から空をみる。

「わあっ、ほんとうだ」

「やっぱりホウキ星のせいだった」

「怪物ゴジラなんぞくそくらえだ」

「あしたっから安心して出かけられるぞ」

一同歓喜——厄払いと称して大いに飲む。

居酒屋の女をカラカッたり、適宜の騒ぎの中に、ひとり政次、苦虫をかみつぶした顔。

「おい、政、またふさぎの虫にとっつかれてるな。おまえも気晴しにのめや」

政次、握らされた酎のコップを床にたたきつけて叫ぶ。

「みんな、怪物ゴジラを甘くみてると、ひでえ目に合うぞッ」

単純な一同、笑って取り合わない。

政次、無言で弟の肩を抱きしめる。

その夜更けるに従って風つのり、暴風雨になる。

村はみんな寝静まって、政次ひとり起きている。

海底の場面——巨大な海底洞窟のかたわらに、鉄骨の骨組みだけとなった遭難船の残骸よこたわっている。

ゴジラ、徐々にからだをうねらせて這出る。

鮫《さめ》や正覚坊《しょうかくぼう》、あわてて逃げ去る。

やがて静かにうかびあがり、上半身を海面にあらわし、首をテレスコープみたいにうちふりながら、大戸島の方向めがけて驀進、ゴジラ身顫《みぶる》いをし、水を切って浜へ上陸。

さて、どうしようかと一思案ののち、歩き出す。

ヤシの大木を数本こそげ倒す。

政次、なんとなく不安の予感、次第につのっていく。

ヤシの倒れる音をきき、ハッとなって飛び起き、きき耳を立てる。

バサーッというすさまじい足音。

そばで寝ている弟新吉もハッと起きあがる。

恐怖におびえた顔を見合わせる。政次飛び出そうとする。

新吉すがりついて、

「待って！　兄《あん》ちゃん」

新吉を押しもどし飛び出る。が、すぐかけもどって、からだの不自由な親父をゆすぶり起す。

「た、たいへんだ。ゴジラだ！　ゴジラが……」

「なんだと？　ゴジラ？　寝呆けるなッ」

その瞬間、ゴジラの前肢かかって、家つぶれる。

親父、梁《はり》の下になってもがく。

「おい、新！　おやじをたのむぞッ」

政次、風雨の中をかけだし、村中をかけめぐって絶叫する。

「ゴジラだ！　ゴジラがやってきたぞオ」

新吉、やっとのおもいで親父を梁の下から引出し、裏手へ連れ出す。

「お父《と》う、しっかりしてッ」

すでに村中は、阿鼻叫喚——ゴジラ罷《まか》り通る。

（小猫が背中を立ててゴジラに立向うなどの滑稽もあしらって）

ゴジラ、片っぱしから家をたたきつぶし、餌になりそうな牛や、羊などをねらいまわる。

（感心に人間はくわない）

村の漁師家大半破壊され、犠牲者多数。その中に源吉の女房おたねも含まれる。

難を避けてにげまどう村民、次第に、島の密林地帯に追いつめられる。

政次、弟をさがしまわる。

弟も兄をさがしまわる。

会合——そのとたん、ゴジラせまってくる。

逃げそびれ、兄、弟をかばって地に伏す。

「あッ、兄ちゃん！」

政次、ゴジラの爪で背をさかれて絶命。

さいごに、ゴジラ、小学校舎をたたきつぶし、ゆうゆうと海上に退去。

一瞬に、父と兄を失った新吉、呆然、しかし、何事か決心するところある表情。

(すでに、新聞、ラジオを通じて、あの信ずべからざる事件は、あまねく都民に知らされている。しかし、それがあまりにも突飛なので、まだ一般都民には、恐怖の実感となって迫っていない。

その後、怪物ゴジラが鳴りをひそめて大戸島に再上陸しないせいもあった)

しかし、事件発生と同時に、各新聞社は、競って、飛行機を飛ばし現地に赴いた(着陸場は無いから飛行艇、あるいは、船にヘリコプターをのせて)。

一方、調査団と救恤《きゅうじゅつ》班が組織されて、急遽大戸島に向って出発した。

船は、東京湾水難救済《サルベージ》会所属作業船『かもめ号』。

乗組員、船長、尾形秀人＝きりっとした体格のいい青年。潜水夫からたたきあげた男（この未知の冒険を自ら買ってでた）。

山根恵美子＝明るく健康な娘で、古生物学者山根恭平博士のひとり娘。父を深く敬愛している。尾形秀人とは許婚の仲。他に船員、関係者一同（学者、医者、島の治安のための増援警官等）。

夜明けの洋上を、作業船『かもめ号』、ひたむきに航行しつづける。

尾形「やあ、おはよう、恵美子さん。ゆうべはよく眠れましたか？」

恵美子「おかげさまで……でも、ときどきうなされたわ。自分じゃ、しっかりしてるつもりだけど、だめね」

「いまから、そんな弱気では困りますね。自分から、どうしてもくっついてくるって、あれほどぼくを困らせておいて」

「でも、誰ひとり、怪物ゴジラって、見たことないんでしょう？　この船に乗ってる人たち……目をつぶって、どんな奴かって想像してると、とんでもない怪物《モンスター》がうかびあがってくるのよ」

「なあに、高々、大きくなりすぎた海獣かなんかに過ぎませんよ。それに、果してまた上陸するかどうかも今のところわからないし……」

「だけど、おとうさん、そう云っていたわ。海は『閉ざされた地球のポケット』だって。どんな怪物が、ほんとうに秘《ひそ》んでいるかわからない……」

「恵美子さん！」

「え？」

「ぼくは、あなたを不必要におびえさせないために、気休めを云っていましたが、実は、ぼくも、あなたのおとうさんと同意見です。大戸島にあらわれた怪物ゴジラなるものは、おそらく、ぼくの考えでは、兇悪無惨な、前世界の巨大な怪獣にちがいありません。ぼくは奴と対決したい！　そうして、二度とふたたび、奴に、ぼくらの陸地の土ひとっかけも踏ませないように、たたきのめしてやるつもりなんだ」

「その意気よ、尾形さん！　あたしだって……（腕に力こぶを入れてみせる）がんばるわ」

「ほう、頼もしい女戦士《アマゾン》だ」

二人、笑いあう。

「それはそうと、おとうさん、よくあなたをひとりで出しましたね」

「むろん、初めは大反対！　説得するのに喧嘩腰よ。でも、あたし、おとうさまの眼の代りになってあげに行くんだ、っていったら、渋々Ｏ・Ｋ！」

「なるほど、そいつは名科白《せりふ》だ。古生物学者山根恭平なるもの、神経痛さえなけりゃ、おん自ら出馬、と出たいところでしょうからな」

大戸島近づく。調査団、はりつめた緊張の中に上陸。

思った以上の悲惨な被害。

つぶれた家々の前に、虚脱したような顔の村人。

線香の煙のゆれている、まあたらしい、そとうば。

まだ片づけ切れない牛馬の死体。

ただひとり、こわれた門前で、鍋でものを煮ている政次の弟新吉。

尾形「君は、ひとり？　家の人は？」

新吉「親父も兄きもやられてしまったんだ」

恵美子「まあ、お気の毒に！」

小学校舎の、くずれ残った一角に陣取っている新聞、ラジオ班と合流して、調査本部にあてて、一行ひと先ずおちつく。

医療班、慰問班、即時活動をはじめる。

恵美子、甲斐甲斐しく働く。


半狂乱の老婆、傷にうめく若者、餓えた子供。

尾形、調査をはじめる。

怪物ゴジラの足跡、多数発見。その中のひとつに、奇妙な形の生物の死骸が落ちている。

エビとカニともつかぬ舟虫を大きくしたようなもの（三葉虫《トリロバイト》）。

同行の人々、何だかわからない。

尾形、動物学者にきく。

たよりなさそうな動物学者、答えられない。

尾形、紙にくるんで、大事にポケットにしまいこむ。


恵美子、新吉によびかけられる。

「おねえさん」

「あら、なにか御用？」

「さっき、おねえさんと並んで歩いてた人、何する人？」

「ああ、尾形さんね。あの方《かた》、サルベージの船長さん。ほら、あすこに止っているでしょう」

「サルベージって、どんなことするの？」

「遭難した船を引きあげる役。でも、きょうは、この島へお見舞にきたのよ。それが済んだら、この辺で沈んだ船を引きあげる予定なの……、尾形さんに何か御用？」

「ううん、なんでもないんだ」

むっつりだまって、立去る。

恵美子、気の毒そうに見送る。

増援警官をふくめた、村の若者、海岸を警備。

暁方近く、警備のうらをかいて、怪物ゴジラ、密林寄りの絶壁から這いあがる。

ゴジラ、機嫌がいいとみえて、山火事を起させない程度に光ったり、消えたりし乍ら、密林内を散歩。木や竹、バリバリ倒れる。

その光、調査本部に映る。

一同驚愕してハネ起き、警備体制をととのえる。

海岸の警備隊もかけつける。

尾形、恵美子も銃をとる。

それっきり、光らず、ゴジラも姿をあらわさない。

不安のうちに夜が明ける。

ゴジラ、海へ去ったけはいはない。

調査隊一行、ゴジラ捜索に出発、皆々決死の色。

どこへひそんでいるか、全然わからぬ。

昼近く、一行、疲れ果てて休憩。


尾形、島の地図をしらべて、首をかしげている。

恵美子、はなれて、少し散歩という形。

沼、又は流れのほとりに出る。

鳥がさえずり、美しい花が咲いている。

フイに鳥が鳴きやむ。

恵美子、睡蓮の花をみつけ、おもわず顔を近付けて、

「ヒエーッ！」

倒れる。

うしろから、のぞきこんだゴジラの顔が水に映ったのだ。悲鳴をききつけ、尾形、かけつける。

引金をひく。弾はじき返される。

尾形、かたわらの竹をみつけてしがみつき、その弾力を利用して、のしかぶさろうとするゴジラの爪の下から、危い瞬間の恵美子を救い出す。

光を放つ。

と、ゴジラ（美女をうばわれた、とでもいうふうに）怒り心頭に発し、最大限の

忽ち凄まじい山火事。ゴジラ調査本部を襲ってから、海上に逃げ去る。

必死の無電技師、ゴジラ襲来を、本社にうちつづける。

それを受け取る方、通信が中絶したので、合図をおくるが、それっきり応答なし。

再度、怪物ゴジラ大戸島を襲う——のニュースに都民湧く。東京湾にほど近い町

——高台にある古生物学者山根恭平博士の家、あまり豊かでない。

元北京大学教授、引揚後、引退して研究に沈頭しているやもめ。研究のこととなると半気狂とおもわれるほど偏執的である。だが、ひとり娘の恵美子には、やさしい世間並みの老父親。

相変らず、研究室にとじこもって化石貝類をいじくりまわしている。

婆や、あたふたとかけこむ。

「せ、先生、た、たいへんで……」

「なんじゃ、やかましい」

「やかましいどこじゃありませんよ。ゴジラがまた、大戸島に上陸して、全村全滅らしいというニュースですよ。通信はとだえて、その後の様子はてんでわからず

……」

「ふん、また暴れ出しおったか。ゴジラなぞ、かまわん、わしはいまこの貝の系統調べでいそがしいん……」

ハッと気がついた様子で椅子をけたおして立上る。

「恵美子！」

安否を気づかって新聞社の前、人だかり。

山根恭平博士の、顔もみえる。

通信は杜絶えたまま。

やっと一日経って、サルベージ船上からの通信キャッチされる。

かもめ号は恐怖の海をのり切って、引揚げてくる途中だった。

実地経験者の談、はじめてキャッチされたゴジラの写真、等に、都民、恐怖のどん底にたたきつけられる。

サルベージで働き、何とかして父や兄の仇をうち、ひいては犠牲となった島民の霊をなぐさめんものと決心した政次の弟新吉の熱心な願いが叶って、新吉は『かもめ号』の船員となって、東京に帰ってくる。

同年輩の少年たちの間で、新吉はひっぱりだこの人気者になる。

「すげエなあ！」

新吉の話に、少年達は目をまるくして聞きほれる。

急遽、対策本部が警視庁内にもうけられ、とりあえず、大戸島の住民を、最も近い中戸島《なかとじま》に避難さすべく、フリゲートが差し向けられる。

三日くらいは、不安のうちに、なにごともなく過ぎていった一日。

「おとうさま……」

すでに起きて、研究室に閉じ込もっている父博士に、恵美子が、茶の間から大声で呼びかける。

返事がない。

「おとうさまア」

「おう」

「朝ごはんの用意が出来ましたのよ。はやく冷めないうちに召上って」

恭平博士、出て来る。

いたわり深く、娘のようすに目を向けて、

「エミ、からだの具合はいいのか、むりをしてはいかんぞ」

「ええー、御心配なさらないで、もうすっかり元気よ」

「やあ、けさは御ちそうだな」

「そうよ、久しぶりで目玉焼き」

「目玉焼き？　それにしては、一つしかないところを見ると、さては独眼流かな。おい恵美子、わしだからいいが、芹沢がやってきたとき、こんなものを出すとひがむぞ、奴はこれだからな」

片目つぶって、片目を剥《む》いてみせる。


「まア、おとうさまったら、芹沢さんに悪いわよ」

「それはそうと芹沢の奴、近頃さっぱり顔をみせんな」

「おとうさまと同じで、研究に夢中……」

「それはいいが、奴、いったい何の研究をやっとるのか、一言も洩らさん。親友のこのわしに秘しとるとは全く以て怪《け》しからん」

「そうね。あたし、きょう尾形さんとお会いする約束があるから、その帰りにでもちょっと寄って内偵してみてあげましょうか？」

「うん、やつは、わしとは畑違いの化学じゃから、何をしていようと関係のないことじゃが、やっぱり気になるでな」

「錬金術じゃない？　ほら、ファウストの中に出てくるわ。土から金をつくる……」

「それだったら、ちと、こっちへも廻してもらいたいな」

「ふっふっ」

急に、真面目になって、

「それよりも、おとうさまの今の研究、どんなこと？」

「いや、べつに……わしの専攻の、例の化石貝類の系統調べじゃよ。おまえたちには何の興味もない……」

「嘘！　もっともっと重大な調べものでしょう？　この二三日、おとうさま、ほとんど夜お眠りにならないのね？」

「……」

黙ってトーストを噛んでいる。

「あたし心配なの。お母さままでも生きていらしったら、あたしの口からこんな差出がましいこと言いたくないんですけど……おとうさま、それとも何か、別のお悩み？」

「ばかな、こんな化石みたいな老人が……」

「だったら教えて！」

「おまえ、どうしても知りたいのかね？」

「むろんよ」

「じつは、研究はもう完成しているんだ。しかし、これを発表していいか、どうか、迷っているんだ」

「そんな重大なこと？」

「うん、その世間に及ぼす影響を考えると、さすがのわしも空恐しくなってな」

敏感に父の顔色を読みとって、

「こんどの事件に関係のあること、じゃない？　大戸島の怪物ゴジラの……」

「そうだ」

「あたしには、全然見当もつかないわ。おっしゃって、おとうさま」

「恵美子、びっくりするな。あの怪物ゴジラという奴は、先頃の水爆実験が生んだ、とんでもない代物《しろもの》なんだ」

「ええっ？」

「わしは奴に直接お目にかかっていない。実地も調査していない。だから、わしの見解も、一応の想像に過ぎんが、怪物ゴジラは、いまから凡そ二百万年前、恐竜やブロントサウルスなどが、全盛をきわめていた時代――学問的には侏羅紀《じゅらき》というのだが、その頃にいた海棲爬虫類《はちゅうるい》の一種だ」

「やっぱりね、それがどうして水爆と関係があるの？」

「つまりだ。奴は、今日《こんにち》まで海底のどこかに――恐らく奴らの生活環境にぴったり合った海底洞窟にひそんで、彼等だけの生存を全うして満足していた。それが、この度の水爆実験で、その環境を完全に破壊された。もっと砕いて云えば、追い出されたんだ」

「信じられないわ、とっても」

「わしも最初は信じられなかった。そんなことを発表したら、ただささえ世間から気狂扱いされているわしのことだ――人騒がせの流言ヒ語もいいかげんにしろ――と、石の三つや四つぶっつけられるさ。だが、わしには、それを裏書する物的証拠が、ちゃんと揃っている」

「あたしが伺っても解る？」

「まあね。かんたんに要点だけ云うと、第一、は先達て尾形君が、極秘でわしに渡してくれた奇妙な、エビともカニともつかぬ生物だ。それを何だとおもう？　今は絶滅したと信じられている『三葉虫《トリロバイト》』という甲殻《こうかく》類の一種だ。ゴジラがからだにとっついていたやつをこぼしていったんだ。つまり、奴のひそんでいた海底洞窟に、奴もいっしょに生きていたんだ。

第二に、その『トリロバイト』の殻のあいだから発見された岩滓《がんさい》――砂だ。それが、疑いもなく、侏羅紀の特色を示すビフルカタス層の赤色粘土だ」

「でも、どうしておとうさまそれが水爆と関係があると断定出来ますの？」

「その粘土の、ガイガー・カウンターに依る放射能検出――定量分析によるストロンチュウム九〇の発見――これだけ揃えばもうたくさんだ」

「おとうさまは、それを公表なさるおつもり？」

「迷いの種は、そこだ。世間は湧く。水爆実験国への憎悪、怪物ゴジラへの恐怖の再認識、ひいては政治、経済、外交に、微妙な問題がからみ合ってくる。その混乱は、日本だけの問題ではなく全世界の問題となる……まかりまちがえば第三次大戦にまで……」

「ほ、ほ、ほ、お父さまは、いつそんな弱気な学者になられましたの？　真実をありのまま語るのが、学者の使命じゃありません？　ふだんのお父さまらしくない……」

「恵美子、おまえの意見は？」

「むろん、発表すべきよ！」

山根博士、発表を決心して、外出。それを見送ってから恵美子も外出。海岸近くの東京湾水難救済会事務所《サルベージ》に、尾形秀人を訪ねる。

「やあ、いらっしゃい、恵美子さん」

「おいそがしいんじゃありません？」

「まあね。ほんとうは、ぼくらの仕事は、ひまな程お目出度いというわけなんですが」

「例のゴジラ騒動？」

「そうなんです。じつはね、ぼくのほうにも海上保安部から万一の場合の協力依頼がありましてね。いま、作業船の装備に大童《おおわらわ》なんです」

「じゃ、ゴジラがもうこの辺まで……？」

「は、は、は、まさかね。しかし、いつ近海で船が遭難するか予測出来ませんから、万一に備えているだけですよ」

「たいへんね」

「どうしました？　なんだかお顔の色が？」

「ううん、なんでもないの。けさ、ちょっとおとうさまと議論したの。疲れたのかも知れないわ」

「ほほう、恵美子さんでもやり合うことがあるのですかね？　もっともお父さんは、なかなかの頑固屋ですからね」

「ねえ、尾形さん……」

「なんです、そんな暗い顔をして？」

「あたし、なんだか、いやな予感がしてならないの……何か近いうちに、とんでもない事態が起りそうで。あなた、まさか、また大戸島へ行らっしゃるんじゃない？」

「飛んでもない。もう一度でこりごりだ。いくら僕だって、怪物ゴジラを向うにまわしちゃ敵《かな》いっこありませんからね。東京湾水難救済会長尾形秀人、怪物ゴジラの餌食となる——じゃ、君が泣く」

「また、あたしへの気休めに嘘おっしゃる！」

恵美子軽く尾形をたしなめて、

「若《も》しもよ、若しも行くんだったら、あたし決しておとめしない。そのかわり、黙って行かないで……あたしも連れていって」

「むろんだ。しかし、怖いぞゴジラは……おぼえているだろう、こうやって！」

ゴジラの顔付きをまねてみせる。

「まあ、こわいッ」

冗談にまぎらして、二人抱きつく。

「……あたし、ちょっとお父さんの用で芹沢大人《たいじん》のとこへ寄って帰るわ……」

「ああ、あの独眼流……このところゴジラ騒動でしばらく会わんが、よろしく伝えてくれたまえ」

「うん。じゃ、さよならっ、お元気で」

「さよなら」

芹沢大助の家。

元北京大学教授、薬物化学者で山根恭平とは親交が深い。嘗《かつ》て、大学の休暇を利用して熱河省へ山根が化石採掘に行ったとき、助手として同伴。狼におそわれた危い間際を山根恭平に救われたので山根を命の恩人と思っている。その際、片眼を失い、顔半面ひどい傷のヒッツリで醜い。妻は数年前病死、ひそかに恵美子を慕っているがあきらめている。恵美子もそれはうすうす知っている。

小間使いの応対があって、恵美子応接室にとおされる。

何か実験をしていたらしく、手をふきながら研究室から出て来る。

巨軀だが、風采はあがらず、醜怪な顔。

「やあ、お待たせしました。ひどく御無沙汰してしまいまして……」

「おとうさま、大ふんがいよ」

「さもあらん……ここのところ研究に、忙しくて」

「そのことよ——あたし、きょうは、ちょっと怖い役。探偵にきたの」

いろいろと聞き出しに苦心するが、仲々言わない。

「あたしが、こんなにお願いしても駄目？　いいわ、もうあたし、おじさまのところへ遊びにきてあげないから」

芹沢、恵美子の失望に耐えかねて、

「そんなに知りたいなら教えてあげよう。あなたには少し刺戟が強すぎるから、ほんとうはお見せしたくないんだが……」

先に立って、芹沢、恵美子を研究室へ導く。

二人、その中へ姿をけす。

芹沢、うしろ手にドアをしめる。

山根博士、共同通信社へ姿をあらわし、怪物ゴジラに関する重大発表をしたい旨申出る。

ラジオ、テレビ関係、新聞関係、立合として地質学者、動物学者方面へも連絡がとぶ。

恵美子、芹沢に扶《たす》けられるようにして、実験室から出てくる。まっさおな顔、ひたいにこまかい汗の粒が浮いている。

黙って辞し去ろうとする恵美子に追いすがって、

芹沢「どうぞ、呉々《くれぐれ》も、私の研究については、他言なさらぬよう」

恵美子、硬ばった表情のまま、うなずいて去る。

芹沢、実験室にもどる。

さまざまな、化学実験器具にうもれた可成《かな》り広い部屋。

大テーブルの上にテレビ据えられてある。

廻転椅子に腰をうずめ、物思いにしずむ。

その物思いを振りすてようとするもののように、はげしく頭を振って、テレビのスイッチを入れる。

室内楽の演奏――

とつぜん、チャイムが鳴り、映像斜めに走ってアナウンサー姿あらわす。

「臨時ニュースを申しあげます。只今から、わが国古生物学の権威山根恭平博士の重大発表がございます……山根博士どうぞ」

山根博士あらわれる。

（先程の娘恵美子との会話の要点をくりかえし〈或は、娘恵美子との場合、あの会話を或る程度ぼやかしておき〉、次の要旨を之《これ》につけ加える）

「（おもむろに）私が、実見者の談話、写真等から考えられますことは、ゴジラは、侏《じゅ》羅《ら》紀《き》から、次の時代白亜紀にかけて、極めて稀《ま》れに生息していた、海棲爬虫類から、陸生獣類に進化しようとする過程にあった中間型の生物であったと見て差支えありますまい。

そのことは、従来一度も同類が化石として発見されなかったこと、その容姿が極めて獣形をなしていることで証明されているように考えられます。

もうひとつ、あの奇怪な白熱光を全身から発することについては、私にも何ともその原因について断定を下すわけにはまいりませんが、之は、恐らく、水爆の影響下に、後天的に放射性因子を帯びたものであると見ることが出来ましょう。そして恐らく、ゴジラの呼気《こき》にも、　船を燃えあがらせることの出来る程度の放射線を含んでおるものとみられます。

尚最後に、あの驚嘆すべき鋼鉄じみた鱗は、その大きさに比例して二メートルはたっぷりあり、しかもそれに未知の因子が働きかけている以上、おそらくあらゆる火器の攻撃に堪えるのではないかと想像されます……」

芹沢、いらいらと、最後まで聞かずに、スイッチを切ってしまう。

この発表を境として、怪物ゴジラに対する都民の関心が高まり、一方、被害がぞくぞくとあらわれはじめる。

酒場で、
女「いやあねえ、ほんとうかしら？　原子マグロだ、放射能雨だ、そのうえこんどは、怪物ゴジラときたわ。もし東京湾へもあがりこんできたらどうなるの？」

客「まずまっさきに君なんか、一口でパクリだな。冗談は抜きにして、そろそろ、疎開先でも探すとするか」

女「あら、もうお帰り？……チップもおかずに帰っちゃったわ」

井戸端で、
女A「なにしろ、それがさ、丸ビルくらいもあるって図体だからたまったものじゃないねエ。いつだったか、動物園から豹が一匹逃げ出したときもあの騒ぎでしょ。

あたしゃ、ゆうべっからおちおち眠れやしないよ」

女B「まだ、こっちへやってくるともいわないうちから、そう気にやむことはないよ。でもねエ、なんとかいまのうちに退治出来ないものかしら？」

街路で、
子供たち肩をくみながら、

「ゴジラごっこするもの、やっといで」

丸太で檻《おり》をつくっている香具師《やし》、それを手伝っている相棒。

「親方、ゴジラを捕まえて一旗あげようってえ算段はいいが、こんな小《ち》っこい檻でまにあいますかい？」

「なあに、おっかねえものはデカクみえるもんさ、まさか象ほどはあるめえによ」

一方、ゴジラ、盛んに暴れながら、次第に小笠原、大島と、近海に近づいてくる。が、どこへも上陸はしない。

被害の一——油槽船《タンカー》が襲われ、火災を起して沈没。

被害の二——気象観測作業中のヘリコプター、尾の一撃で粉砕される。

被害の三——アフリカ航路の貨物船襲われて、輸送中の猛獣の檻を海中に引込まれ、ゴジラに破られて食われる。

本土に近づいてくる気配は認めているが、まだ、当局は、本腰の警戒態勢を取ろうとはしない。

品川沖二浬の海上で、それらしい首をみかけたという情報がはいる。目撃者は、プランクトンの放射能調査に出ていた衛生試験所技師だった。

ほんの一瞬、しかも霧の中で見たので、たしかなことはわからない。新吉と会って話してみると、断じてゴジラであることに誤りはない、という。

「とうとう奴は、ここへ上陸するつもりだな？」

海岸沿いの住民達は、はじめて慄然となり、技師を代表に立て、尾形秀人を伴って警視総監に、警戒出動を陳情する。

「こちらでも万一を慮って、すでに海上保安部とも緊密に連絡をとって警戒に当らせておる。なにしろ御承知のように、フリゲートは大戸島へ大半派遣してしまってある。だからこれ以上、沿岸警備にまでは、とても手がまわりかねておる。いや、しかし勿論、いざとなったら……」

「いざとなってからでは、すでに終りです。大戸島がそのよい例です」

尾形秀人の思いつめた要請にも総監は大して気のりのしない様子である。

せめてそれでは、自衛のための武器を貸してくれと頼むが、それもことわられる。

不満をふくんで陳情団が引揚げていったあとで、総監、小馬鹿にしたような薄笑いをうかべる。

「怪物ゴジラね。ふ、ふ、ゴジラ！」

その夜、ついに怪物ゴジラは、東京湾の一角に上陸した！

灯台のサーチライトが目標となり、灯台員が、ただならぬ波立ちに不審を抱いて光を向けたのが、ゴジラの怒りを買ったのだった。

ゴジラは、上陸するや一目散に灯台めがけて進み、後脚と尾とで立上って、灯台をへし折る。

その地響に、附近の住民夢をやぶられ、恐怖の叫びをあげて、逃げまどう。

尾形秀人もハネ起きて飛び出す。

いきり立ったゴジラは、立並んだ倉庫を片っぱしからぶちこわし、尾形の正面から向ってくる。

さすがの尾形もたじたじとなって逃げこむが、前肢の一撃で事務所ぶっつぶれる。

命からがら逃げ、桟橋に追いつめられて海中に飛び込み、杙《くい》にしがみついて息をころす。

被害家屋の一つから、火の手があがり、消防自動車かけつける。

ゴジラ、そのほうをひと睨みして、ゆうゆうと海上をおよいで立去る。

翌朝部下の報告に、警視総監はじめて青くなる。武装警官を動員して附近一帯に配置するが、まだ、治安維持といった程度。

尾形の安否をきづかってかけつけた恵美子。

尾形の無事な姿をみて抱きついて泣く。

尾形、作業船のひとつに、出動を命じて自分も乗り込もうとするのを、恵美子、必死にとめる。

「心配することはない。ゴジラがどのへんに今かくれているか探ってみるだけだ」

「あたしも乗る！」

海上を捜索、みんな決死の色——海岸では、成果を気づかう人々の山。

ガイガー・カウンターを操作する尾形、のぞきこむ乗員——二浬以内には、カウンターに反応なし。一同ほっとして引揚げる。

今迄の経験で、ゴジラは、めったに昼間は上陸しない。住民は、夕方早く雨戸をしめ、商売を休みひっそりとかくれている。

次の夜、ゴジラは灯台船（灯船）をくつがえし、再び上陸した。

国道をまっしぐらに跳躍驀進し、品川駅の陸橋の上で休息。

ノートルダム寺院の怪物《モンスター》きどりで、あたりを睥睨《へいげい》し廻す。

それまでに、ゴジラに踏みつけられたレールが飴のように曲り、さしかかった列車が脱線てんぷく、牛車におそいかかって、牛を一匹くってしまう。ビル・民家等、被害甚大。

ジープでかけつけた保安隊員が、一斉射撃を浴びせかけるが、まるで雨脚のように弾をはじきかえしてしまう。火炎噴射器を使うが、炎を逆にふきかえされてしまう。

(この間に、例の二人組香具師《やし》が、大八車に檻《おり》をつんでかけつけるが、びっくりして腰を抜かす滑稽や、適度のユーモアを取り入れる)

機関銃別動隊、ヘリコプターで、ゴジラの頭上にせまるが、首をもたげたゴジラ、火炎を吐いて、焼き落す。

警視総監会議室。

いかにして怪物ゴジラを滅すかの相談、中々まとまらない。最後に、海岸一帯に有刺鉄条網を張り、それに強力な電気を通じて感電死させることに相談がまとまり、発電所に連絡、打合わせを済ます。

《臨時国会がひらかれて、緊急追加予算が可決される、では少し大ゲサか》

ゴジラは、いつ気まぐれに上陸するかわからぬ。工事は急がなければならぬ。しかし労働者がおびえていて進捗《しんちょく》しない。ニコヨンを募集しても応ずる者なし。やっと各大学からの学徒有志の応援を得て、工事はだんだんと進む。

山根恭平博士、その状況をみて、恵美子に訊ねる。

「電流を通じて、ゴジラを殺す?」

なぜか博士のおもてに、異様な表情がうかぶ。

それからの博士の態度は、どうしてか憂れわしげに落着かない。

「おとうさま、どうかなさって？　この頃とってもへんよ」

「いや、なんでもない。わしだって、こう世間が騒がしくては落着かんさ」

言葉をにごす。恵美子、それとなく父博士の様子に注意を向けつづけているが、父の憂愁の原因が何であるか、さっぱり見当もつかない。

思いあまって、尾形に相談する。

尾形「そのうち、ぼくがよく話し合ってみましょう。あんまり心配しないほうがいいですよ」

慰められて、恵美子もいくらか気が軽くなる。

さいわいにして、ここ両日ゴジラはあらわれない。夜を日についでの決死的鉄条網工事は完成した。

高さ四十メートル、幅二哩《マイル》——もうどこからゴジラに上陸されても、その巨大な図体のどの端がふれても、スイッチ一つで、煙をあげて丸焼けになる。

発電所技師はスイッチの前にガン張り、合図の爆竹ひとつで何万ボルトの電流を通じる準備完了。

新聞記者、放送マイク陣、ニュース・キャメラマン、皆、必死の布陣。万一を考慮して、M・Pの応援ジープ隊も出動。

いままさに、世紀の怪物対人間の決戦が展開されようとする。この少し前、尾形秀人、山根博士を訪ねる。博士、頑として心中の秘密をうちあけない。しまいには怒って、君と娘との婚約を解消する、とまで言う。

秀人、あきらめて辞し去る。

「どうでして？」

事務所で、山根の帰りを待っていた恵美子の肩をたたいて、

「ノー・コメントだ！」

さびしく笑う。

と、そこへ、あわただしく所員のひとり駆けこむ。

「ゴジラ襲来ですッ」

薄暮。

ゴジラ、波を蹴立てて洋上を驀進してくる。

海鳥逃げまどう。

一方、山根恭平博士は、黒マントに身を包み、発電所に向ってタクシーを走らせている。

「おい運転手、誰も通っとりはせん。スピードを出せっ」

博士の面《おもて》は、すでに発狂人の相《そう》を見せている。

博士のひとりごと。

「ゴジラを殺す……？　とんでもないことだ！　あの貴重な生きた化石、侏羅の王者を電気椅子にかける。愚かな人間ども！　あれは、この地球上にただひとつ生き残った最後の一匹だ。かけがえのない研究資料だ。わしは殺させんぞ。わしは、どんな手段に出ても、ゴジラを殺させはせんぞ」

恵美子は、何となく父博士のことが気がかりになり、家へとってかえそうとする途中、血相変えた父の乗っている自動車にすれちがう。

「あっ、おとうさんッ！」

博士は気がつかない。

恵美子、路傍にとまっているタクシーに、

「お願い、早く、あの車を追いかけてッ」

運転手、恵美子が美人なので、二つ返事でぶっとばす。

博士の車、発電所からやや離れたところでとまり、博士発電所の裏手非常階段をのぼってゆく。

恵美子の車、途中で白バイにつかまる。

しかし、発電所に向って歩いてゆく父博士の姿をはるかに認め、咄嗟の機智で、そこにいる父が急病だと言いつくろって見のがしてもらう。

「おとうさんッ、いったい何をする気？　待って！」

非常階段の下から叫びかける恵美子の声も耳に入らない。

ハッハッと喘ぎながら、悪鬼のごとく登ってゆく父博士の姿。

機械室の中に消える。

恵美子、夢中で追う。

ゴジラ益々《ますます》近づく。

極度の緊張で万人沈黙。

いまやおそしと、合図の爆竹係り呼吸をつめ、望遠鏡でゴジラの接近を見張っている尾形秀人の左手の合図を待ちかまえている。

博士、スイッチ係りのうしろに忍び寄り、まず助手を、かくしていた鉄棒でボイーン。

おもわず振り向いた技師にもう一撃。つづいてスイッチをたたきこわそうと鉄棒を振りあげる腕に、恵美子おどり込んでしがみつく。

「待ってッ、ど、どうしてこんなことをッ」

「離せッ、わ、わしは、ゴジラを殺したくない。あれはかけがえのない貴重な研究資料だ」

「気でも狂ったの？　あれは、殺人魔よ。いままでに、何百人の人が殺されたか！　考えてッ、よく考えてッ」

ゴジラついに上陸。

いつもと様子がちがうので不思議そうに鉄条網に手をかけてしらべはじめる。

尾形の左手があがる。

ドー、ドーン、爆竹がはじける。

「かんにんしてッ、おとうさん」

恵美子、力のかぎり父博士をつきとばし、スイッチを入れる。ゴジラ、へいちゃら、火花の散る鉄線をバリバリかみ切ってのし入る。

人々、わーッと逃げ出す。

逃げおくれたジープを三四台手玉にとり、機関銃掃射を浴びながらゴジラ、アフリカ象さながらの耳をパタパタあおって威嚇の叫びを残し、またもや海上に去る。

東京都を散々荒し廻る。

父博士、倒れたときの傷で、頭にほうたいをして寝ている。

恵美子、看護。

博士、うわごと。

「よかった、ゴジラがたすかった！　あの何万ボルトの電力にさえうち勝つ生命の秘

恵美子、唇をかんで、

密を、わしはきっと解いて見せるぞ」

「おとうさまを責めはしませんわ。立派よ。おとうさまらしい信念……でも……でも……」

恵美子、父博士の胸にうつ伏して泣く。

人間の完全な敗北であった。

もはや、どのような武器をもってしても、怪物ゴジラを斃《たお》す成算は立たなくなった。万物の霊長を誇りながら、いま人類は、ただ一匹の侏羅の遺物のなすがままに、翻弄され、手をこまねいて傍見するのみである。

戒厳令がしかれ、一般都民に待避命令が発せられた。

山根博士は新聞社の好意で飛行機で信州に運ばれ、恵美子は救恤《きゅうじゅつ》班という名目で、友人の花島しづ子と共にサルベージ事務所にのこることをゆるされた。

予想以上の混乱が、全都をでんぐり返らせた。

怒号、発狂、流血——それもやっと静まって、全都が死の街と化し去ったあとに、ただひとり、門前をうごかず化石したようにたたずんでいる男があった。

化学者、芹沢大助だった。

ラジオ、テレビは頑張って、避難民の状況、帝都防衛の情況を、間断なく報道しつづけている。

不安の三日が過ぎる。

急造のシート張りバラックのサルベージ事務所を沿岸警備本部にあて、警視総監をはじめ幹部、集って協議――尾形秀人、恵美子も同席。

「待避後すでに五日――このまま無期限に手をこまねいているわけにはいかぬ。私としては責任上一日も早く戒厳令を解除しなければならぬ。諸君のお智恵を拝借したい」

総監の悲痛な発言に、一同、しかし何とも答えられない。

――殺せぬまでも、どこか遠方へ追いやってしまう工夫《くふう》はなかろうか。

――こうなった以上、水爆実験国に要請して、水爆を使用させてもらっては。

――何か強力な毒物を海中に流し込んで見ては。

等々珍説出る。が、どれも真面目には取りあげられない。

恵美子、胸の中で何事かを思案しつづけていたが、ついに決心を固め、めくばせして尾形をテントの外に連れ出す。

「あたし、この際、よろこんで裏切者になる決心を固めました！」

「何を言いだすんだ？　恵美子さん」

「あたし、芹沢さんと、これだけは絶対に口外しないと約束し合ったことがあるんです。その約束を破ります」

「芹沢と約束？」

「話すわ、もっとテントを離れてッ」

恵美子、岸壁に尾形を連れ出し、あの日のことを話す。

伏せてあった芹沢の実験室内の謎が、場面となって展開する。さまざまな実験道具が部屋に奇怪な容相を与えている。はじめて見るので恵美子キョトキョト見まわす。

大きな水槽に、金魚がたくさん飼ってある。

「まあ、きれい！」

「これから、私のやる実験を、さだめし残酷だとお思いでしょうが、どうぞゆるして
下さい」

内側からドアに鍵をかけ、厚いカーテンを引き、ある程度暗くする。

ケースの奥から、大事そうに、ごく小さな軽金属製のカプセルのようなものを取
出し、金魚の水槽に投入する。

恵美子、じいっと見つめている。

しばらくたつと、カプセルが自動的に二つに裂け、中の薬品が飛び出す。みるみ
る水槽中の水が泡立ち沸騰するとみるや金魚の群は苦悶にのたうちまわる。

一瞬にして、金魚の群は骨だけとなるとみえるや、忽然とかき消えてしまう。

「ま！」

「びっくりなさったでしょうね？　恵美子さん」

「いったい、これは……？」

「水中の酸素を一瞬に破壊しつくし、生物を窒息死させ、そのあとで液化してしまう恐ろしい化学薬品――オキシジェン・デストロイヤー（酸素破壊剤）です。ごらんになりましたね？　それを塡《つ》めた容器は、水圧の作用で自動的に割れる仕掛けになっています」

ふたたび部屋を明るくする。恵美子青ざめて、額にうっすらと汗をうかべている。

芝沢、自分で昂奮し出し、研究室をぐるぐる歩きながら、

「私はやっと完成した。これの砲丸投げの球大《たまだい》のもの一個あれば、ゆうに東京湾一円の海中を一瞬にして死の墓にしてしまえるんだ。いまの段階では、まだ水中の酸素の破壊にとどまっているが、もう一歩、こんどは必ず空中の酸素破壊を完成してみせる！」

「悪魔！」

恵美子、いきなり芹沢の頬に平手打ちをくわせる。

「恐ろしい悪魔！　どうしてそんな、恐ろしい研究を！　水爆どころのさわぎじゃな

いわ。もしそれが、恐るべき目的に使用されたとしたら……」

「心配しないで下さい。私はただ、厳粛な化学者として、その能力の限界をためして見ているに過ぎません。私の死とともに、私の研究も消滅させてしまう決心です」

「それだったら、あたしにそれが誓えますか？」

「誓いますとも！」

「堪忍して芹沢さん。あなたを殴ったりして……わかりましたわ。どなたにも、おとうさまにさえ、このことは絶対に申しません」

帰りかける。ふと、部屋隅のぎょうぎょうしい鋼鉄箱をみとめて、何気なく、ふたをあけようとする。

「アッ、開けてはいけないッ」

とびかかって、芹沢らんぼうに恵美子をつきのける。

「これも秘密？」

「そうです……いや、有毒な薬品が入っているだけですが……」

「化学者の部屋ってこわいのね！」

「だから、たしかに芹沢さんは、その鋼鉄箱に、実験用ではない本ものの酸素《オキシジエン》・破壊剤《デストロイヤー》を完成して持っているにちがいないわ。それさえ使えば、問題は一気に解決よ！」

「よし、ぼくが行ってかけ合ってくる」

　尾形秀人、かけつける。

　芹沢、門口に深いおもいに沈んで立っている。

「おう、芹沢、がんばっているな」

「どうした？　尾形」

「頼みがある。むろんきいてくれるだろうな」

「頼み？　このわしに、いったいどんな頼みだ」

「君の発明したというオキシジェン・デストロイヤーを使わせてくれ」

　芹沢ギョッとなるが、笑い出す。

「は、は、は、オキシジェン・デストロイヤーとは、いったい何のことだ？　そんなものの夢でも見たのか」

「とぼけるな。怪物ゴジラをやっつけるには、もうそれ以外に手はない。帝都、いや全人類の幸、不幸が、君の胸三寸で定まるんだ」

「断わったら？」

「きさまの息の根をとめてでも、奪いとるばかりだ」

「断わる！」

「ぼくが頭を下げて頼んでも？」

「いやだ」

　追ってきて、二人の会話をきいていた恵美子が、飛びついて、

「あたしがお願いしても？」

　芹沢、一瞬心の動揺を感じるが、冷然と、

「だめだ！」

　くるりと背を向け、研究室にかけこむ。

「おい、待て芹沢ッ」

　二人、追う。

　芹沢、ドアに鍵をかけ、鋼鉄箱からオキシジェン・デストロイヤー球《きゅう》を取り出し、斧でたたきこわそうとする。

　二人、必死にドアを破ろうとする。尾形、ついに体当りでメリメリッとドアを破る。

　いままさに斧が振りおろされんとする危い一瞬、尾形とびかかる。

　凄壮な格闘。

　ついに力つきて、尾形血をふいてぶったおれる。芹沢、かけよって、抱きおこし、泣きながら、

「尾形、ゆるしてくれっ。お、おれは、あれだけは使いたくない。使うつもりだった

ら、誰よりも先に、このおれが持って出たはずだ。あれは、悪魔の玩具《おもちゃ》だ。水爆以上の恐怖の武器だ。わかるか？　尾形！」

尾形、息づきはげしく、

「わからん！　それこそ貴様の独善だ」

「独善……（やや自嘲的に）そうだ、そう云われてもわしには一言もない。だが、これが、おれの、いまの世界情勢への精一杯の抗議なんだ。悲しい抵抗なんだ。尾形、考えてくれ、おれだって、化学者のはしくれだ。おれの発明が、人類の不幸を救えると知ったら、よろこんでその発明を投げだす。だが、世界は、為政者は、恐るべき牙を口中にかくした化け物（軍国主義者）は、それにとびついて逆に人類を破滅の淵に追いこむだけだ。

水爆の未来は、すでに今はじまっている！

どうしてそれ以上、悪魔の玩具をプラスするに忍びる？」

「云いたいことはそれでおしまいかッ……どうしてもきさまは、こんな人類が破滅の淵に追いつめられた、たった今のどたんばを目にしても、きさまはその独善の塔にとじこもって純粋化学者でございと済ましている気かっ」

「自業自得だ。われわれ化学者が、安心して、人類平和のために献身出来る世界がくるまでは、おれは求めて、冷血漢になりきる」

「芹沢！」

　苦しさをこらえ、尾形起きあがり、芹沢のまえにつく。

「尾形秀人、このとおりだ！　芹沢、この危難を救いうるものは、きさまひとりしかいないのだ、頼む！」

　見兼ねて、恵美子、代って芹沢に説く。

　芹沢、唇を噛んで返事しない。

「そうだ！」

　恵美子、テレビのスイッチを入れる。

　青梅街道を下ってゆく避難都民の行列。

　車もなく、虚脱したような表情で黙々と、機械的に歩みを運ぶ、果てもない長い行列。

　乳呑児を負い、背にあまる荷物をしょった幼児の手をひいてゆく母親。
○いつになったら、ほんとうの平和がくるのかしら？　と連れと語りながら歩く、戦争未亡人。
○村落に於ける小学生達の祈り。
○平和祈願の鐘を撞きつづける僧。
　制服の処女たちの、思いつめた美しさにみちた平和祈願の合唱隊の合唱《コーラス》が、ふくらみあがるように、波のうねりにも似て盛りあがってくる。
〜平和《やすらぎ》よ　太陽《ひかり》よ
とくかえれかし
いのちこめて
いのるわれらの
このひとふしの
あわれにめでて
その感動に、芹沢、かなしばりに会ったように凝立《ぎょうりつ》してうごかない。
恵美子、尾形、よりそい、手をにぎりあったまま、芹沢の表情を息をつめて見守る。
合唱、最高潮に達する。涙が両頬を伝う。
芹沢、苦悩に身もだえ、髪をかきむしって、しぼり出すように叫ぶ。
「使うべきか、使わざるべきか！」
暮色せまる東京湾上。
サルベージ作業船『かもめ号』、決死の出動。
尾形、芹沢、恵美子、新吉、乗っている。
海上警備フリゲート、武装して左右前後を援護。

沖へ出る。
尾形、ガイガー・カウンターと、レーダーを操作しながら、舵手に指図しながら
しばらく捜査。
針、ぶきみに振動し、ガイガー、けたたましく鳴る。
ゴジラ、海底で長々と眠っている。
尾形「いるぞッ、この海底にひそんでいる」
芹沢「水深は?」
尾形「二百フィートだ」
芹沢「だめだ。浅すぎる」
尾形「どうして?」
芹沢「球が爆発して、たとえ海中の酸素が一瞬に破壊されても、苦しまぎれに海面
に浮びあがられたら何にもならん。奴を海中で窒息させてしまうには、たっぷり五
百フィートは絶対に必要だ」
一同、絶望的に顔を見合せる。
尾形「おれが、水深五百フィートの海底へ、奴をおびき寄せてやる。潜水服を早く」
芹沢「待て、その役はおれがやる。君には、たとえゴジラをおびき寄せられたにし
ろ、オキシジェン・デストロイヤーの操作は出来ん。うまく呼吸が合わなかったら、

奴、海上に出てしまうぞ……おい、尾形、おれに潜水服を着せろ」

尾形「君には無理だ。五百フィートと云えば、経験のあるぼくでさえ……」

芹沢「なあに、経験があろうとなかろうと、どっちみち、たいした時間じゃないからな」

尾形、敏感に、芹沢の死の覚悟をみてとる。

尾形「おい、芹沢。きみはまさか……?」

芹沢、答えず、眼を見合う。ちぎれんばかり握手。ちらっと恵美子に最後の一瞥をあたえ、船員に潜水服を着せてもらう。その間に、作業船、水深を計りながら徐行。二百、三百、四百、五百……の合図でとまる（そう遠く離れずに）。

芹沢、強力な水中用カンテラを持ち、腰に金属製の、オキシジェン・デストロイヤー球の入った筒をくくりつける。

クレーン廻転。

手押しの酸素ポンプ開始。

芹沢の姿海面から消える。

海底へ降りてゆく芹沢の姿。

底へ達する。

場面を切りかえ、ゴジラまだ眠っている。

芹沢、カンテラのボタンを押す。

光、照射、振りまわす。

ゴジラに、光とどき、眼をさまし、うごめく。

やがて、起き上り、その光のほうにおよぎ出す。

芹沢の近くに泳ぎ寄るゴジラ。

船上、一同呼吸をつめて、海面とレーダーを凝視。

とつぜん、恵美子上衣をぬぎ捨て、手押しポンプにかけより、その一人と代る。

「あたしにやらせてッ」

新吉「おれもやる！」

ゴジラ、光に昂奮し、おそいかかろうと芹沢のまわりを旋回。

船上、恵美子、汗をかき流し、髪をみだして懸命に手押ポンプの一方を操作、もう一方を新吉。

芹沢、ついに、筒から、オキシジェン・デストロイヤー球を取出し、海上の砂上にすえつける。

と、すぐさま鋏をとりだして、送空ロープを自ら切断する。

ポンプ、シューシュー音を立てて空廻《からまわ》り。

恵美子、愕然となり、失神しかけるのを、尾形抱きとめる。

悲痛に、

「はじめからわかっていたんだ！（泡立つ海面に向って）芹沢！　安らかに眠れよ」

ゴジラ、一瞬にカンテラを前肢で砂にめりこませ、芹沢をほうる。

デストロイヤー球、次第に口をひらく。

とたんに、すさまじい泡立ち。ゴジラ、のたうちまわる。

海面に首を出そうと上昇。しかし苦悶にたえかね、また沈む。みもだえながらまた上昇。あらんかぎりの力で、海面にはねあがる。
ザ、ザーッ、水柱をたてて、ゴジラ海面に姿をあらわす。
あおりをくって作業船、水沫をかぶり、木の葉のようにゆれる。

怒り心頭に発したゴジラ、耳をパタツかせ、光を放つが、すでに弱りがきていて、たいして強い光が出ない。

恨みをこめて『かもめ号』に首をねじ向け、口をガッとかっぴろげる。

火炎を吐くが、それも弱い。

「キャーッ」

絶叫する恵美子と、抱きかばう尾形。

さしものゴジラ、ますます弱まり、光うすらぐ。

すでに下半身はいうことをきかない。

ついに力尽きて、渦をのこして沈没。

ゴジラ、海中で断末魔の苦もん。

船上、一同生色をとりもどす。

みるみる海面さわぎたち、ゴジラ巨大な骨格となって浮び上る。

が、それも一瞬、かき消すように溶け去る。

歓声、船団からあがり、恵美子感きわまって、尾形の胸に泣きすがる。

月登り、海面は何ごともなかったようにさざなみ立っている。

喜々として、甲州街道、青梅街道をかえってくる避難都民……。

その中に山根恭平博士の、おもやつれした姿も見られる。

と、臨時ニュースが、ひびきわたる。

『ワシントン発特電、ストローズ原子力委員長とウィルソン国防長官は、連名にて、太平洋上で行うべき水爆実験は、すべて完了した旨の発表を正式に公表いたしました』

新聞社のヘリコプターに搭乗した尾形と恵美子、機上から芹沢大助をとぶらう花束を投げおとす。

〽平和《やすらぎ》よ　太陽《ひかり》よ
とくかえれかし

いのちこめて
いのるわれらの
このひとふしの
あわれにめでて
合唱のこえ、ハミングを混えてふくらみあがる。
薔薇の花、無心に波にゆられ漂う。

（ざ・えんど）

第Ⅱ部　獣人雪男

獣人雪男

まえがき

『雪男』の身長は三・五メートル（十一尺強）、体重二〇〇キロ（五十貫強）。頑強な体軀に比較して、頭部はやや小さ目。側面から見た場合、口吻《こうふん》は幾分突出しているが、もちろん他のいかなる高等猿猴類《えんこうるい》よりも人間に近い。

額面を除く全身、長目の剛毛におおわれ、特に臂《ひじ》から手首にかけて、ふさふさとして美しさがないでもない。毛色は、夏季岩肌に似せた濃灰色を呈するが、冬季が近づくにつれ薄れ、山野が雪に覆われる頃には全く白色と化する。

額面の皮膚は、半硬化症（セミ・ケラトーゼ）をあらわして、いわゆる鮫肌を呈し、ってている。

上部眼窩《がんか》（眉毛の生えている骨）は突出し、額せまく、乱れた前髪が常に垂れかぶさっている。

鼻梁は低いが、がっちりと坐り、鼻孔は前面に向って醜怪。唇厚く、犬歯は強大に発育して牙状を呈し、その先端は常に口外に露出して見える。

眼は、瞳孔に特徴があり、猫族のそれほどではないが、昼間はせばまって鋭く、夜間はひらいて、よく暗夜に物を見得る。

跳躍力つよく、従って腿、腰は強大。腕は比較的長く、直立歩行を常とするも、やや前かがみを常態とする。

臂力《ひりよく》と握力を何よりの武器として身を守り、ひとゆすりよく巨木を倒し、生きながらの熊の咽喉をしめあげて捩《ね》じ切る。

尾を全く欠き、高度の（他の猿猴類に比較して）額面筋肉の発達を見せている点で、この生物を〝半人半獣〟とみなして差支えあるまい。

この半人半獣は、日本アルプス山系中のM岳の奥に、一匹のまだ幼い子と二匹だけで住んでいる。

その場所は、深いえぐり取ったような断崖の底にある、まだ誰にも発見されていない大鍾乳洞である。

そのような大鍾乳洞が、M岳の奥地に存在していることが、そして又、そのような半人半獣がそこに定住し、繁殖し、生活していることが、どうして永の年月、熱心な登山家や探検隊の眼に触れずに済んできたか――

それは、後にストーリーの中で物語られることであろう。

だが、その大鍾乳洞からほど遠くない谷間に、世捨人のような生活を営んでいる貧しい猟師部落では、その断崖の底から、おびただしいコウモリが飛び立つことから、鍾乳洞の存在を予知していた。

部落の人々は、そこから、冬のひどい季節になると、まっ白な巨大な、人間とも獣ともつかぬ動物があらわれ出て、食物を求めて峰伝いに彷徨《さまよ》い歩く姿を見た――というよりは、見たような気がしていた。

その部落の人々は、そのことを口外しないことによって、その半人半獣が部落に害を与えないのだと、固く信じるようになり、それともうひとつ、或る重大な理由から他言を固いタブーとして、先祖代々守ってきていたのだった。

吹雪の何日も続く夜、とぼしい粗朶《そだ》の炉をかこんで、彼らは、ささやくようにその半人半獣のうわさをした。

われわれも、彼らが、祖先からそのようにして言い伝えられ語り合わされた伝説じみた名によって、その半人半獣を『雪男』と呼ぶことにしよう。

『雪男』は言葉を持たない。しかし可成《かな》りの額面筋肉の作用で、喜怒哀楽の情はうかがい知られる。

くぐもるような、つぶやきを洩らすことはある。そしてその叫びは、怒った時は叫びというよりは咆哮に近く、それは谷々にエコーをかえして、さながら遠雷のとどろきをおもわせた。だが、たいていの場合は弱々しく、長く、ひきのばすような哀愁に満ちた遠吠えであった。

おそらくそれは、最近配偶者を失ったさびしさからくるひびきであったろうし、それを聞く者の肺腑をせつなくみだす調子は『雪男』自身知ってか知らずか、現存の子を最後として、彼らの『種』を、この地球上から断たねばならぬ〝滅び行く民族の悲哀〟がそうさせるのであろうか？

それは、『雪男』にとって、どうにもならぬ恐ろしい宿命であった。

本能的に、そうした潜在的な悲哀が――悲哀というにはあまりにも無惨な――勃発するとき、『雪男』は耐えかねて、しばしば狂暴になった。そのようなとき『雪男』は、あの長い長い遠吠えを何時間もつづけたあと、手あたり次第、岩塊を投げつけ、峰に突っ立って、破れよとばかり己が胸を打ちつづけるのだった。さながら、無駄とは知りながら、どこかに生き残っているかも知れない同族の、種族を絶やさずに済むいとなみを与えてくれる相手を呼び求めようとあせるかのように！

『雪男』の正体は何であろうか？

いつ、どこから、どのようにして来たものであろうか？

日本アルプスの一角に於て、この新たな人種——人種とは言えないまでも、半人半獣の『雪男族』が、単独に発生したとは信じられない。

ダーウインの進化学説は、われわれにこう教える。

〝人類は遠い地質時代に、人・猿共同の祖先から分岐して進化したものである〟と。

そしてその証拠が、ジャワの化石人類、人と猿との中間型の生物——あの有名なピテカントロープス・エレクタス（直立猿人）によって実証された。

その頃のジャワは、アジア大陸と陸つづきであった。日本も背中をまるめた尺取虫のような恰好でアジア大陸に取っ付いていた。

ピテカントロープスの一族が、アジアの一角に移住し、さらにはるばる日本の土にわたって、その一分族が、寒冷の気候に適応するため、長毛種の『雪男族』に変化したと仮想することは無理だろうか？

それとも、古くから世界の屋根ヒマラヤの氷原にかくれ住んで、シェルパ達の伝説の中に生きてきた〝イエテイ〟と呼ばれるスノウ・マンが、実際に存在し、それが遠く、想像もつかない歳月を費してわれらが日本アルプスの未知の境に定住した、と言ったら狂気の沙汰と一笑に附されるだろうか？

われわれは知らない。ただ知らない、と正直に告白して、議論をたたかわすことはやめよう。

『雪男』は、仄かな叡智を持つ。しかしそれは、われら近代人の直接の祖先とみられるネアンデルタール人が、はじめて獲得した知慧をはるかに下廻ったものにすぎない。『雪男』は石器をつくることを知らない。火を用いることも知らない。ただ手に握り得られる枝をえらび、土塊よりも岩塊のほうが、よりよく敵を斃《たお》すに役立つことを知る程度である。

嘗《かつ》ては、その大鍾乳洞に——かれらの種族を保持し得るだけの数の『雪男族』が集団を作って生きていたことが、この物語の主人公によって確められたのだが——その集団を一挙に、わずか二体を残して滅ぼし去った原因は何であったろうか？

われわれに知れぬ気候の劇変が、この地方を襲ったためであろうか？

それとも、ついに一粒の野生胡桃《くるみ》も手に入らぬほどの饑餓が、彼らを死におとし入れたのであろうか？

それについても本物語の主人公は、恐るべき原因を、やがて明らかにしてくれることであろう。

この、親と子を最後として、地球上から『雪男族』が抹消されてしまわねばならぬ絶望の断崖に、もし子を持った父親が立たされたとしたなら、その父は、おそらくその目的のためには手段を選ばず、殺人、強奪、姦淫の限りをつくして狂いまわらずにはいなかったであろう。

『雪男』は、ついに狂った！　そして、その目的――それは智能に教えられたのではなく、本能に導かれてではあったが――かれらの民族の故郷である大鍾乳洞から、姿をあらわした。

この物語は、かくして始められる……

一

「道子さん……いま何時頃？」

返事がない。

壁付暖炉に、薪をくべ足しながら、飯島高志は、腰をねじって振り向いた。

「なんだ、いないのか」

壁の鳩時計を見上げる。もう七時をだいぶまわっていた。

「しようがないお転婆人形だな。しかし、こんな時間まで辷《すべ》っている熱意だけは賞めてつかわす」

ガールフレンド、武野道子の部屋靴に、おどけた二本指の敬礼を与えて、高志は、また一抱え薪を投げ込んだ。

休火山M岳のふもと——その山の名と同じ小駅に近い観光ホテルに、K大の法科に籍をおく山岳部員の一行が、もう半月近く滞在して、スキーの練習に余念がない。

コーチ役の飯島高志は、風邪気味を用心して、きょうは練習に加わらなかった。

「それにしても、すこし遅過ぎるぞ」

何か気がかりな様子で眉をひそめ、防寒用の厚い窓カーテンをひらく。

外は、ひどい吹雪だった。

「どうりで冷え込むとおもった……」

まさか、この吹雪の中を練習でもあるまい——そのまま、何も見えない外に、落着かぬ眼を向けているうち、高志の胸には、言い知れぬ不安が拡がりはじめた。

——何か事故でも……？——

いたたまらぬおもいに追いたてられて、急ぎ足で部屋を出ようとする出会頭に、ホテルのボーイが、軽いノックをひびかせてはいって来た。

銀盆に、コーヒーセット、カップは三組そろえてある。

「誰か、注文した？」

「はあ、武野さまが……すぐ、こちらへ戻られるそうで……熱いコーヒーの用意をして置くように仰言《おっしゃ》ってで」

「武野さん、なにしている？」

　自分でも判るほど、不機嫌な声だった。

「階下のホールで、お客さまがたと御一緒に踊っていらっしゃいます」

「のんきな娘だなあ。ぼくがこんなに心配しているのに……」

「何かごしんぱいごとでも……？」

「いいんだ、きみの知ったこっちゃない」

　銀盆をテーブルの上に置いて去ろうとするボーイを突きのけるようにして飛び出そうとする高志の耳に、武野道子の、はしゃいだ、ほがらかな笑い声がひびいてきた。

　道子が、高志の友人で、でぶっちょの中田久と腕を組んで、からみ合うように螺旋《らせん》階段をあがってくる。

「ほっほっほっ」

　高志の前まで来ても、なかなか笑いがとまらない。

「なにがおかしいんだっ」

　道子は、ふっと高志の剣幕に気押されたが、べつに気にもとめず、

「だって、久ちゃんたら、衆目環視の中でスッテンコロリンよ。もう御免、マンボのコーチは止めよ、ぜんぜん望みないもの」

「はっきりお見限りとは情ないね」

中田久は、ひとのよさそうな笑みをたたえて、頭をボリボリ掻いている。

「さあ、冷めないうちに、みんなで熱いコーヒーいただきましょうよ。あたしがサービスしてよ」

ポットからカップに注いで、高志にすすめながら、

「高志さん、どうしたの？　そんな不機嫌そうな顔をして……あたしのこと、なにか怒ってるの？」

「怒ることなんかないさ」

「嫌や、そんな——それとも何かあったの？」

「すこし呑気すぎやしないか、君たち」

「何のこと？」

「水沢と梶が、いまだに帰ってこないんだ。そろそろ八時になるっていうのに」

「あら、それを心配してるのね。だったら大丈夫よ。水沢さんも梶さんも、猛練習に夢中なの。今年のスキー大会には是が非でもトロフィーを獲得してみせるって……久ちゃんなんかとは、ダンチ、意気込みがちがう」

「それにしたって、こんなに晩《おそ》くまで」

「心配しなくてもよくってよ。きっと吹雪に閉じ込められて、今夜は、山のヒュッテ

泊り。ここへ来てから、もう二度も前例があるじゃないの」

「それならいいんだが、今夜は、なんだか胸騒ぎがして仕方がないんだ……何かあったに違いない――そんな不吉な予感がする」

「うっふ、高志さんらしくもない」

ものにこだわることを知らない道子は、あいかわらずほがらかである。

「……そんなに気にかかるなら、ヒュッテへ電話して見たら？」

「むろんかけてみたさ。不通なんだ。吹雪で架線が故障したらしい。夕方から工夫が修繕している」

「だったら待っていらっしゃいよ。むこうでもきっと、知らせようと思ってやきもきしているに違いないわ……さあ、ブリッジでもして遊ばない？」

道子が、トランプを切りはじめた時だった。隣室で、どこかへ電話をかける客の声が聞こえてきた。

「あら、直ったらしいわよ」

「そうか、ありがたい」

高志は、備え付の卓上電話にとびついた。

「山のヒュッテだ、早くっ」

すぐ通じて、呼出しのベルが断続する。だが、誰ひとり電話口に出る様子がない。

「もしもし、もしもし——おかしいなあ」

「どうなの？　通じないの？」

「いや、ベルはちゃんと鳴っている。しかし、誰も出ないんだ」

「変ね……あたしが代ってみるわ」

受話機を受け取り、道子は、懸命に呼び出そうと焦った。

「もしもし、もしもし……ヒェーッ」

いきなり受話機を投げ出し、道子は両手で耳を覆った。恐怖にひきつった、真っ青な顔に、こまかな汗の粒が浮いている。

「どうしたっ、道ちゃん」

「い、いきなりもの凄い獣の咆え声が……す、すぐそのあとで、電話が滅茶滅茶に叩きつぶされたらしいっ」

「う、うーん」そばで聞いていた中田久は、ぐりぐり眼を動かすばかりで何んにも言えない。

「やっぱり事件だ。何かあったに違いないっ。そうだ、ぼく、すぐ行ってみるっ」

「無理よ、高志さん。この吹雪に……それにあなた一人でなんて無茶だわ。一応ここのマネジャーに話したら？　山のヒュッテは、ここのホテルの経営だし……」

「よし、そうする」

高志が部屋からかけ出したあと、道子は手早く身仕度にかかった。

「なにしてるのよ、久ちゃん。あたしたちも行くのよ。早く仕度しなさい」

「ま、ま、まさかゴジラじゃ……」

気も転倒して、中田久は、コマネズミみたいにおろおろ部屋をかけまわるばかりだった。

二

さいわい、吹雪はいくらか勢いを減じたが、まだ相当にひどい。

山のヒュッテへの二キロの山道を、二台の馬車が前後して疾走する。

前の車には飯島高志、武野道子、中田久、それにホテルのマネジャーM氏。後の車には、ホテルの屈強な従業員、ボーイ達が、手に手に有合せの武器を持って乗り込んだ。

赤いカンテラをかざし、吹雪に抗して進みなやむ二台の馬車が、ようやくのおもいでヒュッテの望まれる峰にたどりついた頃は、さしもの吹雪も止んで、あたりは気の遠くなりそうな静寂に包まれ、灯の洩れていない真っ黒なヒュッテの姿が、不気味なものの気配を孕んで、なかば吹き溜りの雪にうずもれて横たわって見えた。

惨憺たるものであった。

なにものか、巨獣に荒された跡は、歴然としていた。

二間しかないヒュッテの内部は、目も当てられぬばかりに叩き毀《こわ》され、ヒュッテの番人が、危急を告げようと電話に這い寄る形のまま、うつ伏せに事切れている。なにか非常に強力な打撃を受けたものと見え、頭蓋骨がグシャッと潰れていた。

同じような被害者が三人、おもいおもいの場所に伏し倒れている。

午すぎからの吹雪で、スキー客の足がうばわれたため、極く少数の犠牲者で済んだらしい。

だが、その中には、探し求める水沢一夫、梶信介の姿は無かった。

厨房は、荒れ放題に荒らされていた。

貯蔵食糧は、大部分その場で食われ、残りは持ち去られた形跡がはっきり見える。

メリケン粉袋が、鋭い爪にかき破られて、粉があたり一面に散乱している。

「あっ、足跡が……」

高志はおもわず目をみはった。

見たこともない巨大な足跡である。同じ足跡は、メリケン粉を踏んだまま、電話口のあたりにまで続いている。

おそらく、道子が電話口で聞き取ったときの情況と思い合わせて、怪物は、電話のベルに答えようとする番人の背後から襲いかかって一挙に斃し、まだ鳴り止まぬベルに激怒して、咆哮し、電話機を叩きこわして立ち去ったに違いない――と、高志は推理した。

だが、肝腎の怪物の正体については、高志にも皆目見当さえつけ兼ねた。

「いったい奴は、何ものだろう?」

「人間であろう筈がない。しかし、この足跡から想像すると、これは途方もなく巨大な、直立して歩く獣だ。だが、このM岳に、そのような怪獣がいるだろうか? 絶対に! ここには、極めて稀に月ノ輪熊が迷い出ることはあっても、このような残忍な殺人を冒すとは想像のほかだ」

マネジャーM氏は、犠牲者にアンペラをかけ終えて、暗然とつぶやいた。

「とにかく手は触れずに、現場を保存して引揚げることにしましょう。すぐ県警察に届けて出張してもらうことにするより外はない」

「ぼくはここに残ります」

高志は、きっぱりと言い切った。

「残る? そいつは危険です。いつまた怪物が引返して来ないものとも……」

「むろん、生命は粗末にはしません。出来得る限り危険は避けます。しかし、たしかにヒュッテに留まったとおもわれる同行の友人二人が、行方不明のままです。むろん、ここにいなかったことは、被害者の方々には申し訳ない言い方かも知れませんが、不幸中の幸でした。しかし、これ以上のどんな不幸が、どこで二人の上に起きていないとも限りません。すぐにもこれから確かめに出たいところですが、ぼくだって、血気にはやって自分を滅す愚はしたくありません。Mさん、下山次第、捜索の応援を頼んで下さい。それまで、ぼくはここで頑張ります」

どんな事態が、ひきつづき起るまいものとも限らぬから、屈竟な若者を残しておくと言い張るマネジャーM氏に、高志は、おそらく怪物は充分満足して立去ったものとおもわれるから、ここ暫くは心配あるまいから、と、その厚意を謝して引取らせた。

高志の身を案じて道子、道子への見栄でおっかなびっくりの中田久が、ヒュッテに残った。

月が登ったらしく、破れた窓から、寒風とともに、冷たい月光が差し込んでくる。

中田久は、道子が寒さ凌ぎの夜食につくったホットケーキを鱈腹《たらふく》食って、毛布にくるまって片隅でいびきをかいている。

「おい、道ちゃん。眠っちゃだめだ。警察陣が到着するまでは、ぼくときみとでこのヒュッテを護りとおす義務があるんだ」

ともすれば、はげしい睡魔を払い兼ねて、高志の腕の中でガクンとなりかかる道子は、ハッと気を取り直して重ったるい瞼をあげた。

「眠りやしないわ。だから、おまじないしてよ、高志」

眼を見ひらいたまま、道子は、半びらきの唇を、つつましく寄せかける。

劇《はげ》しい、ぶっつけるような接吻だった。高志は、花のような道子の息を、えんりょなく吸いむさぼった。そうすることによって、これからの未知の冒険に立ち向う気力を身内に貯えようとするもののように――

夜が白々と明けかかるころになって、やっと検死の一行と、応援隊数名が到着した。時をうつさず、応援隊はスキーをつけて、捜査に出発した。

惨劇が起るまえに吹雪がやんでいてくれたら、或は怪物の足跡を追って、その行方をつきとめられたかも知れない。それと共に、水沢、梶両名の消息も案外たやすく知れたかも知れない。スキー隊の、三時間にわたる活躍も空しく、何ひとつ手懸りは摑み得られずに終った。

警察官と一緒に、現場を詳細にしらべあげた高志が得たものは、メリケン粉あとの足跡と、灰色がかった白色のやや長目の剛毛数本だけである。高志は、しかし、その毛を大切に紙に包んでしまい込んだ。

「それが、ヒュッテを襲った怪物《モンスター》の体毛ね……でも心配だわ。水沢さんと梶さん。そのモンスターが、自分の住家に運んでいったんじゃないかしら？」

「まさか……美しい道ちゃんを、ならいざ知らずだ」

「あいつら二人、痩せっぽだから、飼い肥らせて食う気かも知れんぞ」

三人の無理に交す冗談も、却《かえ》ってみんなの心を沈ませるに過ぎなかった。

翌朝の地方新聞は、事件を、それほどでもない記事として、わずかに掲載しただけだった。

〃吹雪に迷い出た大熊、ヒュッテを襲い、番人ほか、滞在客三名を斃す〃

時季が時季でなかったならば、相当にセンセイショナルな扮飾で報道されたであろう。

スキー大会は近づいている。観光ホテルとしてもかき入れ時である。マネジャーM氏の必死の揉消運動が、功を奏したことは思うに難くはなかった。

それでも滞在客は半減した。しかし、雪山の魅力に憑かれた若い人々には、たいした影響はまだ与えなかった。
二、三日は、さすがに人出も減ったようだったが、やがて、スロープというスロープは、色とりどりのスキーヤーで華やかなお花畑のような風景を取り戻した。
そのままでは収まらないのは高志たちだった。

きょうもスキー練習にかこつけ、人々の群を離れた高志、道子、久の三人は、はるかな谷間にむかって降りていった。

もはや、二人の友人が生きているとは思われない。せめて遺骨の一片なりとも発見しないことには、東京へは戻れなかった。

スキーを雪の上に立て、二人は、喬木林をわけて進んだ。

谷は眼の下に見えている。

スキーの番を兼ねて、見張役を仰せつかっているのは中田久だった。

「高志さん。こんなところを探したって、無駄じゃないかしら？　水沢さんも梶さんも、まさか林の中で練習してたとはおもえないわ」

「ぼくは考えたんだ。ほら、中田が冗談に言ったろう――モンスターが二人を連れ去ったって――そんなことが絶対にないとは言い切れないんだ。とすると、広い雪野原ばかりあさったって見付からないさ。大きな木の洞とか、断崖沿いの洞窟とか、モンスターの住家らしいものがありそうな所を物色するのが早道だ」

「そうね、でも此のへんには……おや？」

あたりを見廻していた道子の眼が、数メートル先の地表に釘付けになった。

「どうした？　道ちゃん」

「足跡が……」

「ええっ？」

まさしく、ヒュッテで見たと同じ足跡が、半ば凍てついた雪をえぐって、点々と跡づけられているではないか。

しかもそれは、末も先もなく、およそ十メートルばかりの間だけつづいて、前後は完全に断ち消えている。

強いて考えれば、巨大な胡桃《くるみ》の樹上から飛びおりて、それだけの間隔を歩き、ふたたび跳躍して、べつの木に飛び移ったものと推察される。

「しかも、足跡の向きは、谷へではなく、ぼくらの方に向っている。道ちゃん。気をつけろ。モンスターは近くにいるぞっ」

「………」

声もなく道子は、高志の胸にしがみついた。道子をかばいながら、高志は、手に触れた拳大の石をにぎりしめて身構えた。

耳を澄ます。何の気配もない。

高い木の梢めがけて石を投げつける。

バサーッ、と、黒い大形の鳥が飛び立っただけだった。

「大丈夫らしい。しかし油断はならんぞ」

「ええ」

青ざめた道子の額は、汗に濡れてみえる。

「とにかく一旦《いったん》引返そう。まさかの場合、これひとつじゃ太刀打ちも出来ないからな」

　ジャックナイフを掌にたたいて見せ、高志は苦笑した。

　二人が踵《きびす》をかえそうとしたのと、鋭い男の叫びを聞いたのと、殆んど同時だった。

「しまった、中田の奴がっ！」

　転げるように引返したときは、既におそかった。

　雪を真っ赤に染めてぶったおれているのは中田久である。致命傷は、ヒュッテの番人と同様、頭蓋骨を殴打によって粉砕されているのだった。

「あっ、あ、あれをっ！」

　高志は、はっきりと目撃した。

　まっ白な、ふさふさとした毛におおわれた巨人が、うしろ向きに、すばらしい早さで、もうひとつの喬木林に向って逃げ込もうとする姿を！

「おお、やつは獣ではない！　人間だ！　すくなくとも半人半獣だ！」

三

　列車は東京へ、東京へと走りつづける。

　膝に、遺友中田久の骨箱を抱いて暗澹たる面持の高志。放心したような眼を窓外に向けてただ去来する風景を映しているだけの道子。

高志の脳裡には、三人の男の顔と声が、次々に浮かびあがっては消える。

狡猾で、いんぎん無礼で、厚かましい観光ホテル、マネジャーM氏の顔――

「それはもう、てまえどもと致しましても御宿泊のお客さま方を多勢さま被害者としてお出させした責任上、すぐにも山狩り隊を組織して、その怪人とやらを捕えるべきではございましょうが、なにしろ人気商売の弱味とでも申しましょうか、せっかく、まだまだ多勢さま楽しくお泊りの向きに、不必要に恐怖心をお抱かせ申しあげますのもどうかと……」

県警察部長の、いかめしい、それだけにどことなく時代ばなれのした滑稽な顔――

「いやあ、話はよく解る。もちろん当局としても捨てては置けん重大問題じゃからな。なにしろ御友人お二人の生死も判然としておらんとなると、もちろん捜査には全力をそそぐ積りでおる。じゃがだ、この途方もない御時世に、わしらの部下は、天手古舞《てんてこま》いの急がしさじゃ。たかが獣一匹のために大編成の山狩隊を即刻出動さすなどとんでもない……いや、もちろん、捜査は絶え間なく続行する。その点、よう諒解していてもらいたいんじゃ」

地方新聞××日報、社会部長の、多少人を小馬鹿にした無関心な顔――

「たいしてセンセーショナルな問題じゃないよ、君。それに、当新聞は、政治経済関係の報道に重きを置いておるんでね、〝姿なき怪獣ホテルの止宿人を襲う〟は、もう先日の記事で充分さ、そのために敏腕の社会部記者を動員して、大熊――いや君のいうモンスターとやらを捕えて見たところが、たいしてスクープにもならんからねえ、はっはっはっ」

高志は固く唇をかみしめて、そのおぞましい顔、顔、顔をふりはらおうとするもののように、強くかぶりをゆすった。

「もうおよしになって！　いくら考えたって、誠意の無い人たちにはかないっこないわ」

「どいつもこいつも、なんて非情な、身勝手な奴らばかりだ。よし、やるぞ、ぼくは、必ず同志を集めて、徹底的にモンスターと闘い抜くぞっ」

道子は、無言のまま、高志の手に、手を重ねて、協力を誓った。

四

「おとうさま御面会よ、この方が……」

娘のユキ子の取次いだ名刺を、ちらっと見て、小泉重喜老博士は、不審の眉を寄せた。

「飯島高志……法学部の学生が、どうして、人類学専攻のわしに……？　人違いじゃないかね？」

「そうとばかりは言えなくてよ、おとうさま。たとえば、火星人を殺した場合、果して殺人罪を構成するや否や、先生の御意見をどうぞ、うっふ」

「まぜかえすな、とにかく会って見る。応接室に通しなさい」

「はい」


「話はだいたい諒解出来た。しかし……」

小泉博士は、ソファにぐっと背をもたせた。

「飯島君。きみの話は、どこかで現実と幻想の境目をさまよっていやしないかね？

信州の山奥、M岳の雪渓からマンモスの牙が発見された。あるいは、石器時代以前の原始人類の骨らしいものが発掘された、なら話は解る。しかし、長毛、巨身の、人類とも獣類ともけじめのつかぬ〝雪男〟――これはきみの言葉だが――忽如《こつじょ》M岳に現わる、では、少々、きみを前にして失敬な言い方かも知れんが、狂気の沙汰だね。むしろ滑稽だよ、あはは」

高志は、ぐっと胸に突きあげてくるものを押さえつけて言いかぶせた。

「ぼくは、この目ではっきり目撃しました。必要なら、証人として、友人の武野道子の証言も提供させます」

「そのほかには？」

「ありません。直接の目撃者で、現存しているのは、ぼくと武野さん二人きりです。しかし、その足跡と、残していった体毛とは、こうしてちゃんと持っております」

高志が取り出した、足跡の写真と、紙に包んだ毛に、博士は、ちらっと眠そうな眼眸を落しただけで、指に触れようともしなかった。

「まあよかろう。そこで、いったいきみの用件は？」

「歯に衣を着せず率直に申します。じつは、ぼくの行方不明になった友人二人、もはや、その『雪男』の犠牲になったことは間違いありませんが、せめてその死体を収容するために、先生を利用しようと企んでやってまいりました」

「ほほう、どうしてまた、わしのような老人を？」

「先生は、我国人類学の権威です。おもいあがった言葉かも知れませんが、先生にとって〝雪男〟は、好箇の研究資料ではないでしょうか。先生、お願いです！　ぼくは一介の学生で、とうてい探検隊を組織したり、山狩りの人夫を雇いあげたりする財力はありません。県警察も、新聞社も、あたまから馬鹿にして、てんで話にも乗って呉れないのです。先生の研究のための探検隊に便乗させてください。先生は、東亜地質学協会の会長をしておられる筈です。〝生きている原始人雪男〟捕獲のためなら、おそらく協会だって費用の出し惜しみはしますまい。そこを狙って、先生を説き伏せるために、紹介状一本たずさえるでもなく厚かましく押しかけました」

「近頃の青年は、なかなか勇敢だ」

はぐらかすように苦笑して、博士はソファから立ちあがった。

「会長だからといって、費用の面は、わし一存では決しかねる。まあ、その気になったら、学内会議に諮《はか》ってあげてもいい」

そんなつもりは毛頭ない。はやく、この半気狂を追っぱらってしまおうと、博士は、思いつきを口に出した。

「お願いします、この通りです！」

純情一徹の高志は、心からお礼をのべて、辞し去った。

「おとうさま、あんなお約束なさって、いいの？」

「ああでも言わなかったら坐り込まれるよ。わしだって、その気になったら、と、予防線は張ってある」

「いけないわ。おことわりするなら、はっきりすべきよ。あの方、とっても純情な学生さんですのに……」

娘ユキ子の言葉を聞き流し、葉巻の口を切ってくゆらしているうち、なにかのインスピレーションにでも打たれたかのように、博士のおもてが緊張した。

そのまま数分が過ぎる。

「まてよ！」

不意に起《た》ちあがって、博士は天井をにらんだ。

「どうなさったの？　おとうさま」

「ユキ子。いまの学生が置いていったもの、応接間にあるはずだ。大切に、研究室に持っていっといてくれ」

「はい」

ユキ子の去ったあと、博士は、檻の熊のようにサロンを歩きまわった。

「……もしそれが事実だとしたら？　いや、そんな馬鹿な……しかし……」

五

臨時に召集された東亜地質学協会の会議場の外廊下に、さっきから高志と道子が落着かぬようすで立ったり坐ったりしつづけている。

「ずいぶん手間取るのね。相当もめているにちがいなくてよ」

「なにしろ問題が問題だからな。そう簡単には決まらないさ……しかし、目撃者の実見談を聴取するまでに到っていないところをみると、やっぱり駄目なのかなあ」

「逆かも知れなくてよ、ひょっとしたら。その必要がないほど議論がふっとうしているのかも知れないことよ」

ドアが開いた。

学者連中が、ぞくぞく出てくる。或る者はギョロッと二人をにらみ、或る者は、ニヤリと意味ありげな笑いを投げかける。

最後に小泉博士が姿をあらわした。

「あ、先生！　いかがでした？」

「会議は終ったよ、飯島くん」

「それで……？」

「蹴られたよ、あきらめるんだね。まあ、慰労にビールでもやろう」

街のビヤホールに、小泉博士は、二人を伴った。

「……ふん、主旨には大賛成だが、今春リヴィエラで開催される国際地質学協会出席の費用を削ってまでも、と……ていのいいお断わりだ」

博士は、にがそうにコップをあけた。

「さいしょ、わしは、きみの言葉を信用しなかった。それどころか軽蔑さえした。だが、わしはすぐその非を悟った。そして、こんどはわし自身が昂奮した！〝雪男〟は実存する。その可能性を、わしは、三日三晩に亘る不眠の研究で結論を得た。

どうしてそのような巨大な存在が、ところもあろうにスキー場として有名なM岳の山中に、いままで人目につかずに幾十世紀を過し得たか？　それはまだ判らない。

しかし、何事に限らず盲点というものはある。雑草の道一本、溝めいた流れ一筋、あますことなく地図に書きあげたと思い込んでも、そこには意外な手ぬかりがあるものだ。

たとえば、外見だけではそれと知らぬ、深くえぐられた断崖の洞窟、滝の裏がわの岩襞《いわひだ》のすき、天然ガスで視界をさえぎられた密林の片隅――そうしたところに、驚くべき年数を生き継いできた、奇蹟の原始民族がひそんでいると想像したからって、それが荒唐無稽の想像だと、誰に言い切れよう。

それをなんだ、碌《ろく》でもない似非《えせ》学者どもめらがっ！　諸国周遊奇談に出てくる山男だとぬかしおった。獣的存在物の伝説にすぎんとぬかしおった。

飯島くん。わしは信じる！　〝雪男〟は存在する！　たしかにいるぞ！」

その翌日から、高志の新しい運動が始まった。

雄弁部のきもいりで学生大会がひらかれ、高志は、資金カンパの熱弁をふるった。

道子も壇上に立った。

「雪男を捕えろ！」

「同僚の骨をわれらの手に！」

「探検費用を稼ぎ出せ！」

万雷の拍手の中に、全学生は蹶起《けっき》した。

高志は、率先して、某出版社の翻訳仕事の下請を始め、道子は、競輪場のアイスクリーム売子になって出た。

アルバイトの群れが、街々に流れ出た。

ひょうきんな学生はサンドイッチマンの役を買ってで、犬好きはお屋敷の飼犬の散歩役に雇われた。

こうして、飯島高志、武野道子をリーダーとする〝雪男捕獲隊〟の資金つくりは、着々と軌道に乗ってすすめられてゆく……

六

いつか、山では雪が解け、谷川の流れが、ゆたかな水音を立て、ワラビが拳をふりあげる春がきた。

しかし、そのあいだ、全然平和であったわけではない。

『雪男』は、間歇《かんけつ》的に姿をあらわし、相当の被害をホテルを中心に与えつづけていた。情報は逐次、高志の許に通報されてくる。

あの、観光ホテルのマネジャーM氏からであった。

その年のスキー大会は、ついに取止めとなった。それがよほどこたえたらしく、さすが海千山千のマネジャーM氏も、もはや同調的になりかけたところへ、被害は、次々と起りついだ。

その一つ――ホテルの張出展望台が、根こそぎねじ折られて、居合わせた客の大半が重傷を負った。

その二つ――倉庫の貯蔵ウィスキー樽が全部たたきつぶされ、その損害は、M氏の再起をさえ危くさせるに到った。

その三つ——ふいに、寝室の窓から毛だらけの腕を突っ込まれ、恐怖のあまり、就寝中の小娘が発狂した。さいわい命に別条はなかったが、その小娘は、いまだ正気に戻らず、精神病院の一室で喚き叫んでいる。

その四つ——峠の曲り角にふんぞり返っていた『雪男』に怯《おびや》かされ、トラックの運転手が操作をあやまって谷底に転落即死した。

その五つ——吊橋渡渉中の炭焼小屋の娘が襲われ、むざんな強姦屍体となって草むらの中から発見された。

もはや『雪男』は、その姿を、公然と人々のまえに晒《さら》け出している。だが、その神業ともおもえる跳躍力は、いかなる俊足をもって立向ってもこれに追いつくことは困難であるかにおもわれた。

アッとおもうまに『雪男』は、ただ巨大な足跡をのこしただけで、雪の中に滲みこむような消え方をした。その体毛の保護色を、『雪男』は本能的に利用しているのだった。

ただ不思議なことは、これほどの被害を目前に見ながら、地元県警察当局が、本腰入れてその対策に乗り出そうとしないことだった。

雪男がまだ市街へ立ちあらわれず、被害がM岳一帯に限られているからか？　それとも、伝説の山男を信じて、その報復を惧《おそ》れるのあまりか、知らず、警察部長は、寧《ねい》日《じっ》マージャンのパイを弄して、ただ気休めに、部下を臨時巡邏に出張させる程度でお茶を濁している。

七

飯島高志をリーダーとする、選ばれたK大山岳部員十名によって組織された『雪男捕獲隊』が、M岳山麓のM駅に到着したのは、雪も名残なく消えた初夏の一日であった。

武野道子の手を取って、まっ先にプラットホームに降り立った飯島高志は、おもわずハッと息を呑んだ。

「あっ、先生！　お嬢さんも……」

娘のユキ子を伴って、一行の列車を待ち受けていたのは、白髪の小泉重喜博士であった。

「いつ、こちらに……？」

「飯島君。わしは君たち一行に加わる決心をつけて、数日前からこちらに来て、下検分をしておったのだよ」

「先生御自身で……」

「そうだ。わしは地所を少しばかり手離した。無条件で提供するから、費用の足しにしてくれたまえ」

内ポケットから、分厚い紙包を取り出して差出す博士の腕に、高志は感極まって取りすがった。

「先生!」

一行の誰もがしゅんとなった。道子の頰には知らぬまに涙が伝わり流れていた。

今日一日を休養と作戦に当てることにし、一行が観光ホテルの広間で、博士寄贈のビールに気勢をあげている最中で、ボーイが、高志に面会人のあることを告げた。

「ぼくに面会?」

「はい、このお方が……」

名刺には、ただ、大場三郎とあるだけで肩書はない。

「知らないな……とにかく会ってみよう」

ボーイに案内されて、ロビーに出てみる。

「やあ」

気軽く起って歩み寄ったのは、総革のジャンパーに革長靴といういでたちの、でっぷり肥った男である。

「はじめまして。いや、あんたが隊長さんの飯島さんだということも、あんたがたの目的も、ちゃんと承知しておりますよ。じつは、駅前の土産売場で、すっかり聞きましてねえ」

　下司っぽく金歯をむき出して笑う男を、高志は、不快をかみころして睨みすえた。

「それで、御用件は？」

「はっはっ、いや、話さんとわからんが、わしは、実は、興行師でしてな」

　かいつまんだ大場の話では、ぜひその『雪男』なる怪物を生け捕りにして見世物に出したい。それについては、こんどの費用は全額自分のほうで負担しよう、という申出である。

「お断わりいたします！」

　高志はぴしゃっとはねつけた。

「断わる？」

　大場の眼が、ぎらっと光った。

「ぼくらは『雪男』を売ってまで費用を賄わねばならぬほど困ってはいません。それに『雪男』は、もし捕えることが出来たとしても、これは貴重な人類学上の研究資料です。ぜったいに金儲けのための晒しものなどにはさせません」

「ほほう。なかなか御立派な御意見じゃ。しかし、あんたがたには『雪男』なるものを独占なさる権利はおありにならん筈ですな、もちろん、山狩りをなさる権利も」

「あなたは、ぼくらの行動を邪魔される気ですかっ」

「は、は、とんでもない。むしろ援助しようと申出ているではありませんか。まあ、そう、むきにならんで、ひとつそこは……」

「やめて下さい。これ以上、いくら口説いても無駄です」

「では、やむを得んですな。わしは、自由行動といきましょう。あんたがたと張合うようで、ちと寝覚めがわるいというところですがね、ふっふ」

すでにその夜のうちに、ホテルの別室には、大場三郎の配下が数名集り、そのうちのひとりは、大場の命令で、鋼鉄檻の特殊トラックを取寄せるために出発した。

「とにかく、あの若造達を必要以上に怒らしては不利だ。わしが『雪男』のかくれ家をつきとめたら爆竹で合図する。そうしたらトラックで駆けつけるんだ。いいか、目的は、ただ『雪男』をこっちの手に入れることだ。無用の争いは、できるだけ避けるんだぞ」

八

よく晴れた空——人事とは無関係な平和な山のたたずまい——衣更えしたばかりの褐色の雷鳥が岩の上にたたずんでいる。黒百合が、もう蕾《つぼみ》をふくらませ、中には咲き急いでいるものもある。もうしばらくすれば、百花撩乱のお花畑が現出するであろう。

山岳部員の一行は、元気いっぱい、熊笹の路をわけて登ってゆく。

「高志さん」

息ごえで、道子が高志の耳元にささやいた。

「ついてくるわよ、あれがゆうべの男……？」

ふりかえった高志の眼に、見えがくれについてくる大場の姿がちらっと映った。

不快な激怒に、拳を固めて走り出そうとする高志を、道子は、やっとのことで引止めた。

「殴ったくらいで手を引く相手じゃなさそうだわ。我慢して！　いまのあなたは大事なからだよ。怪我でもしたら、だいいち先生に申し訳ないわ」

無言のまま、高志は前進をつづけた。

はやくも一行は、尾根伝いに峠にさしかかった。

その容子を、巨大な岩壁にぴったりと身を寄せ、怒りの眼光するどく見つめている一体の怪物！

身長三メートルはたっぷりあろう。全身、岩肌に似た濃灰色の房々した毛に覆われ、顔面はゴリラさながらの半人半獣――まさしく、『雪男』である！

こうして、おのれの棲家近くまで、集団で踏み込まれたことは、『雪男』にとって、おそらく始めての経験であろう。

「グワーッ」

牙さながらの犬歯を剝き、『雪男』は、一行に向って威嚇の咆哮を浴びせかけ、身をひるがえして喬木林にかけ込んだ。つづいて一声、
さらに一声……

「いるわ、雪男が……すぐ近くに！」

道子は怯《おび》えて、高志の胸にしがみついた。

「心配するな。いまの咆哮で、やつのいる方向が、どうやらつかめたぞ。やはり中田久がやられた胡桃林の見当だ。いよいよ戦闘開始だ。ここらで腹ごしらえをととのえておこう」

一行は、猟銃に装塡してから、緊張の中に携帯食糧を取り出した。

枯木を集めて火をたき、道子は湯茶の支度にいそがしい。

かなり前から、晴れていた空が曇りだし、やがて雨雲が厚くおおいかぶさって、なんとはなく重っくるしい不吉な予感がみなぎりはじめた。

一旦遠のいた『雪男』の咆哮が、こんどはやや近くに聞こえてくる中に、大粒の雨が降りかかり、やがて豪雨が沛然《はいぜん》とおそいかかってきた。

「はやく天幕《シート》を張れっ」

一行は、手早く急ごしらえの天幕を張ってもぐり込む。たまり兼ねた大場三郎が、ずうずうしくかけ込んで隅にちぢこまったが、誰も相手にしなかった。

ふと気が付くと、高志の姿が見えない。道子のおもてがサッと青ざめた。

「飯島さーん、高志さーん」

たたきつける雨に髪の濡れるのもいとわず、道子は天幕を飛び出して絶叫する。

すでにその時、『雪男』は、天幕の最も近い岩蔭に身をひそめ、じいっと一行の行動に警戒の眼をぎらつかせていた。

「飯島さんが……さっき、ひとりで胡桃林のほうへ偵察に行くってきかないから、一生けんめいとめたのに……きっと出掛けたにちがいないわ。ひとりじゃ危険！　誰か行って連れもどしてっ」

隊員三名が猟銃をつかんで、豪雨の中へ飛び出した。

「わしも行く――ユキもこい」

レインコートをひっかぶって、小泉博士も飛び出す。

「ま！　御老体の先生が……わたしが行きます、先生はどうぞおやめになってっ」

「いや、かまわん」

博士につづこうとする道子を、隊員のひとりが抱きとめた。

「無茶だ、武野さん。このぬかるみ道で、もし谷にでも転げ落ちたら……そうだ、全員で行こう。その代り、武野さんと小泉さんは、テントに残ってください」

それでも、とは言い張れない、おもいかえして、道子は、ユキ子と一緒にテントに残った。

さっきから、隅っこで様子を窺っていた大場が、あわてて、隊員のあとを追いかけた。

九

どれほど時間が経ったのか、てんで判らない。襟元にしみる寒気に、はっとわれにかえった飯島高志は、おもわず警戒本能にガバとはね起きかけて、はじめて自由にならぬ自分に気が付いた。

——豪雨の胡桃林を彷徨したこと、泥濘《でいねい》の上にま新しい『雪男』の足跡を発見したこと、しかもその足跡が天幕に向っているのに気付いてあわてて引き返そうとした途端足をすべらせ深い穴に転落したこと、自分を探し求めて名を呼ぶ隊員の声々が、今もかすかに頭の中に滲み残っている——

あたりを、そっと見廻す。

戸板の上に莚《むしろ》を敷いただけの寝床の上に横たわらされていた。狭い、煤《すす》けたランプ

ていた。

「やっと気が付いたのね」

見れば枕元近く、ひとりの少女が、坐って、高志のおもてを気づかわしげに見守っていた。

胸元のはだかった、ボロをまとっただけの惨めな姿ではあったが、顔立は美しかった。野アザミの花をおもわせる強さの野性美と、どこか日本人ばなれのしたエキゾティックな容貌が、少女を可成り魅力的に見せていた。

「ああ、あなたですね。ぼくを救《たす》けてここへ連れてきてくれたのは」

高志は、痛む腰をさすりながら、少女に感謝の眼を向けた。

「そうよ。あの時、あたしが通りかからなかったら、あんたは気を失ったまま凍え死にしていたかも知れないわ」

「ありがとう、娘さん……ここはいったい何処？」

「あたしと祖父と二人で住んでいる小屋」

「こんなところに……一軒家？」

「ううん、部落があるの、十軒ばかり。みんな、あたしたちと同んなじ猟師よ」

「おかしいなあ、こんな谷間に部落があったなんて……もっとくわしく話してもらえない？」

の吊り下がった貧しい小屋だった。

ふいに、ガサッという音を立てて、それまで気が付かなかった囲炉裏向うの老人が、むっくり起きあがり、きびしい声で孫娘に呼びかけた。

「チカ！　よけいなおしゃべり、しちゃならねえぞ」

チカと呼ばれたその娘は、黙って、祖父にうなずきかえした。

チカは、自在にかかった鍋から、欠けた茶碗に何かすくってきて、高志の上半身をうしろから支えながら啜《すす》らせた。

「ユリの根っこと乾芋だけよ、でもあったまるわ」

塩気もろくに付いていない。それほどこの部落は貧しいのであろうか？

帰らぬ自分を、どんなにテントの人々が、ことに道子が心配してくれているか、と思うと、高志はいてもいられれぬ焦りに身もだえたが、歩行はおろか、立ちあがることさえ容易ではない。

安心と暖気が、ふたたび高志を睡魔のとりこにしてしまった。

「チカ！」

目配せして、祖父が、チカを小屋の外に誘い出した。

「チカ！　あの若造は、きっと、このへんに『山男』の住家があるだろうって、根掘り葉掘り訊くだろうが、まちがってもしゃべるんじゃねえぜ」

「わかってるよ」

「あの若造ばかりじゃねえ。わしは、このあいだから、町の人間どもが此のあたりにはいり込んで、騒ぎまわってるのを知っている。あの『山男』をひっとらえようと騒ぎたてているのを、ちゃんと知ってるだ」

「あの『山男』は、その人たちには敵かも知れないけど、あたしたちには恩人だもの、どんなことがあったって、しゃべりやしないよ」

「そうだとも。わしらは先祖代々、どんなに貧しくたって、この秘《かく》れた谷間で平和に暮しつづけてきた。おまえも知ってのとおり、わしらは遠い昔に、海の向うから流れついて、この山奥にかくれ住むようになった。世の中の奴等は、わしらを混血児のなんのといって軽蔑し、反感を持ち、虐げる。わしらはそんな奴らと交際しとうはなかった。わしらは、あの『山男』と、無言の協定を結んできた。わしらは『山男』に、カモシカの肉やクルミを分けてやり、『山男』は、わしらの部落にだけは、どんなに飢えても危害を加えない。それどころか、飢饉のときには、逆にたべものを運んできてさえくれる。

　危険が身近にせまったとき、わしらはお互に知らせあう。わしらは口笛で、『山男』は吠え声で、そうしてお互に、孤立の平和を保ちつづけてきた……」

「だけど、あの男は、帰ってから、きっと、あたしたちの部落のことを珍らしがってしゃべるにちがいないわ」

「ほんとなら、奴をあのまま凍死させてしまいたかった。だが、おまえが運び込んできた以上、まさかひねるわけにもいくまい。それが因で面倒が起きたら、なおさらまずい。なあに、二度とここへこられるものかい。あの男の落ち込んだ穴、カモシカ捕りの落し穴さえふさいでしまえば、この谷間へは入り込めはしない。たったひとつの出入口、わしらと『山男』との共同の出入口、あの『隠れ岩』さえ知らせなければ、ぜったい安全というものだ。

いいか、チカ。無理をしてでも今夜じゅうに、あの男に目かくしをして、『隠れ岩』の外に連れ出すんだ。わかったな、チカ」

「うん……」

はじめて接した、自分の部落以外の若い男、きりっとした男らしい青年——山の娘チカが、飯島高志に恋心を抱いたとしても無理はなかろう。

だが、祖父の、いや部落の意志を代表する祖父の命令はきびしかった。

はやくもチカの素振りから、それと慧眼にさとった祖父は、ろくろく歩行も困難な高志を一刻も早く追い払ってしまおうと、チカをせき立てた。

月夜の谷間を目かくしを施され、ほとんどチカに支えられるようにして、高志は、屏風岩の『隠れ岩』から外に連れ出された。

「祖父の命令通りやらなかったら、あたしは百の革の鞭を与えられるわ。あたしを困らせないで！　五十歩数えるまでは、ぜったいに目かくしを取らないでよ、お願い！」

隠れ岩から、ずっと遠ざかり、わざとぐるぐる高志のからだを廻してから、山の娘チカは、名残り惜しそうに姿を消した。

高志は忠実に五十歩前へ進んでから目かくしを取った。

月がまぶしいほど明るい。

高志の胸にも、ほのかに山の娘のおもいの通うものがあった。しかし、高志はそのおもいを強く振り切って、足を早めた。

屏風岩の頂上から、そっと首を出して、高志の後姿をみつめている山の娘チカの眼に、光るものがあった。

チカは、身をひるがえすと、喬木林の葉にうめつくされ、カムフラージュされた孤独の部落に、身をひるがえして馳け去った。

十

「おお、無事で、よく帰った！」

ゆうべ一晩、まんじりともせず明かした小泉博士は、よろめきながら戻ってきた高志の姿を認めて狂喜した。

「御心配をかけて済みませんでした」

博士の腕に支えられて、テントに歩みを入れた高志は、おやっ！　といった表情で目を見張った。

まっさきに飛び出してくれるはずの道子の姿が見えない。

「武野さんは……？」

「君、驚いてはいけないよ。実は、たいへんなことが起ってね」

「ど、どうしたというんです？」

「武野さんが……」

さすがに言い渋って、小泉博士はうつ向いた。

「道ちゃんが？　どうかしたんですか？」

「いまさら隠したってはじまらん。率直に言ってしまおう。ゆうべ、わしら全員で、君の行方を捜索に出た留守中の出来事だった。『雪男』が……」

見る見る、高志の面が不安にゆがんだ。

「テントに残った武野さんと、娘のユキ子を襲ったんだ」

「そ、それで道ちゃんは？」

「突然の恐怖に気を失ったんだ。テントの雨洩りをつくろっていたユキ子が、悲鳴をきいて振り向いたときは毛むくじゃらな『雪男』の腕が、失神した武野さんを抱きあげようとかがみ込んだ時だった。ユキ子は、とっさの機智で、角灯《カンテラ》をもぎ取って『雪男』の眉間めがけて投げつけた。さすがの『雪男』も、これにはびっくりしたか、そのまま逃げ去ったという話だが……うん、武野さんは、ユキ子と隊員三人が、担架で県立病院に運び込んだ。もうまもなく、その後の様子を連絡してくるだろうが……」

生命に別条がなかったことは、なんとしても不幸中の幸である。高志は、ほっと胸を撫でおろした。

「ぼく、すぐ武野さんを見舞ってきます」

すこし休んでから、と、一同がとめるのもきかず、高志は、転げるように山を下りた。

「道ちゃん！」

純白のシーツにくるまって、安らかに眠っていた道子は、呼びかけられた声に眼をひらいた。

「道ちゃん！　ぼくだ、高志だ。ぼくがわからないのか？」

無言で、唇を半びらきにしたまま、道子は不思議そうに、ただ高志の面をみつめつづけているだけだった。

「道ちゃん、かんべんしてくれ。ぼくがそばにいさえしたら、君をこんな目に会わせずに済んだのに……ちくしょうっ、『雪男』の奴めがっ！」

付添っていたユキ子は、耐えられなくなって、顔を覆った。

折よく、主任医師が、看護婦を伴って回診に入ってきた。

「ああ、先生！　どうなんです？　若《も》しや武野さんは、このまま正気には……」

看護婦に目くばせ、主任医師はただ黙って、高志の肩を静かにたたくだけだった。


「わしがつけた見当にはずれはない筈だが……」

草深い岩かげにトラックを止めさせ、大場三郎は、手下どもを顧みてつぶやいた。

「親方、しかし、あの小生意気な若造たちをうまく出し抜けるとおもうと、悪い気持じゃありませんな」

「そうとも。それに『日本アルプスの雪男』とくりゃ、こいつあ、ひょっとしたら世界巡業と打って出られるかもしれん。久しぶりで黄金の雨にしっぽり濡れられるというもんだて」

「しっぽり濡れたいのは、お島姐さんとじゃござんせんかい？」

「阿呆いうな、うっふ」

「しかし親方。捕らぬ何とかの皮算用はべつとして、何しろ相手は殺人魔みてえな怪人だ。うかつに手出しをしたら、逆にこちとらのお命落しという段取りですぜ」

「なあに、頭は生きてるうちに使うもんだ。ちゃあんと作戦があるわい。鉄檻におびき込んじまや、あとは麻酔薬のクロロホルムと手錠――『雪男様』おとなしくお眠りのあいだに東京入りという寸法さあね」

十一

乳色の夕靄《ゆうもや》が、やわらかく谷々に湧きめぐる黄昏時――恋しい男の面影が忘れられず、憑かれたように、山の娘チカは、部落を離れて『隠れ岩』の近くにさまよい出た。野生の少女にも、身を飾りたい衝動がはぐくまれたものか、髪に新しく摘んだ黒百合の花をかざし、赤い草の実の汁で唇を染めている。

――ただひと目、もう一度だけでいいから会いたい――

それ以上の望みを、チカは持ってはいなかった。それだけでも、祖父に知れたら、百の鞭は必定である。それさえ、いまのチカには、ブヨに刺されるほどにも思えてはいなかった。

岩に腰をおろしたまま、雲のたたずまいを眺め、ふもとの方を見やり、ただ出るものは溜息ばかりだった。

たしかに『雪男』の逃げ去る方向を確かめたと自負していた大場も、いざ実際にその地点を探そうとなると、全く困惑のほかはなかった。

さんざん手古摺《てこず》った揚句、あきらめてトラックに引返そうとする大場の眼に、奇妙な山の娘の姿がうつった。

「そうだ。あの娘にたずねたら、何かヒントが得られそうだぞ」

大場の眼が期待に明るく輝いた。

「知らないったら！　何のことよ。雪男だの山男だのって」

「まあそう、頑固に突っぱねるもんじゃないよ、娘さん。おまえさん、自分で、このへんに住んでいる猟師の娘だと言ったろう？　それだったら、知らない筈はない。えぇ？　口に出したくなけりゃ、ただ眼で、ほんのちょっと、その大男の住んでいる方を見てくれるだけでいいんだ……そうだ、いい物をあげよう。ほら！」

大場は、金側の懐中時計をはずしてチカの眼の前にゆすぶって見せた。

「これを、おまえさんにやろうじゃないか。仲間の若者が見たら、とびついて欲しがることうけあいだ。うんと見せびらかせてやるがいい」

チカは、そっけなく眼をそむけた。

「は、は、は。いや、わしとしたことがとんだ失敗だ。なるほど娘のおまえさんが、男持ちの金時計なんか欲しがらんのは当り前だ。そうそう、すっかり忘れていた」

ポケットを探って、大場は、土産売場で買った模造水晶の首飾りを取り出した。

「どうだ？　これなら気に入るだろう？　うん？　さだめしおまえさんにも好きな男がいるだろう？　おまえさん、これを胸にかざって見せたくはないかね？」

さすがに気を惹かれて、チカはおもわず指に触れたが、恐ろしそうにその指を引いた。

「これも欲しくない？　なかなか気むずかしい女子《おなご》じゃや。では何が欲しい？　言ってごらん。遠慮はいらん。おまえさんの望みなら、何でもかなえてあげる。だから、ほんのちょっとでもいい、『雪男』の住家を教えてくれ」

チカの眼が、花火の煮え玉みたいに熱し切ってみえた。

「お願い、きいてくれる？」

「おお、いいとも。そうこなくっちゃうそだ」

「あたし、ひと目会いたい人がいるの。その人に会わせてくれる？」

「いいとも！　その男、麓の町にでもいるのかね、連れてきてやるとも。あすの今頃、必ずここへ連れてきてやる。それで、どこの誰？」

チカは、大場の耳元に口を寄せて、ささやいた。

大場の面が、一瞬困惑にひきつったが、さあらぬていで、

「なんだ、その男なら、わしの知ってる奴だ。よろしい、引受けたぞ。それで……」

チカは黙って立上ると、傍の小石を拾って、背後の岩壁の裾をめがけて投げつけた。

見れば、いままで眼に触れずにいた、羊歯《しだ》や蔓草に覆われたなかに、ちらっとのぞかれる『隠れ岩』の出入口——それこそ、チカの部落と『雪男』の住家とに通ずる共同の出入口！

十二

山の娘チカは、あすの夕方、高志に会える歓びに、ひとりはしゃぎまわっていた。大山師大場の言葉を真に受けたチカは、いじらしいまでにそわそわと落付かない。

常にない孫娘の様子に、祖父は、それとなく注意をおこたらなかった。

チカは踊るような足取りで泉のほとりに行き、水晶の首飾りをつけた姿をうつしてよろこんでいる。

ふいに祖父の腕がのびて、チカをはげしく引きつけた。

「チカ！　これをいったいどうしたっ？」

チカは祖父の剣幕に怯えて、息をのむ。

「この首飾りはどうしたんだっ、言えっ」

チカは、とっさに嘘をおもいついた。

「タカシっていう、あの人からお礼にもらったのよ。嘘じゃないわ」

「嘘じゃない？　なぜ、自分でそんなことを言うっ？」

「………」

「わしはあの男が気を失っている間に、武器を持っているかどうかを調べた。あの男はこんな首飾りは持っていなかった。おい、チカ！」

ピシーッ、祖父の平手打が、チカの頰に飛んだ。

「おまえが言わなければ、わしが代りに言おう。おまえは、タカシではない誰かに『雪男』の在家を教えて、その礼にこれをもらった！　そうだろう？　そうに違いない、白状しろっ」

「………」

ふいに、すさまじい『雪男』の咆哮がひびき、つづいて、ワーッという喚声が、遠く湧きあがる。

「しまった！　おそかったかっ」

祖父は、天を仰いで唇を嚙んだ。

その耳に、二度目の咆哮が、しかし悲しげにきこえ、かすかにトラックのエンジンのひびきが伝わってくる。

「おお、わしらの守り神『山男』はつかまった。ひかれていく！　チカ！　裏切者！　おまえのために、わしらの部落は『山男』から見離されてしまったのだぞ！　おお、どんな恐ろしい災いが、この報復として、わしらの部落に押しかぶさってくることか！」

「かんにんしてっ」

大地にひれ伏し、みもだえて、チカはみもよもない慟哭《どうこく》の中に崩れていった。

シートをかぶせ、凱歌をあげて、山道を麓《ふもと》の駅に向って疾走するトラック。さすがの『雪男』も、檻に入れられるや、直ちにクロロホルムの噴霧を浴びせられ、ぐったりと眠りこけている。その巨大な腕は、がちりと手錠で縛されていた。

「おお、みんな御苦労だったな、おれが番はひきうける。みんな、これで一杯やってくれ」

上機嫌で、大場三郎は札びらをきり、配下を町の娼家へ遊びにやり、ひとりにやにやしながら、シートのかぶったトラックに腰をかけてウィスキー瓶を取り出す。

大場の脳裡には、東京に残してきた情婦お島の、こってりしたサーヴィス振りが、次々と浮びあがっていることであろう。

十三

谷間の部落から、いくらも距《へだた》らぬ断崖の、裾をえぐり抜いたような巨大な裂け目――ちょっと見ただけでは、ありふれた岩窟としか思われないが、一歩足を踏み入れたら、その内部は、ついにいままで誰ひとり目に触れたこともない大鍾乳洞だった。天井から垂れかぶる無数の鍾乳石は、地上から突立つ足の踏みどころにも迷う石筍《せきじゅん》と、天井と地上とをつなぐ大石柱とが、乱れ合い、交錯し合い、奇怪な様相を展開している。

いたるところに無数のコウモリが翅をたたんでぶら下り、洞窟イモリが、わがもの顔にはいまわっている。

その奥――果てはまったく知れない。

入口にやや近い、薄明りの中に、なにか巨大な毛むくじゃらな塊が、むっくりと動く。

雪男だった。

もうひとつ、こんどはずっと小さい塊が、その大きな蔭から転がるようにあらわれた。

雪男とそっくりの、子供である。

雪男は、かたわらの岩をずらして、そこに貯えてあったクルミを掴み出し、子供といっしょに食べはじめた。

バリバリ、バリッ、固い殻を噛みくだく音が、洞窟いっぱいエコーをかえしてくる。

ふと、遠く、聞き馴れない太鼓の音をききとめ、雪男は顔をあげて、耳をぴりっとそばだてた。好奇心というよりは警戒心であるらしい。雪男はやおら立上り、子供を奥へ追いやってから、ノッシ、ノッシと洞窟から這い出してきた。

太鼓の音は、近づくかと思うと遠ざかる。

はやく、その音の正体をつきとめ、追っぱらってしまいたい、とでもいう不快と焦燥に、雪男はじりじりしながら、石と岩のゴロタ道を、部落と共同の出入口の『隠れ岩』に向って歩きだす。その太鼓の音こそ、興行師大場三郎一味の、雪男を誘い寄せるためのトリックであるとも知らずに……

再起に奮い立った飯島高志をリーダーに、あすは未明から、経験ずみの山の娘の部落を中心に徹底的な捜査を開始すべく、万丈の意気を秘めて早く寝についた一行は、深夜ふと異様な叫びごえに目を醒まされた。

その叫びごえは、雪男のそれに似ているようでもあり、山犬（オオカミ）のようにも聞こえた。

それは、悲しげに、長くひき、訴えるような調子さえ帯びていた。

それは、人の世の世界で言えば、帰らぬ父を待ち兼ねて泣きもとめる幼児の泣きごえともききなされた。

高志は、ヒュッテの窓をあけて見た。

皎々《こうこう》たる月夜である。

はるか眼下に見はるかす大岩壁の頂上に、直立する人間らしい黒い影を見たようにも感じられるが、たしかではなかった。


雪男は、ついに捕われた。

大木をねじ倒すほどの怪力も、野性の羚羊《かもしか》よりも敏感な警戒本能も、邪悪な人間の奸智には勝てなかった。

大場三郎御自慢の鋼鉄檻トラックの隅に、麻酔薬と手錠との二重の枷をうけ、雪男は、ぐったりとうずくまっている。

疲労と安堵に、大場は、トラックのへりに腰をおろし、ポケット瓶のウィスキーに酔いつぶれて正気もない。

そのころ、雪男は、ようやく麻酔からさめかけ、次第に意識を回復しつつあった。

と、そのとき、
はるかな山の峰から、悲しげに、長くひき、訴えるような調子の叫びが、かすかに伝わってくる。

雪男はガバとはね起きた。

その声は、残してきた子供が、自分を慕って呼ぶ叫びであることを、雪男だけが知っていた。

雪男の眼は、らんらんと輝き、次第に苦悩の表情をみなぎらせはじめた。

満身の力を腕にあつめ、ブツッと手錠をねじ切った。

その、ただならぬ物音に、大場三郎がハッと目醒めた時は、すでに遅い。

鉄格子から突き出された雪男の腕が、うしろざまに大場の首をねじ切った。救いを求めるひまさえもなかった。

怒髪天を衝いた雪男は、鋼鉄トラックをめちゃめちゃにこわして、大地に飛びおりた。

こうして、雪男は、ふたたび自由を得た。

しかも彼の面は、かつて見せたこともないほどの、残忍な復讐鬼の相に変貌し、おのれの子を――かけがえのない『雪男族』最後の子を守りおおせようとする意欲に、緑っぽい炎に燃え包まれるかにもおもわれた。

雪男は、鼻をひくひくうごめかせて、あたりを嗅ぎさぐった。いったい何をかぎ求めようとしているのであろうか？

トラックの破壊される凄まじい音に目ざめた、近くのM駅の宿直員がかけつけた時には、雪男は、もうそこにはいなかった。

十四

町に一軒しかない娼家兼料理屋『ちぐさ』の二階広間では、大場の配下共が、ドンチャン騒ぎのまっさいちゅうだった。

「おや？　地震らしいわ」

女が、天井を見上げてつぶやく。

「だいぶでかいぞ……しかし、おい変だぞ？　地震にしちゃ揺れ方がおかしい……」

言うまもあらばこそ、

メリメリッ、バリバリバリッ――すさまじい大音響と共に、二階屋が横倒しにぶっ潰れた。

その中央に、阿修羅のごとく突っ立ったのは、まぎれもない雪男！

悲鳴をあげて逃げまどう女共を尻目に、雪男は、大場の配下を片っ端からたたきつぶして、悠々と引揚げた。

雪男は、ふたたび鼻をひくつかせた。彼の記憶は、どうやら嗅覚と直結しているらしい。第二の襲撃は、いったいどこへ向けられるのであろうか？


武野道子は、ベッドに安らかな寝息をたてていた。妙に眠りつけぬからだを持てあまし、附添いの小泉ユキ子が、看護婦の溜りに話しに出た留守の病室――

月光を逆光線に受けた雪男の影が、ガラスすれすれに映り、やがて毛だらけの腕が不器用に窓をこじあける。

そのきしみに、道子はふっと目を醒まし、半身を起きあがらせた。恐怖も警戒も知らぬ虚脱の表情――ただ、自分のそばに寄ってくるものの姿が、目にうつってくるだけである。

永い永いひとり暮しに、牝に餓えた雪男の眼は乾き切っている。はげしい息づきに肩を波打たせながら、雪男は、正面切って道子に迫った。

雪男は、狂おしげに道子を抱きすくめた。

その瞬間、

「ヒェーッ」

厚ぼったい毛皮の感触に、道子の恐怖の記憶が電光の如く甦えった。

ただならぬ叫びをききつけ、ユキ子、婦長、看護婦たちが廊下をすっとんでくる。雪男は、ふたたび失神した道子を横抱きにしたまま、山麓にのがれ走った。

だが、雪男の復讐は、これで終ったのではなかった。

雪男の第三の復讐の眼は、果して何処へ向けられるのであろうか？


「しまった！　トラックの轍《わだち》が！」

考えるひまもない。高志には、それが大場三郎のトラックであることは直ぐ判った。

「まさか、あの臆病狸に雪男が捕まろうはずはあるまい。しかし、急ごう！」

一行は轍の跡を追った。屏風岩にたどりついた。見ればその下方に、ぱっくり出入口があいている。

「こんなところに『隠れ岩』が……？」

本能的な用心深さで、その出入口は、常に雪男の手によって、そして谷の部落の住民によって、出入りの都度、丹念にかくされていたのに、どうして今はむきだしのままに放ったらかされているのだろう？　ひょっとしたら、もうその必要が無くなったのではないか？

「そうだ。ことによると雪男は、危険を感じて、この谷間の住家から何処かへ移住したのかも知れない。あるいは、案外馬鹿にしてかかった大場の手によって、しょっ引かれていったのか?」

後者の可能性は、次第に高志の胸に色濃くひろがってきた。

高志は、小泉博士とも相談のうえ、隊員を二分し、半数を、大場とその配下の動勢に対処させるために下山させた。

一歩『隠れ岩』をくぐり抜けると、そこに思わぬ幸運が待っていた。濡れた山道には、まるで一行を導くかのように、前方に向かい谷間へ降りる方向に、点々と巨大な雪男の足跡がつづいている。

或る岩角で、道は二叉に別れ、その両方に、交錯した足跡がつけられてあったが、高志は迷わなかった。一方の道の下谷には部落が見える。もう一方の道こそ、雪男の住居への道にちがいはない。

一行は勇を鼓して前進した。

そして、ついに、未知の大鍾乳洞の入口が一行の眼前に現われた。

と、そのとき『隠れ岩』の方角に当って爆竹がひびく。かねて打合わせておいた合図であった。

「別動隊が連絡を求めてきた。誰か……中山君、行って見てくれたまえ」

中山が引返すのを見送って、一行は、そのあいだ小休止と決めて、おもいおもいの場所に一息いれた。

十五

まるで、まっ暗な奥の方から、見えぬ手に引きこまれるおもいに、高志は、ひとりで洞窟に足を踏み入れた。

はじめて見る大鍾乳洞の内部の奇怪さに、高志は目をみはった。

巨大なヒルがぺたりと頸筋に落ちる。払いのけて顔をあげた高志は、うっと呼吸をつめた。

「あっ、きみはチカ！」

美しい亡霊のように、チカが眼前に立ちはだかっている。高志は、ただならぬチカの表情に、なにかあったな？　と直感した。

「どうした？　チカ……なぜそんなに怯えたような顔をしている？」

「あたしは裏切った！　あたしは雪男の居所を、あの肥った人に教えてしまった！」

「じゃあ、やっぱり……それで、奴は雪男をつかまえていったのか？」

「ええ……でも、逃げ戻ってきたわ」

高志は、ほっと安心した。と同時に、部隊を二分したことがくやまれた。

「それで、ここに、この奥にかくれているんだね？」

山の娘チカは、だまってうなずいた。

「よかった、よかった！」

高志は、あからさまな歓びに頬を上気させた。

「チカ、それできみは、どうしてこんなところにいる？　なぜ、部落へ帰らない？」

「これを見て！」

チカは、くるっと後向きになり、ボロをはねて背中をむき出して見せた。

なまなましい、無残な私刑《リンチ》のあと！

「これが部落を裏切った者の受ける百の革の鞭！　でもそんなことはどうだっていい」

チカは、正面に向き直った。

「あたしの部落は、雪男に復讐された。雪男の、過去幾世紀かを共に栄えてきた谷の部落の裏切りに対する復讐よ。村は、一夜のうちに全滅させられたわ。生き残ったのは、あたしひとり！」

チカの眼が、野性まるだしの劇怒に、火のように燃えあがった。

「いくらなんでも、あんまりだ！　復讐するなら、あたしひとりを殺せばいい。それだのに、それだのに……」

いきなり狂ったように洞窟の奥へ駆け込もうとするチカを、高志はうしろだきに抱き留めた。

「待て！　無茶をするな。きみひとりで雪男に立ち向ってどうなるとおもう？　一緒にゆこう。ぼくも、ぼくらの隊も、これから雪男逮捕に向かうところだ。いいな？　わかったな？」

「ああ、はあ」

苦悩の呻きに身悶えて、山の娘チカは、高志の足元にひれ伏した。

洞窟の外が、にわかにざわめき立った。

高志は、チカを抱き起しておもてに出た。


下山隊は全部引返してきた。途中、急を知らせにヒュッテにかけつけてくる小泉ユキ子に会い、町の惨劇が伝えられた。

武野道子、雪男に奪わる――の知らせは、高志を一時呆然とさせたが、そのなかから、雪男に対する新たなファイトが、猛然と盛りあがってこずにはいなかった。

事態はいまや分秒をあらそう。

一行は、なだれるように洞窟に進入した。

困難は、おもったよりも激しかった。

カンテラを持たない者は、松明《たいまつ》をかざした。

おもいがけない闖入者《ちんにゅうしゃ》の群れにおどろかされ、コウモリが狂ったように飛び乱れ、サソリが尻の剣をふりあげて逃げまどう。

行止り、陥没、石柱の群立……いたるところに障害が出現し、去ってはまた出現する。いつ、どこから、雪男が、一行の誰に襲いかかるか知れたものではない。一行の誰もが極度の緊張に汗まみれだった。

十六

雪男を追う以外に、高志にはもうひとつの仕事があった。おそらくこの洞窟に連れ込まれたと推定する以外には考えようもない、亡き友、水沢と梶の遺体を発見することである。

そして、ついに、高志の予想は、悲しい現実となってあらわれた。

二体の白骨が、からみ合うように、巨大な石筍のはざまに捨てられてあった。それが水沢と梶であることを証明するかのように、スキー大会の記念メダルを、その足元に転がしたまま――

「しかし、不思議だなあ……この二体の白骨とも、鵜の毛で突いたほどの損傷も受けていないとは……」

丹念に骨格を調べあげた小泉博士は、いっとき首をひねったが、

「わしは前から、ひとつの信念を持っていた。それは、雪男が兇暴なアモックを起して殺人を敢てすることはあっても、カーニヴォリズム（食人の習性）はないということを——そして、いま、それがはっきり裏付けられた」

「では、何の目的でこの二人を……？」

「それは、もっと雪男の知能を実験心理学の立場から研究してみなければ判らない。しかし、復讐する知能がある以上、われわれに対する〝いやがらせ〟であったと——もう少し突込んで〝人質〟に利用するつもりだったと、考えても行き過ぎではあるまい」

高志は、自分の上衣を脱いで遺骨に掛け、一行と共に、慰霊の黙禱をささげた。


時は経つ。

さしもの大鍾乳洞も、ついに行止まりかと危ぶまれた。

と、ユキ子が、低い驚きの声をあげて、大石柱の一角を指さした。

おびただしい野鼠が、せわしげに出入りしている。

カンテラをかざして近づいた高志は、そこから、更に奥へ抜ける隙間を発見した。

先頭に立ってもぐり込んだ高志は、そこに展開された意外な光景を目にして、おもわず叫びあげずにはいられなかった。

そこは、大鍾乳洞の広場とも言える、比較的平坦な大空洞である。そして、ざっと二十体に近い大小さまざまな白骨が乱雑に散らばっている。

「おお、雪男族の墓場！」

おくればせにかけつけた小泉博士も驚嘆の叫びをあげた。

それらの白骨の群は、たいして古いものではなく、雪男族が、集団的、そして突発的に、何かの災害によって一挙に死滅したものであろうと思われた。

「これだ！」

博士は、随所にころがっている、干凅《ひから》びた塊りのひとつを摘まみあげて一行に示した。

「なんですか？　この変な干物みたいなものは？」

「恐るべき毒茸――アマニタ・ムスカリア……べにてんぐだけだ」

博士の説明をまつまでもなく、山岳部員達には、アマニタ・ムスカリアの持つ毒性の恐ろしさは、よく知れていた。

ロシアのアレキシス皇帝は本菌の中毒で死に、フランスのブッシー伯が、多数の友人と共に本菌を誤食して全員中毒死したことは、あまりにも有名である。

おそらく、幸運な偶然が、たとえばそのとき外出していたために、中毒死をまぬかれて生き残ったのが、あの雪男とその子であるにちがいなかろう。

一瞬の感慨にしゅんとなった一行は、つぎの瞬間、愕然となって総すくみとなった。

白骨の山のむこう数メートルの平岩に、仁王立ちとなって一行を睨みすえている雪男！

この、彼にとっては聖なる同族の墓場にまで押し迫った人間の不遜さに怒り狂うかのごとく、雪男は、胸をたたき、地団太ふんで咆哮する。その叫びは、大鍾乳洞内に反響し、耳を聾さんばかりのすさまじさ！

雪男の両腕が高く挙げられる。逆襲の意図は明らかだった。

ダーン、

誰かの猟銃が火を吐く。狙いははずれて、雪男の足元の岩をくだき飛ばした。

第二発目の引金が引かれようとする。

「待てっ」

高志が、その腕をはたいた。

「道子が、道子がっ！」

高志は見た。雪男のまうしろの岩にもたせかけられて、死んだようにのけぞっていた道子が、たったいまの銃声に我に返って、声もなく恐怖に唇をひきつらせている姿を！

はやくも第二発目の危機を感じ取った雪男は、跳躍、道子を抱き取り、広場の奥へ走り込む。

と、意外にも、岩の蔭から、それにつづいて走り出た、むくむくした獣がある。

「あっ、雪男の子供！」

はじめて、雪男に子供があることを一行は知った。山の娘チカさえも、いままでそれとは知らなかった。

十七

時をうつさず追跡にとりかかった一行には、今までとは別の困難が加わった。

雪男の手中に〝人質〟が握られてしまっている。出ようによっては、道子の生命が危うい。

はるかの奥に、ほのかな明るみが見える。鍾乳洞の出口らしい。

出来るかぎり雪男を刺激させないよう、慎重な態度で、一行は出口から這い出した。見れば、道子を横抱きにかかえた雪男と、その子が、禿山の斜面をぐいぐい噴火口に向って登ってゆく。

作戦のため、一行は、高志、小泉博士を中心にかたまり寄った。

名案は浮かばない。

ただひとつの希望は、あの雪男の子供をとらえてこちらの人質とし、道子と交換することだったが、それが果してうまくいくかどうか、むしろ望みは薄かった。

ともかくも、包囲するのが先決である。そのうえで、チャンスをとらえて善処する以外はない。

一行は散形態勢を取って、じりじりと雪男を追いせばめにかかった。

「あせってはいけない」

「最後の土壇場まで発砲するな」

「やつらの隙をキャッチせよ」

此の三つをお題目に、どんな持久戦をも辞せぬ申合せを固めて、一行は、徐々に、しかし正確に追いつづけた。

まもなく日が暮れるであろう。

大自然は、そのような人獣闘争のあがきをよそに、しずかに、おおらかに、そして美しかった。

鳥影が過ぎ、日がとっぷりと暮れた。

ついに雪男は、噴火口の縁《ふち》にのぼりつめた。

彼らとても火器の恐ろしさは知っている。無茶に逆襲はしてこなかった。

時々、威嚇して一行を追い散らそうとでもするかのように、雪男は、下方に向って咆哮した。

　ひょっとして、雪男の子供を誘い寄せられるかも知れない儚《はかな》い望みをもって、一行は、焚火で野兎を焼いて匂いをおくってみた。リズミカルな手拍子の合唱で気を惹いてみた。しかし、なんの反応も無い。

　真夜中、さすがに疲れて寝入った高志の寝姿を、あかず見入っていた山の娘チカが、何事か重大な決心をつけたおももちで、彼の額に熱い別れのくちづけを与えたのを、誰ひとり気付く者はなかった。


　夜が白々と明けてゆく。

　一行は、最後の追い込み、這いずるように噴火口辺に近よる。

　彼我の間、ついに十メートル。双方手出しはせず、息づまる沈黙の対峙の中に、時は刻々ときざまれてゆく。

　ふいに、山の娘チカが、すっくと立上るとみるや、昂然と胸を張って、雪男めがけて歩み出た。

「あっ、なにするっ、チカ！　気でも狂ったか」

　息ごえで叫び、抱きとめる高志に、チカは、微笑をたたえて、ささやきかえした。

「あたしを行かせて！　あの雪男に、隙をつくらせるのは、あたしより外にはない。

うまくいくかどうかは、むろんわからないけど、あなたの為めに死ぬ決心でやってみる。道子さんを、無事にあなたの手に戻すために！」

「チカ！」

高志の、男の眼に、涙がふくれあがった。

チカは、真っすぐに雪男めがけて進みながら、山刀を引き抜いてうしろ手にかくし、胸乳もあらわにボロをかなぐり捨てた。

雪男の眼が、異様な昂奮に緑っぽくぎらつき、チカの裸身に吸い寄せられる。

隙が出来た。

ターン、

間髪をいれず、高志の猟銃が火を噴く。美事心臓をうち抜かれ、さしもの雪男も、地ひびきたてて前のめずりに崩れ伏した。

「高志！」

汗まみれのまま、道子は、高志の胸におどり込んだ。

「おい、そ、その雪男の子供を！」

あわてふためいて逃げ出そうとする小雪男に、小泉博士が我を忘れて追いすがったとたん、雪男は、むっくり起きあがった。

ハッとなって、猟銃をかまえる一行を、もはや弱り果てた眼でうつろに見つめ、雪男は、悲しげな咆哮を一声のこすと、わが子を腕に抱きすくめるとみるや、岩なだれとともに、噴火口内にころげ込んでいった。

凱歌が、明けてゆく空いっぱいにひろがり、一行は、引揚げの態勢にうつった。

道子は、高志の腕の中に、まだ夢見心地をつづけている。

ふと気付いて、高志は、道子をユキ子にあずけ、噴火口に踵をかえした。

「チカ！」

無言のまま、チカは複雑なおもいを瞳にこめて、高志の眼を凝視した。

「ありがとう、チカ！　さあ、みんなと一緒に山を降りるんだ」

取ろうとする高志の手を、やや荒く振り払って、チカは首を横に振った。

……仕合わせに道子さんとお暮しになって！　あたしは、あたしの部落へ帰る。もう誰ひとりいなくなったあたしの部落へ……

その、涙の奥に沈んだ瞳は、そうはっきりと高志の耳に囁くかにおもわれた。

一行は足取りも軽く下山の途につく。

相擁しながら、高志と道子は、ふりかえった。

美しい朝焼けの空を背に、山の娘チカの姿は、噴火口辺にたたずんだまま、いつまでもいつまでも塑像のように動かなかった。

解説　香山滋と東宝特撮映画

竹内　博

本年（平成十六年）は香山滋生誕百年であり、ゴジラ誕生五十周年に当る年でもある。香山滋（一九〇四〜一九七五）には少年少女ものを含め、長短とりまぜ約四百編の作品があり、これに加え約百六十編の随筆・評論がある。

それ等は私の編んだ三一書房の「香山滋全集」全14巻別巻1に収録されているが、少年少女作品で五十七編の未収録がある。

香山の作品は、小栗虫太郎の系譜を継ぐ秘境・魔境ものを始め、幻想怪奇、妖精、同性愛、第四人類テーマ、SFボーダーライン上の作品等と様々だが、好んで現実の埒外にある題材を選び、読者に一時のロマンを与えてくれるのが特長であった。

さて、膨大な作品中、抜群の知名度を誇るのは、何といっても「ゴジラ」であろう。日本最初の特撮怪獣映画「ゴジラ」が封切られたのが昭和二十九年十一月三日文化の日、以来半世紀が経過した。

五十年もの間、人気を保つのは並々の事ではない。その人気の秘密は、映画一作目の出来の良さにある事はいうまでもないが、最大の理由は「ゴジラ」の原作を書き下ろした香山滋の力による事が大きな理由なのは間違いない。

香山は「ゴジラ」を始めとして、「ゴジラの逆襲」(昭和三十年四月二十四日公開)、「獣人雪男」(昭和三十年八月十四日公開)の原作を、昭和三十二年十二月二十八日公開の丘美丈二郎原作「地球防衛軍」の潤色を担当している。

単独怪獣もの、怪獣対決もの、一種の変身人間もの、SF作品と、東宝特撮映画のパターンを確立したのが香山の功績である。

その後数多く作られた東宝のSF特撮怪獣映画は、何等かの形で香山の初期原作の影響を受けているといっても過言ではない。

以下、収録作品について簡単なメモを記してみたい。

「ゴジラ　東京編」だが、香山の「ゴジラ」作品は三編ある。一つはシナリオ形式の「怪獣ゴジラ」(岩谷書店、昭和二十九年十月)で、これは「香山滋全集第7巻」(平成六年三月)に収録されており、大和書房版(昭和五十八年十月)、実業之日本社の復刻本(平成十一年十一月)もあり、入手が容易である(本書では割愛)。

もう一つが「G作品検討用台本」で、残った一つがこの「ゴジラ　東京編」だ。本作は昭和三十年七月に島村出版株式会社より、「少年文庫」の第一冊目として「ゴジラの逆襲　大阪編」と併わせて書き下ろし刊行された。

映画の台本(決定稿)を基に小説化したとはいえ、東京編の方は大巾に手が加えられている。映画では主人公の尾形秀人を脇役に変更し、新吉少年を主人公に据えている。

また、東京ゴジラ団（実は一人なのだが）なる新しい設定も加えている。大きな違いはこの二点である。

「ゴジラの逆襲　大阪編」の方は、映画と大きな変更は無く、映画の流れに忠実なストーリー展開だ。

右の二作は昭和五十一年九月に「ゴジラ／ゴジラの逆襲」として奇想天外社より新書判で復刻されて以降、各社より五回も出版されているので、読者には馴染みが深いだろう。

本書にはこの二作を収録すると共に、巻頭に原本通りの「作者のことば」を収め、オリジナルに近い編集がなされている。

次にエッセイだが、映画化に関する作品等十五編を集め、座談会一編が加えられている（抄とした二作を含む）。

エッセイを読んで「ゴジラ」「ゴジラの逆襲」「獣人雪男」「地球防衛軍」と香山の関係はお判りになると思うが、付け足すなら、「ゴジラ」の原作の出来栄えに気を良くした東宝のプロデューサー田中友幸は、立て続けに映画の原作を香山に依頼した。

「ゴジラ」に次ぐ作品として企画されたのが「S作品」（獣人雪男）だが、「ゴジラ」の大ヒットに続編「ゴジラの逆襲」を先行させた。

「S作品」と「ゴジラの逆襲」との間に、映画化が企画された少年向けの作品が一作ある。

「獣人ゴリオン」（後に「キング・ゴリオン」と改題、「香山滋全集別巻」所収）で、「少年クラブ」昭和三十年二月号より九月号まで連載され、毎号〝映画化決定‼〟と、謳われていたが、海外ロケーションが難しいとの事情で映画化は断念された。

連載に先立つ香山の原作の孔版印刷物は存在するが、少年誌連載を意識した章立てになっている。

「ゴジラ」は「G作品検討用台本」が、「獣人雪男」は「S作品検討用台本」が残されているが、「ゴジラの逆襲」と「地球防衛軍」は印刷物の形で原作が残っていない。恐らく生原稿のままで検討され、残念ながら散逸したものだろう。

「G作品検討用台本」は、映画「ゴジラ」のために書き下ろされた、厳密な意味での原作である。総てはここから始った。

細部に大きな違いはあるものの、大筋は映画と同様である事が看て取れると思う。

「獣人雪男」は「小説サロン」に昭和三十年八月号から十月号まで連載された。原型は「S作品検討用台本」（「香山滋全集第11巻」所収）であるが、東方社より昭和三十年九月に単行本化収録に当って、「まえがき」が付された。この「まえがき」は、「S作品検討用台本」の巻頭の、〝「雪男」に関するメモ〟の改題流用である。

「ゴジラ」に関して書こうとすると、色々の想いが頭をよぎるが、最後に二つだけ書いておきたい事がある。一つは、ゴジラをジュラ紀から白亜紀の二百万年前の生物だと香山が設定している事だが、古生物学に詳しい香山が、何故一億数千万年前のジュラ紀から白亜紀を、二百万年前としたのか。

　これは、人類の歴史にゴジラをオーバーラップさせている。二百万年前、人類最古の直系の祖先としてアウストラロピテクスが地球上に誕生した（時間は昭和二十九年当時の学説で、現在では四百万年前から百五十万年前とされている）。ゴジラは人間自身の姿であると。

　もう一つは、ゴジラを「海棲爬虫類から、陸上獣類に進化しようとする過程にあった、中間型の生物」と設定している点だ。香山のデビュー作「オラン・ペンデクの復讐」（昭和二十二年四月）には、オラン・ペッテを「本来過渡的な生物は生存しえないのが進化学説の原則である」と、説明している（傍点筆者）。

　まさか、ゴジラがダーウィンの「種の起源」（一八五九年）にまで溯るとは！

　一方ではゴジラを人類自身であるとし、もう一方では「生存しえない」幻の生物としている訳である。恐るべし香山の寓意!!

　こうした、異形のものたちに対する香山の愛情を汲み取り、他の香山作品にも触れる様になって下されば、本書の目的は達せられる。

　どうです、香山滋は面白いでしょう？

ちくま文庫

ゴジラ

二〇〇四年十一月十日　第一刷発行
二〇二三年十二月十五日　第四刷発行

著者　香山滋（かやま・しげる）

発行者　喜入冬子
発行所　株式会社　筑摩書房
東京都台東区蔵前二―五―三　〒一一一―八七五五
電話番号　〇三―五六八七―二六〇一（代表）
装幀者　安野光雅
印刷所　中央精版印刷株式会社
製本所　中央精版印刷株式会社

ISBN978-4-480-42034-3　C0174